Eduardo Manet est né à Cuba. Installé en France depuis 1970, il est notamment l'auteur de *L'Île du lézard vert* (prix Goncourt des lycéens 1992), *Rhapsodie cubaine* (prix Interallié 1996), *Maestro, Ma vie de Jésus*, et plus récemment *La Maîtresse du commandant Castro.*

Eduardo Manet

LA CONQUISTADORA

ROMAN

Robert Laffont

TEXTE INTÉGRAL

ISBN 978-2-7578-1490-1
(ISBN 2-221-09872-2, 1re publication)

À Elsa Rosenberger,
qui m'accompagna au cours de ce long voyage avec compétence et loyauté.
Toute ma gratitude.

Première partie

1

Un secret de famille

Je viens d'avoir quarante-six ans, le temps pèse sur mes épaules. Pourquoi revenir sur le passé ? À quoi bon revisiter ces années pendant lesquelles je n'étais qu'un arc tendu, un chasseur à l'affût ? À quoi bon remuer les cendres, faire revivre les ombres ? Ces questions ont hanté mes nuits. Et pourtant, me voici à cette table où, enfant, je faisais de la calligraphie sous l'œil vigilant dc ma mère. Me voici disposant de tout le nécessaire pour noircir des pages pendant des nuits entières : plumes d'oie, encre de Chine, buvards... Quel sera le destin de ces *Mémoires* ? Seul le temps pourra le dire. Pour l'instant, j'obéis à une impulsion. Écrire. Laisser courir la plume.

Écrire pour moi et pour les ombres de celles et de ceux qui m'ont aimé et qui m'ont aidé tout au long de ma quête. Ma mère, doña Pura, Ivoire. Le comte de la Niebla, Pedro Bergusa, les frères Ariza. Mon père. Ces fantômes qui m'accompagneront jusqu'à mon dernier souffle. Peut-être est-ce cela la vérité profonde qui me guide ?

Mais j'écris aussi pour elle, ma cible et ma proie : Catalina de Erauso, ma tante et mon ennemie. Écrire pour donner forme au passé, dialoguer avec l'absente, démêler l'écheveau des souvenirs et me confronter à elle. Catalina la fière, la colérique, la meurtrière... Catalina la fugitive. Créature singulière, énigmatique. Homme et femme. Duelliste et dévote. Personnage héroïque qui mit tout en œuvre pour créer sa propre légende. Elle appartenait à la race des conquérants sans foi ni loi, capables de changer le cours de l'Histoire à la pointe de l'épée. Catalina la Conquistadora.

Par sa violence et son charisme, elle séduisit le Nouveau Monde et ses *Mémoires* envoûtèrent l'Espagne.

Moi, doña Catalina de Erauso, je suis née en la ville de San Sebastián de Guipúzcoa, l'an mil cinq cent quatre-vingt-cinq, fille du capitaine don Miguel de Erauso et de doña María Pérez de Galarraga et Arce, natifs et bourgeois de ladite ville. Mes parents me nourrirent dans leur maison avec mes autres frères jusqu'à l'âge de quatre ans. En mil cinq cent quatre-vingt-neuf, ils me firent entrer au couvent de San Sebastián el Antiguo, lequel est des nonnes dominicaines. Ma tante doña Ursula de Unza y Sarasti, cousine germaine de ma mère, en était prieure. J'y fus tenue jusqu'à l'âge de quinze ans [...]. J'étais presque au bout de mon année de noviciat, lorsque je me pris de querelle avec une nonne professe nommée doña Catalina de Aliri, laquelle étant veuve était entrée au couvent et y avait fait profession...

Fière, elle l'était déjà. En suivant sa trajectoire, j'ai eu l'impression d'un destin tout tracé, d'une ligne droite surgie, nette, de ce premier affront insupportable. Une nonne plus âgée qu'elle l'offense ; Catalina se défend à coups de poing. Les règles du couvent sont strictes. La novice est punie, contrainte de présenter des excuses à son aînée. J'imagine sa rage, son dépit, sa soif de vengeance. Or, voici que pour célébrer saint Joseph, la communauté se lève à minuit afin de chanter les matines. Catalina pénètre dans le chœur et y trouve sa tante agenouillée. La vieille prieure confie à sa nièce la clef de sa cellule et lui demande de lui rapporter son bréviaire. Une preuve de confiance que Catalina de Erauso trahit aussitôt avec une audace, une présence d'esprit et une absence de scrupules qui ne faibliront jamais. Dans la cellule, elle voit, pendues à un clou, les clefs du couvent.

C'est le déclic.

Elle laisse la cellule ouverte et rapporte à sa tante la clef et le bréviaire. Les sœurs sont en prière. Leurs voix s'élèvent, solennelles. Le chœur résonne avec ampleur. La novice s'approche de sa tante et lui murmure à l'oreille qu'elle ne se sent pas très bien. La religieuse caresse la joue de sa nièce et lui accorde la permission d'aller se recoucher.

J'allumai une chandelle, retournai à la cellule et, y ayant pris, outre les clefs du couvent, des ciseaux, du fil, une aiguille et quelques réaux de huit qui traînaient par là, je sortis, ouvrant et refermant les portes. À la dernière, qui était celle de dehors, j'ôtai mon scapulaire et me lançai dans la rue, sans l'avoir jamais vue ni savoir de quel côté tirer ni où aller.

En quelques secondes, Catalina prend la décision la plus grave, la plus radicale qui soit : tout quitter, se lancer dans l'inconnu, partir sans se retourner. J'apprendrai plus tard que la chose qu'elle craignait le plus était la prison. Fille et petite-fille de marins, la liberté de mouvement et le besoin d'espace coulaient dans son sang et irriguaient sa chair. *J'étouffe entre quatre murs*, écrira-t-elle. Rêvait-elle sa fuite depuis longtemps ? Quoi qu'il en soit, elle sut saisir le hasard lorsqu'il se présenta et débuta son aventure en se cachant trois jours durant dans une châtaigneraie. L'éducation au couvent lui avait enseigné bien des choses utiles. C'est ainsi qu'elle tailla le drap de sa robe pour se confectionner un habit et se coupa les cheveux, afin de mieux ressembler à un garçon. Ce qu'elle mangea, ce qu'elle but pendant ces trois jours, elle ne le dit pas. La troisième nuit elle prit la route et, à travers coteaux et villages, atteignit Vitoria, à une vingtaine de lieues de San Sebastián.

Elle n'avait que deux ans lorsque l'un de ses frères, Miguel, alors âgé de dix-sept ans, devint marin, selon la tradition familiale, et partit pour le Nouveau Monde où il rejoignit l'armée. Bien des années plus tard, au Chili, le capitaine de Erauso rencontra doña Beatriz de Bobadilla, fille du comte de Chinchón. Un enfant naquit de ce couple.

Cet enfant, c'est moi, Miguel de Erauso.

Je suis né à Concepción en 1615. Je n'ai pas connu mon père qui est mort cinq mois avant que je vienne au monde. Après ma naissance, ma mère est restée trois ans au Chili. Parfois, dans mes rêves, je crois voir un petit garçon se promener en compagnie de Pura, sa nourrice, qui ne le quitte jamais. « Je suis ton ombre, Miguelito », dit-elle.

Doña Pura lui apprend une langue qu'elle seule semble connaître.

« *Agur. Exe. Bai...*

— Pourquoi maman ne parle pas comme toi, Pura ?

— Parce que ta mère est Andalouse. Moi, je suis

Basque, comme ton père. Et ta maman veut que tu apprennes le basque, Miguelito, pour pouvoir t'adresser à lui dans tes prières. »

Ma mère ne m'emmenait jamais en promenade avec elle. Elle restait enfermée à la maison, notre *etxe,* toute de noire vêtue. Une veuve. Une toute jeune veuve (elle n'avait que dix-sept ans lorsque je suis né). Je la regardais avec une dévotion comparable à celle que j'éprouvais en admirant les portraits de la Vierge Marie, à l'église.

Doña Pura me dira plus tard :

« À Concepción, tu n'aimais pas quand nous allions nous promener, tu voulais rester avec ta mère. Mais il fallait sortir, car elle recevait des gens importants. Des prêtres, et même l'archevêque. Des militaires haut gradés. Elle parlait de ton père avec eux et leur demandait de l'aide. Pour savoir.

— Savoir quoi ?

— Elle t'expliquera quand tu seras grand. »

Puis un jour, je venais d'avoir trois ans, doña Pura, ma mère et moi avons quitté Concepción, le Chili et le Nouveau Monde pour aller en Andalousie où nous étions attendus par don Manrique, comte de la Niebla, un oncle de ma mère. J'étais trop petit pour me rendre compte du changement que ce voyage signifiait. Je pus cependant constater la différence entre notre vie quotidienne, très modeste, à Concepción et le luxe de la demeure princière dans laquelle nous fûmes logés.

« Ma chambre est aussi grande que notre maison de Concepción, Pura. »

Mon immense lit à baldaquin trônait à côté de celui de ma gouvernante.

Les habitudes de ma mère changèrent en arrivant

à Séville, et j'en fus heureux. Elle adorait cette ville où elle était née et nous faisions de longues promenades ensemble. Le soir, elle sortait parfois dîner avec son oncle chez des nobles de la région.

Le comte de la Niebla ressemblait à un géant, et sa barbe poivre et sel m'impressionnait.

« Est-ce que tu aimes ton oncle Manrique, Miguel ? me demandait ma mère.

J'hésitais.

« Il me fait peur. On dirait un ogre. »

Cette réponse provoquait son hilarité. Elle m'assurait que l'oncle Manrique était le contraire d'un ogre et qu'il m'aimait infiniment. Mais c'était surtout elle, ma mère, que le comte aimait, je le savais : il suffisait de voir son visage sévère s'illuminer dès qu'elle apparaissait.

Une vie heureuse est une vie sans histoire. De la période qui s'écoula entre mes trois ans et mes sept ans je ne garde que des images vagues de fêtes, de promenades, de bonheur tranquille. Chaque soir, bien sûr, ma mère et moi priions pour l'âme de mon défunt père. « Ton père qui est au ciel, Miguelito. »

Lorsque j'eus sept ans, le jour de mon anniversaire, ma mère décida de me parler de celui dont je portais le prénom.

Sept ans. Un âge encore tendre pour prendre la mesure de ce qu'elle allait me révéler. Un secret de famille, les souvenirs meurtris de ma mère, son amour sans mesure pour celui qui m'avait engendré.

« Ton père vit en toi, Miguel. Je le vois dans ton regard. Vous avez les mêmes yeux ! »

Trente-huit ans plus tard, je me souviens encore de chaque mot, de chaque geste qu'elle eut ce jour-là. Je prenais mon goûter dans la petite salle d'étude éclairée par les hautes portes-fenêtres entrouvertes donnant sur le jardin. Un chocolat préparé par doña Pura, ni trop épais, ni trop sucré, ni trop chaud, exactement comme je l'aimais. Cette boisson venue de nos lointaines possessions du Nouveau Monde s'était peu à peu imposée en Espagne. Ma mère et moi étions assis côte à côte, une tasse de l'onctueux breuvage à la main.

« Tout a commencé comme un conte de fées... », dit-elle.

« Tout a commencé comme un conte de fées. J'ai grandi entourée de domestiques et de professeurs chargés de me donner une éducation princière : cours de dessin et de musique, cours de français, d'italien, et de latin, bien sûr. J'avais dix ans lorsque ma mère est morte. J'aurais dû entrer au couvent, comme le voulait la coutume. Mais j'ai eu de la chance : mon père et mon oncle Manrique se sont mis d'accord pour m'y soustraire. Ils pouvaient tout se permettre, même de rompre avec les traditions. Mon père, comte de Chinchón, était issu de la famille Bobadilla. Manrique descendait, lui, de la puissante lignée des Guzmán dont un des membres, le comte-duc d'Olivares, est aujourd'hui le Premier ministre du roi d'Espagne, Felipe IV.

« Tous deux veillaient attentivement sur moi. Je me sentais très proche de Manrique. Veuf et sans enfant, il me considérait un peu comme sa propre fille, me traitant avec les égards dus à une femme. Il m'appelait sa “petite dame”, m'entretenait de sujets sérieux, de littérature, d'art, de musique. Il avait aussi l'habitude de me faire de somptueux cadeaux.

Lorsqu'il allait à Rome, Venise ou Florence voir les peintres italiens qu'il adorait, il ne revenait jamais les mains vides. "Voici pour ton musée personnel, Beatriz." Des tableaux de Véronèse, du Tintoret, de Raphaël. J'avais aussi droit à des bijoux, à des toques de fourrure venus de Russie.

« Comment ne pas avoir de l'affection et de la gratitude pour un homme qui avait un tel souci de me rendre heureuse ? Ce n'était pourtant pas l'avis de mon père ; l'amour de mon oncle lui paraissait excessif, et il fut l'objet d'une violente altercation entre eux.

« Un jour, non sans fierté, je jouais au clavecin une composition de Vivaldi que Manrique aimait beaucoup. Assis auprès de moi, il caressait les mèches bouclées qui me tombaient sur le front, me donnait des baisers dans le cou comme il avait l'habitude de le faire quand nous étions seuls. Je ne voyais aucun mal à ces élans d'affection. Je ressemblais tellement à sa sœur défunte ! Mon père est entré dans la pièce alors que Manrique m'embrassait et, invoquant le diable et tous les saints, il m'a interdit dorénavant de rester seule en sa compagnie. Je n'ai plus revu Manrique qu'aux grandes occasions. Quelque temps plus tard, mon père m'a annoncé que nous partions pour le Chili. Il voulait que je fasse la connaissance de sa sœur Felicia et de son mari. Je n'avais jamais voyagé. L'idée de ce départ pour le Nouveau Monde m'a empêchée de dormir pendant plusieurs jours. »

Mère me raconta ses émerveillements, ses angoisses. La longue traversée en bateau, les escales aux îles Canaries, au port de San Cristóbal de La Havane.

J'aurais pu l'écouter des heures évoquer ces villes

aux noms exotiques. Mais ce soir-là, elle était pressée d'en venir à sa rencontre avec celui qui deviendrait son époux.

« Pendant le voyage, mon père m'a parlé de tante Felicia, une femme à la très forte personnalité. À dix-huit ans, elle s'était mariée à un homme de trente-cinq ans son aîné, le marquis de Tarifa, membre de la famille Enríquez de Ribera. Un très bon parti, avec un revenu de cent mille ducats. Les mauvaises langues demandaient perfidement ce qui, de l'amour ou de l'ambition, avait décidé Felicia à choisir ce vieillard de cinquante-trois ans. Le mariage fut conclu après de rudes négociations entre les deux familles. Quand le marquis fut nommé gouverneur de Concepción, le couple s'installa au Nouveau Monde. J'ai compris ainsi que notre voyage au Chili était un voyage d'affaires autant que de plaisir. Mon père me voyait déjà héritière d'une immense fortune, car Felicia n'avait pas d'enfants. »

La nuit commençait à tomber et nous nous trouvions encore dans la salle d'étude. Je m'étais dirigé vers la fenêtre ouverte pour respirer l'air tiède du jardin. J'aimais cette heure de la journée, quand je m'amusais à courir derrière les papillons dans le grand parc du domaine, avec ses fontaines, ses bassins, ses buissons touffus et les sentiers de graviers conduisant aux grilles qui le protégeaient du monde extérieur. Je m'imaginais en pleine jungle ou bataillant contre des Maures qui menaçaient de m'anéantir.

Mais ce soir-là, je dus retourner auprès de ma mère qui m'attendait. Elle était assise, très droite sur son fauteuil, ses mains fines et longues reposant sur ses genoux, les yeux fermés. Elle restait concentrée pour ne pas perdre le fil de ses souvenirs. En me sentant approcher, elle ouvrit ses immenses yeux clairs. Et, comme si je n'avais pas quitté mon siège, elle reprit :

« Ma tante avait pris sous sa protection un jeune militaire d'origine basque nommé don Miguel de Erauso. Elle me parlait de lui à longueur de temps, vantant ses qualités innombrables. Courageux, courtois, beau, de très agréable compagnie avec les femmes... que sais-je encore. L'époux de Felicia en était vert de jalousie mais il était incapable de modérer les ardeurs de sa femme pour le jeune homme. Avec ses soixante-neuf ans et sa santé fragile, le pauvre marquis était un mari pitoyable. Il se contentait de sourire et acceptait d'un air résigné les décisions de ce tyran qu'il adorait. Felicia avait créé un véritable réseau d'espionnage autour de Miguel. Commerçants, valets, colporteurs et duègnes la tenaient informée de tous ses déplacements : qui il voyait, les femmes qu'il courtisait, à qui il faisait confiance...

« Un jour, elle m'a dit : "Sais-tu ce que je voudrais vraiment savoir, Beatriz ? Un jeune homme si beau, si aimable, est-il capable d'aimer pour de bon ? D'aimer à en mourir ?"

« Elle me regardait comme si je détenais la réponse. Je n'avais pourtant jamais vu Miguel de Erauso. Puis, un matin, presque à l'aube, elle me réveilla en sautant de joie. "Don Miguel de Erauso vient d'arriver en ville, Beatriz. Je lui ai fait parvenir une invitation à dîner. Tu vas enfin pouvoir le rencontrer !" »

Ma mère se résigna à cette corvée et se plia aux caprices de sa tante. Après un long séjour dans une baignoire d'eau parfumée aux pétales de roses, elle passa des vêtements minutieusement choisis, depuis les pièces de lingerie en soie de Chine jusqu'à la robe à cerceaux qui transformait chacun de ses pas en un véritable exploit. Trois femmes de chambre peignèrent ses longs cheveux d'or. « La mode était aux boucles tressées en casque. Il fallait tirer chaque boucle, la faire tourner et la coller avec de la glu. Un vrai martyre ! »

Coiffée, maquillée et parfumée, parée comme une poupée, elle entra dans le salon où le visiteur les attendait.

« Comment t'expliquer, mon fils, ce qui s'est passé en moi ce soir-là, lorsque je l'ai vu ? Felicia n'avait pas exagéré. Il n'était pas seulement beau, une sorte d'aura enveloppait toute sa personne. La vie militaire ne lui avait pas enlevé cette douceur et la sérénité qui le rendaient incomparable à tout autre. Nos yeux se sont croisés. J'ai eu l'impression de lire dans son regard. Certes, cet homme-là était capable d'aimer à en mourir.

« Durant tout le dîner Felicia a monopolisé la conversation. Elle parlait sans cesse, riait, buvait, et son vieux mari, chose inhabituelle, participait à cette explosion de joie. Miguel et moi n'échangions que des phrases absurdes. Les rues de Séville sentent-elles toujours le jasmin à la tombée du jour ? Les rives du Guadalquivir sont-elles ombrageuses en cette saison ? Que pensez-vous de l'art mudéjar, mademoiselle Beatriz ? Laquelle demoiselle avait du mal à avaler ne serait-ce qu'une cuillerée de soupe. J'étais ailleurs... Et le capitaine Don Miguel de Erauso le savait, puisqu'il m'accompagnait. Ses lèvres sensuelles parlaient pour lui et elles me disaient :

Nous sommes seuls, rien ni personne ne peut nous atteindre.

« L'amour venait de foudroyer nos cœurs. Tard dans la soirée, après le départ de Miguel, Felicia est entrée dans ma chambre. Elle exultait. Son plan était simple : Miguel de Erauso et moi étions faits l'un pour l'autre. Son mari se chargerait de négocier un mariage auprès de mon père.

« Felicia disposait de nos vies comme elle avait l'habitude de le faire de son mari et de l'armée de domestiques qu'elle menait tambour battant. Je l'écoutai sans protester. L'intuition me guidait. Pour l'instant, elle était mon alliée. Grâce à elle, je pourrais revoir le capitaine de Erauso. Ma tante s'est arrangée pour que je puisse le rencontrer le plus souvent possible. Elle a organisé des promenades, des visites de villages indiens pacifiés, des dîners... Nous profitions de l'absence de mon père qui se trouvait au Pérou pour ses affaires.

« Le comte de Chinchón me disait toujours : "Un jour tu hériteras de mes biens et, je l'espère, de ceux de Felicia. Tu seras à la tête d'une fortune considérable. Seuls les princes auront le privilège de te faire la cour."

« Des princes... Je tremblais rien qu'à imaginer mon père recevant la demande en mariage de Miguel de Erauso. Comment t'expliquer, mon fils ? Ton père et moi vivions sur un nuage. Nous voir, nous parler, ne serait-ce qu'en présence des autres, était déjà merveilleux. Pouvoir nous rencontrer, le soir, au fond d'un jardin grâce aux bons offices de ma tante, nous faisait perdre le sens de la réalité. Nous étions comme deux enfants innocents qui jouent dans la pénombre à mieux se deviner. Sa main dans la mienne, son souffle contre ma joue suffisaient à faire de moi la jeune fille la plus heureuse du monde. J'avais demandé à Miguel de m'apprendre quelques rudiments de sa langue. Il riait en constatant mes efforts pour retenir quelques phrases. *Agur. Bai.* Mon mot préféré était *etxe.* Maison. Je nous imaginais déjà chez nous. À Séville si possible. Ou à San Sebastián, où il était né. "Donostia, disait-il. Il n'existe pas de plus belle ville au monde."

« Nous pressions tante Felicia de parler à mon père. À son tour, elle harcelait son mari. Mais le pauvre vieillard commençait à paniquer : "Tu te rends compte, Felicia, Beatriz est la fille du comte de Chinchón, la nièce du comte de la Niebla. Le comte-duc d'Olivares est son cousin. Elle se trouve sous la protection de notre roi et seigneur Philippe le Quatrième. Envisager son mariage avec un militaire de petite noblesse, et basque de surcroît ! C'est une pure folie !

« — Justement. Ces deux-là sont fous. Et veux-tu que je te dise ? Elle est enceinte ! Que son père le sache et c'est nous qui paierons ! Le comte de Niebla préférera un mariage au déshonneur !"

« C'était un mensonge. Miguel m'aimait trop, il me respectait. J'étais pour lui comme un ange tombé du ciel. Nos baisers étaient purs. Et doux ! Si doux !

— Qu'est-il donc arrivé, maman ? »

Cette conversation m'emplissait de fierté. Pour la première fois, ma mère me parlait en adulte, moi qui n'étais qu'un enfant. Mais il me tardait de jouer avec tous les cadeaux reçus pour mon anniversaire. J'avais bu trop de chocolat, mon ventre me faisait mal et je ne comprenais pas très bien cette histoire compliquée entre ma mère, sa tante, mon futur père et mon grand-père qui, d'ailleurs, n'était pas encore mon grand-père... Doña Pura se permit de nous interrompre.

« Il est tard. Le petit a mangé trop de churros. Il n'aura plus faim pour dîner. Voulez-vous que j'allume les cierges ? »

Ma mère s'impatienta.

« Ne nous interromps pas, Pura ! Le dîner peut attendre ! »

Je ne l'avais jamais entendue hausser le ton. Je compris que je devais lutter contre mes envies et ma lassitude, et l'écouter encore. Elle s'apprêtait à me raconter des secrets. Et j'adorais les secrets.

« Cacher à mon père mes relations avec le capitaine de Erauso a été une grave erreur. Tout le monde à Concepción se connaissait et les rumeurs circulaient à la vitesse de l'éclair. À peine fut-il de retour de son long voyage qu'on se fit un plaisir de lui raconter que sa fille "s'affichait et paradait au bras d'un militaire". En revenant de la messe un matin, j'ai entendu des hurlements. Mon père accusait Felicia et son mari de tous les méfaits. Il leur lançait à la figure un flot d'injures choquantes. Tante Felicia en perdit toute son assurance et vint me trouver dans ma chambre.

« "Ton père exige que tu restes enfermée ici. Pis encore. Il s'est entretenu avec la hiérarchie militaire. Don Miguel de Erauso va être envoyé dans une lointaine province du Chili. Ah, si mon imbécile de mari avait parlé à ton père avant que ces rumeurs parviennent à ses oreilles..."

« J'ai pleuré toute la nuit, le cœur brisé. À l'aube, j'ai fini par m'assoupir tout habillée sur un fauteuil. Felicia m'a réveillée, livide.

« “Ton père est mort, Beatriz, nous venons de l’apprendre !”

« Je me suis évanouie. C’était trop de malheur, trop d’émotions pour une jeune fille élevée dans un cocon protecteur. Il m’a fallu quelques jours pour pouvoir affronter la réalité.

« “Un arrêt du cœur.

« C’est arrivé où ?

« Chez des amis.”

« Felicia restait vague. Je sentais qu’elle mentait.

« “Chez qui ? Quels amis ? Où est-il mort ?”

« J’avais surpris un jour une conversation entre des domestiques qui racontaient leurs frasques dans des lieux de plaisir de Concepción. Des lieux qui, hélas, étaient aussi fréquentés par les hommes de la haute société. Je savais que mon père, comme d’autres, ne répugnait pas de s’y rendre. C’est dans l’une de ces sinistres maisons de passe qu’il avait trouvé la mort.

« Grâce aux bons offices de l’évêque de Concepción, le comte de Chinchón put être enterré dans le cimetière de la ville.

« Je suis restée sous la protection de Felicia et de son époux jusqu’au retour de Miguel. À ma grande surprise, j’ai reçu une longue et affectueuse lettre d’oncle Manrique. Le comte, qui se considérait désormais comme mon tuteur, offrait de m’accueillir dans son palais de Séville afin que je poursuive mon éducation et que nous puissions envisager ensemble mon avenir. Ma tante lui répondit qu’elle était mieux placée que lui pour assurer ma tutelle. Elle lui annonça aussi mon prochain mariage. J’écrivis moi-même une lettre dans laquelle je remerciais mon oncle pour toutes ses bontés et lui demandais, comme une faveur, de venir au Chili et de me conduire à l'autel le jour des noces. Je n'ai pas reçu de réponse. Ce silence m'a beaucoup chagrinée.

« Après six mois de deuil, j'ai épousé Miguel. »

La nuit était tombée et la température avait fraîchi. Les rumeurs nocturnes du jardin parvenaient jusqu'à nous, tout un monde mystérieux qui s'animait le soir venu : grenouilles vertes, petites tortues d'eau douce qui logeaient dans le bassin de nénuphars, lucioles, couleuvres et autres êtres rampants pullulant dans l'humidité, avec toute la symphonie de bruits – craquements, sifflements et coassements – qui les accompagnait. Je me plaisais à imaginer les batailles violentes que se livraient entre eux ces insectes minuscules pour survivre jusqu'au lendemain matin.

La voix de ma mère était devenue plus douce encore. Détendu au fond de mon fauteuil, je fermai les yeux pour mieux l'écouter.

Après son mariage, elle refusa de s'installer chez sa tante. Sa volonté d'indépendance provoqua la colère de Felicia.

« Après tout ce que j'ai fait pour toi ! Tu m'insultes, Beatriz ! »

Dès lors, celle-ci ne cacha plus son dépit ni sa passion pour le jeune militaire. Pour échapper à sa rancœur, mes parents s'installèrent dans une humble maison en dehors de la ville. Le salaire du capitaine ne leur assurait qu'un modeste train de vie. Pour la première fois, ma mère dut s'occuper des tâches ménagères. Une veuve d'origine basque, doña Amparo Etchegarray, les tira d'embarras. Elle s'installa dans une petite chambre à côté de chez eux et seconda la jeune mariée. Amparo reçut le surnom de

Pura, la pure, celle qui veillait dans l'ombre sur les jeunes amoureux.

« J'ai vécu sept mois de bonheur absolu. »

En entendant ma mère évoquer cette époque, je la revis telle qu'elle devait être alors. Dix-sept ans, enceinte de moi et en adoration devant son mari.

Et pourtant, de noirs nuages s'amoncelaient dans le ciel limpide. Felicia avait réussi à faire le vide autour de ma mère, colportant de fausses rumeurs sur sa santé mentale et sur ses mœurs.

Elle la menaça même de la priver de l'héritage qu'elle avait prévu de lui laisser.

Cela n'empêcha pas le couple de mener une vie simple et heureuse. Souvent, dans l'intimité de leur chambre, mon père et ma mère évoquaient leur espoir secret de se rendre à San Sebastián après ma naissance.

« J'aimerais que toi et mon fils connaissiez cette ville si chère à mon cœur », disait mon père. En revanche, il évoquait rarement sa famille, donnant de vagues informations quand sa femme insistait.

« J'ai des frères, soldats, comme moi. Dieu seul sait s'ils sont encore vivants. Des sœurs ? J'imagine qu'elles sont toutes au couvent. Sauf la benjamine, peut-être, la petite Catalina que j'ai dû quitter, hélas, quand elle n'avait que deux ans. »

La seule préoccupation véritable de mes parents était les ordres de mission qui éloignaient régulièrement le capitaine de son foyer.

« Je tremblais à chaque départ de ton père. Je savais que les combats contre les Indiens rebelles devenaient de plus en plus fréquents et dangereux. Pourtant, la mort ne devait pas venir de ce côté-là... »

Je me penchai pour mieux l'entendre. Ma mère

murmurait. Nous étions dans la pénombre, doña Pura n'avait été autorisée à allumer ni cierges, ni bougies, ni lampes à huile.

« Un soir, un traître a poignardé ton père, Miguel. »

Sa voix se fit grave, retrouvant les accents sévillans qu'elle avait un peu perdus sur les terres des Indes.

« Miguel m'a quitté un soir, prétextant une rencontre avec un ami. Il devait seconder un compagnon qui voulait défendre son honneur offensé. Ah, comme je hais ce mot d'honneur ! Il tue plus d'Espagnols que les balles ennemies pendant les guerres. Je comprends qu'on défende sa vie contre une attaque perfide. Je comprends qu'on lave dans le sang une offense qui bafoue sa dignité. Mais se battre en duel à cause d'un mot malvenu, d'un regard déplaisant, se battre pour prouver qu'on est plus mâle que le mâle d'en face... Ton père est mort ainsi : pour rien. Son ami avait cru voir sourire un homme alors qu'il se promenait avec sa dame. Cela avait suffi pour qu'il demande réparation. »

Je courus me blottir contre ma mère en voyant couler ses larmes. Elle me serra dans ses bras de toutes ses forces, et nous pleurâmes ensemble. Elle, en souvenir de cet homme tant aimé. Moi, parce que son chagrin me bouleversait. Elle approcha ses lèvres de mon oreille et chuchota : « J'ai gardé le deuil pendant sept ans. À présent mon oncle... don Manrique m'a demandée en mariage. Il veut t'adopter dans les règles afin de faire de toi son héritier. Il a demandé une dispense au pape car nous sommes liés par le sang. Le Saint-Père a accepté, même si cette alliance risque de scandaliser Séville. Mais rien ne sera fait sans ton accord. Pour Manrique, pour moi, c'est ton opinion qui compte. »

J'étais assez mûr pour savoir que ma mère accepterait ma décision, même négative. Je savais aussi que si elle épousait Manrique, c'était en pensant à mon avenir. J'avais un devoir à remplir. Je prononçai d'une voix ferme.

« Tu dois épouser don Manrique, mère. »

Il n'était plus « l'oncle Manrique » mais seulement un prénom, Manrique. Cet oncle devenu mon père d'adoption, et que j'eus tant de mal à appeler « papa ». Mon vrai père était cet autre dont j'étais le double, Miguel, fils de Miguel, et qui avait péri au cours d'un duel, au loin, sur les terres du Chili. De l'autre côté de l'océan.

Le lendemain, doña Pura me raconta ce qu'elle savait de la mort de mon père.

« Nous ne sommes sûres de rien, Miguelito. Ta mère croit dur comme fer qu'il a été assassiné par un traître. Moi, je suis persuadée qu'il défendait son honneur. Pendant trois ans, elle a consacré toute son énergie à rechercher des traces de l'assassin, pour venger ton père. C'est pour cela que nous sommes restés à Concepción après sa mort. Par bonheur, elle tient tellement à toi qu'elle a fini par accepter l'invitation du comte, et c'est ainsi que nous sommes venus à Séville. Cela ne l'empêche pas de penser sans cesse à son époux défunt. À ses yeux, c'était un héros. Un chevalier sans peur et sans reproche. Tu comprends ? »

Je comprenais. Je savais déjà ce qu'un grand amour veut dire. Se coucher, se réveiller avec l'image de l'être aimé, souffrir le martyre dès qu'il s'absente, ne serait-ce que quelques heures. C'est ainsi que j'aimais ma mère. La savoir près de moi suffisait à me rendre heureux. Avant son mariage avec l'oncle Manrique, je quittais mon lit chaque soir pour aller me glisser dans le sien. C'était un jeu entre nous.

« Que fais-tu, petit fou ? Pieds nus sur le marbre froid !

— J'ai eu un cauchemar, maman ! »

Et ainsi, de soir en soir.

« Encore un cauchemar, Miguelin ?

— Oui maman, un cauchemar. »

Le subterfuge se répétait. J'avais alors le droit de me blottir contre elle et de m'endormir dans ses bras.

Après son mariage, elle m'avertit :

« Maintenant, tu es un grand garçon. Finis, les cauchemars. »

Je compris que je devais respecter cette situation nouvelle. J'en éprouvais de la peine, mais n'en montrai rien. Alors, comment décrire ma joie quand, un soir, trois mois après son mariage, ma mère entra dans ma chambre, pieds nus.

« J'ai eu un cauchemar, Miguel. »

À mon tour de lui faire une place dans mon lit, de la prendre dans mes bras et de caresser ses cheveux.

L'année 1628, j'eus treize ans. C'est cette année-là que les habitudes de ma mère et de l'oncle Manrique commencèrent à changer. Mère détestait la cour, la vanité des aristocrates et les conventions que l'étiquette royale lui imposait. Elle adorait se promener dans notre maison vêtue d'une robe d'intérieur sévillane, élégante et légère.

« C'est ici que je trouve le calme et le bonheur », disait-elle à Manrique tout en s'excusant de ne pas l'accompagner dans les déplacements à Madrid que sa fonction exigeait.

Mais soudain, elle se mit à participer à tous ses voyages. Des voyages qui se prolongeaient et qui affaiblissaient sa santé. Au retour d'une de ces longues absences, elle perdit le sommeil. Je l'entendais la nuit qui allait et venait dans sa chambre comme une âme en peine. Le jour, n'osant pas la questionner sur les raisons de son angoisse, je l'observais, les larmes aux yeux, mais elle ne s'en apercevait pas tant elle était absorbée par ses soucis.

Un matin de mai, elle me prit la tête entre ses mains et plongea ses yeux dans les miens. J'espérais qu'elle allait me confier la raison de son tourment, mais, après un court silence, elle s'efforça de sourire, m'embrassa sur la joue et dit simplement :

« Je dois me rendre à Madrid avec Manrique.

— Encore ! C'est la troisième fois que tu y vas depuis le début du printemps !

— Manrique et moi, nous avons des choses importantes à faire. Ne crois surtout pas que je pars de gaieté de cœur. Avec un peu de chance, cette situation ne va pas durer, Miguel. »

Mais les mois passèrent et ses départs se firent de plus en plus fréquents. Au retour, elle accusait des signes de fatigue inquiétants. Un soir, j'assistai à sa toilette dans son boudoir. Sa femme de chambre brossait sa longue chevelure qui gardait encore la vigueur et l'éclat de sa jeunesse. Mais son visage...

Elle s'observa un long moment dans le miroir avant de me demander :

« Tu trouves que j'ai beaucoup vieilli, Miguel ? »

Je me reproche encore ma réaction. Au lieu de

mentir, de lui assurer qu'elle était toujours belle, je me mis à hurler.

« C'est la faute de Manrique ! Il fait tout pour t'éloigner de moi ! Il invente ces voyages qui t'épuisent pour nous séparer ! Il ne m'a jamais aimé ! Je le sais ! »

Quand, fatigué de crier ma peine et ma jalousie, je tombai à genoux, ma mère me caressa les cheveux et se pencha vers moi pour me parler entre ses baisers.

« Non, Miguel. C'est moi qui impose au patient et généreux Manrique ces voyages qui nous pèsent à tous les deux. Je suis la seule coupable. Ton père adoptif te chérit autant qu'aurait pu le faire ton vrai père si... s'il était encore en vie. »

Je m'étais conduit comme un enfant capricieux, mais je me sentais prêt à affronter n'importe quelle vérité.

« Pourquoi tous ces voyages ? Que cherches-tu donc ? »

Ma mère éloigna la femme de chambre d'un geste et me fit asseoir sur la banquette à côté d'elle. Me prenant les deux mains, elle poursuivit :

« Je cherche l'assassin de ton père. Mais il se dérobe sans cesse. À peine arrivons-nous à un endroit qu'il vient juste de le quitter.

— Qui est cet homme, maman ?

— Bientôt, je te dirai tout. Manrique et moi partons la semaine prochaine. Peut-être ma longue quête sera-t-elle enfin récompensée. Et alors je pourrai venger ton père, Miguel ! »

Cette nouvelle absence dura presque un mois. À son retour, j'eus l'impression qu'elle avait épuisé ses dernières forces. Elle était si pâle et amaigrie qu'à sa vue, mon cœur se serra. Manrique dut la soutenir pour descendre du carrosse.

« Ta mère est à bout de forces, Miguel. Laissons-la se reposer. Vous dînerez ensemble ce soir, j'ai une réunion chez le gouverneur. »

Je suppose que mon père adoptif inventa cette réunion pour nous laisser en tête à tête.

Ce dîner fut un des plus silencieux de notre vie. Je ne savais que faire ni que dire pour que ma mère abandonne ces pensées qui la minaient. Son visage émacié demeurait figé comme un masque de mort. Seul son regard rappelait qu'elle était encore en vie ou, plutôt, qu'elle tenait encore à la vie. Elle finit par se rendre compte que je l'observais.

« Tu ne manges rien, Miguel.

— Toi non plus, maman. »

Elle porta une coupe à ses lèvres, but une gorgée de vin.

« Tu m'as souvent demandé ce qui se cachait derrière la porte dont la clef ne me quitte jamais. Je t'ai toujours répondu que c'était mon jardin secret. Aujourd'hui, j'aimerais que tu m'accompagnes. »

Arrivée devant la porte, elle l'ouvrit et s'effaça pour me laisser entrer. Je fus frappé par l'étrangeté du lieu : une pièce entièrement recouverte de velours noir – les murs, le plafond, le plancher. On aurait dit une chapelle. À la place de l'autel se trouvait le portrait en pied de mon père que Francisco Pacheco, beau-père de Diego Velázquez, avait réalisé à notre arrivée à Séville. Au milieu, un petit canapé sur lequel ma mère me fit asseoir.

« Tu comprends maintenant, Miguel ? »

Je ne comprenais pas, mais j'approuvai de la tête afin de ne pas la décevoir. Le long des murs, des lampes à huile avaient été placées pour créer une source de lumière uniforme qui ne fasse aucune ombre au tableau.

La première fois que j'avais vu ce portrait, j'avais à peine cinq ans. Pacheco venait de l'achever et la toile était posée entre deux chaises. Il m'avait fallu basculer la tête en arrière pour pouvoir contempler le visage de mon père. Je me sentais tout petit et il m'était apparu comme un géant.

« Que penses-tu de ton papa, Miguelito ? »

J'en étais resté stupéfait.

En découvrant une seconde fois le tableau, il me sembla que j'avais rêvé cette scène.

« Mon papa était un dieu ? »

Le capitaine Miguel de Erauso se tenait debout en habit de parade. De hautes cuissardes au revers de fourrure, une cuirasse lui couvrant entièrement le torse, une splendide armure gravée de fleurs et de feuilles stylisées, tel le Mars entouré de nymphes et de nuages menaçants devant lequel je m'étais arrêté dans l'atelier de Pacheco. Ma question avait fait rire le maître mais elle parut blesser ma mère qui répondit d'une petite voix :

« Non. Ce n'est pas un dieu. C'était simplement le meilleur des hommes. »

Je n'avais plus jamais revu ce tableau. Dix ans plus tard, dans cet espace clos et étouffant, ce fut comme si je le contemplais pour la première fois. Comme si mon père, de mythique, devenait réel.

« J'aurais voulu vivre quelques années de plus avec ton père, tu sais ? murmura ma mère. Pour mieux le connaître... C'était une si belle personne ! Hélas ! Les choses sont allées si vite ! »

Pacheco avait peint un décor d'une extrême

sobriété. Sur un fond brun un peu délavé, recouverte d'une cape bleu pâle, la silhouette du guerrier semblait incroyablement présente. Des épaules musclées, imposantes, qui exprimaient la puissance et le calme. De grands yeux noirs entourés de longs cils, un nez droit mais doux, et une bouche presque tendre. L'ombre d'une moustache, soulignant la lèvre supérieure, ajoutait une touche de virilité à ce visage angélique.

« Je viens le contempler tous les soirs. Nous n'avons pas besoin de la voix ni des mots pour communiquer. Le silence suffit. Je vais te donner une clef de ce cabinet. Quand tu éprouveras le besoin de t'isoler, de dire ce que tu n'oses dire à personne, tu pourras venir te recueillir ici ».

Deux jours plus tard, ma mère tomba gravement malade. Malgré mes pleurs et mes crises de colère on m'interdit de la voir. Doña Pura fit tout son possible pour me raisonner. Des médecins venus de Madrid et d'Italie se relayaient à son chevet. Sa maladie pesait sur toute la maison. Les domestiques marchaient sur la pointe des pieds et laissaient paraître un chagrin sincère. La gentillesse et l'affabilité de leur maîtresse les avaient conquis dès son installation dans notre palais sévillan.

Au bout d'une semaine à piétiner dans ma chambre, sans autres nouvelles que le quotidien « Ta maman va un peu mieux » de doña Pura, j'exigeai une entrevue avec Manrique. Il ne quittait la chambre de la malade que pour recevoir des médecins réputés qui désormais arrivaient de toute l'Europe.

Ce n'est qu'aujourd'hui où j'écris ces *Mémoires* que je comprends l'immense bienveillance et l'immense amour qui portaient le vieil homme, et que je mesure à quel point ma jalousie et ma haine envers lui étaient ridicules.

Je me vois encore, ce jour-là, le dos raidi par mes efforts pour me grandir. Je voulais, pauvre prétentieux, arriver à la hauteur de la barbe de mon père adoptif, géant autant par la taille que par le poids et par la prestance royale dont chacun de ses gestes était empreint. La légende dit que le comte-duc d'Olivares, redouté pour ses colères, avait du mal à soutenir le regard impérieux de don Manrique, son cousin. Et moi, gamin de quinze ans, fluet et maladroit, j'arborais mon air le plus arrogant pour essayer d'obtenir gain de cause.

« Je veux voir ma mère. Pourquoi m'en empêche-t-on ? »

Cela faisait quelques jours que je ne l'avais vu, et je fus surpris par les changements survenus en lui en si peu de temps. Ses épaules s'affaissaient sous le poids d'une souffrance trop lourde à porter, les rides de son front et autour de ses yeux s'étaient creusées. Le manque de sommeil ralentissait ses gestes et ses réactions.

Il laissa passer un long moment avant de me répondre d'une voix brisée par le chagrin.

Sa main, puis son bras, se levèrent avec lenteur. Je crus un moment qu'il s'apprêtait à me gifler. Non. Sa main se posa sur mon épaule en un geste filial.

« Beatriz se meurt, Miguel ! Elle va nous quitter ! C'est elle qui a demandé qu'on te maintienne éloigné. Elle veut t'éviter le spectacle terrible de sa souffrance. Bientôt, tu seras auprès d'elle, tu pourras la serrer dans tes bras, je te le jure ! »

Il se retourna puis s'éloigna d'un pas précipité afin que je ne sois pas témoin de ses larmes.

Le comte de la Niebla tint sa promesse : deux jours plus tard, j'eus la permission d'entrer dans la chambre de ma mère. J'eus du mal à reconnaître le spectre qui se trouvait à demi assis sur le lit.

« Elle veut te parler, mon fils. »

Manrique, après m'avoir conduit jusqu'au fantôme de ma mère, ne put retenir des soupirs de détresse.

« Elle s'en va ! Elle s'en va ! »

Doña Pura s'approcha et lui dit d'un ton ferme : « Venez, comte ! Elle veut parler à son fils. Vous avez fait tout ce qui était en votre pouvoir ! Sortons ! »

Soutenu par ma gouvernante, Manrique accepta de quitter la chambre.

Je tremblais de tout mon corps. Ma mère tenta de rassembler ses forces. J'approchai mon oreille de ses lèvres pour mieux recueillir le souffle de sa voix.

« Miguel ! »

C'est le seul mot qu'elle eut la force de prononcer.

Appelait-elle mon père pour le rejoindre dans un dernier effort, ou s'agissait-il de mon prénom ? Je ne le saurai jamais. Sa tête retomba sur mon épaule.

Ma mère venait de trépasser dans mes bras.

2

Les Erauso

Don Manrique me fit asseoir dans un fauteuil en face du sien. Son bureau était plongé dans la pénombre. Il me parla d'une voix sourde, étouffée par le chagrin. Immobile, tassé, je serrais mes deux poings pour mieux contenir mes émotions.

« En épousant Beatriz, j'étais certain que je mourrais le premier. Face à sa jeunesse, je me sentais comme un vieillard. Les lois de la nature ont été bouleversées. À défaut de la précéder, j'aurais voulu la suivre dans la tombe, Miguel. Mais je lui ai juré de m'occuper de toi, de t'aider à devenir un homme de bien. »

Il étouffa un sanglot, puis sa voix résonna à nouveau, sourde.

« Beatriz a eu la force de dicter un document à don Ramiro de la Hoya, notre régisseur. Son testament spirituel. Don Ramiro te le remettra lui-même. Elle te dit des choses graves, dont la lecture va sans doute t'être pénible. L'héritage que je te laisserai un jour fera de toi un homme puissant, Miguel. Tu bénéficieras de l'importance que donne l'argent et du pouvoir que confère l'appartenance à la lignée des Guzmán. Je sais que je n'ai jamais pu remplacer le père que tu n'as pas connu. Je n'y peux rien, et toi non plus. Considère-moi cependant comme ton meilleur allié.

« Une dernière chose... À partir d'aujourd'hui, don Ramiro de la Hoya entre à ton service. C'est un ami fidèle et loyal, un homme intègre. Or l'intégrité est devenue une vertu rare en Espagne de nos jours. Écoute ses conseils. Il guidera tes pas afin de faire de toi un guerrier. C'est ainsi que le peintre Pacheco a représenté ton père, n'est-ce pas ? Moi, je ne sers plus à grand-chose, je me retire dans un couvent. Don Ramiro me remplacera pour tout. »

Don Manrique m'apprit qu'il avait donné l'ordre de placer le portrait du capitaine de Erauso à côté du cercueil de ma mère, dans le tombeau en marbre de Carrare qu'il avait fait construire pour elle. Après un long silence, il se leva, vint vers moi et me donna l'accolade.

Je cherchai refuge dans mes appartements. Doña Pura m'avait préparé un repas léger que je ne pus toucher. Pour une fois, elle ne me gronda pas. Elle respectait ma peine. Sa douleur l'empêchait aussi de prononcer le moindre mot.

Don Ramiro m'apporta les pages dictées par ma mère. Installé près d'une lampe à huile, j'en commençai immédiatement la lecture.

Mon fils bien-aimé,

Quand tu liras ce message, je ne serai plus de ce monde. Il est arrivé, le moment de te confier mon terrible secret.

Tout petit déjà, quand nous étions encore au Chili, tu me demandais parfois, les yeux plein de larmes : « Pourquoi es-tu si triste, maman ? »

Je te prenais dans mes bras, je t'embrassais, je te men-

tais... « J'ai un rhume. J'ai mal au ventre. » Tout était bon pour te cacher mon désespoir.

Je t'avais dit une fois, pour expliquer l'absence de ton père : « Papa est au ciel ! » C'est ce qu'on dit aux enfants pour qu'ils aient moins de peine. Si le paradis existe, ton père est un de ses élus, tu peux en être sûr. Il était dans la force de l'âge, plein d'énergie et aimant lorsqu'on m'a annoncé qu'il avait été tué au cours d'un duel.

Après l'enterrement, j'ai dû garder le lit. J'étais enceinte et mon premier devoir était de ne pas mettre en danger la naissance de notre enfant. Ta naissance.

Une fois rétablie, j'ai voulu savoir qui était responsable de la mort de ton père. Je voulais le venger. Que le coupable paye pour son crime. J'ai interrogé les témoins, les autorités civiles, les supérieurs hiérarchiques de mon cher Miguel. Personne n'avait idée de rien. Ni ne voulait m'aider. Je pense à présent que les juges, les militaires, et même les autorités religieuses sont tellement habitués à voir périr la fine fleur de la jeunesse espagnole, prête à s'entretuer pour un oui ou pour un non, qu'ils en sont devenus cyniques. J'ai fini par soudoyer un sergent. Contre argent comptant, il m'a appris que l'assassin de Miguel était le lieutenant d'enseigne Alonso Díaz Ramírez de Guzmán.

À partir de ce moment, j'ai tout mis en œuvre pour le retrouver. Le lâche lieutenant s'était enfui, et personne ne pouvait me dire où.

Le temps passait et mes démarches semblaient définitivement vaines. Tu avais déjà trois ans et il fallait penser à ton avenir. C'est alors que j'ai décidé d'accepter l'invitation de Manrique, et que nous nous sommes installés à Séville.

J'ai essayé – Dieu sait que je faisais de mon mieux ! – d'oublier mon chagrin et ma soif de vengeance. Te voir grandir me donnait bien des joies. Mais l'image de ton père et la tristesse de sa disparition continuaient de me miner.

Au cours de ces années, je n'ai que rarement quitté le palais de Manrique dont les murs nous protégeaient contre la laideur du monde et ses misères. Nous vivions tous les deux dans un petit paradis, entourés de beaux objets, de livres magnifiques, de gens qui nous étaient sincèrement dévoués. Tout allait pour le mieux. Jusqu'à ce jour de mars 1627…

Ce jour-là, le comte-duc d'Olivares avait convié Manrique à participer aux discussions du Conseil sur le statut de la Catalogne et de la Biscaye, des régions qui étaient alors très agitées. La femme de d'Olivares, qui avait connu et beaucoup apprécié ma mère, tenait aussi à me recevoir. Je ne pouvais me soustraire à son invitation.

Durant notre séjour, cette femme charmante et discrète fit tout son possible pour me distraire. Un soir, elle m'invita au théâtre voir un spectacle dont toute la ville parlait : La Nonne lieutenant. *Je ne connaissais pas cette œuvre de don Juan Pérez de Montalván, un ami de Lope de Vega. Nous occupions une des loges principales, à côté de celle du roi Felipe IV. La salle était pleine à craquer, il y régnait une sorte de fièvre que je ne m'expliquais pas. Certains spectateurs revenaient pour la deuxième ou la troisième fois. María de los Ángeles d'Olivares m'apprit que la pièce s'inspirait de l'histoire réelle de la célèbre monja alférez, une nonne qui s'était fait passer pour un homme durant la plus grande partie de son existence et qui s'était illustrée sur les champs de bataille. J'ai donc attendu le début du spectacle avec impatience. Mais la pièce m'a rapidement paru fade, une classique histoire d'amants contrariés.*

Quand soudain un acteur, grimé afin de paraître plus jeune que son âge, apparut sur scène dans le rôle de… Miguel de Erauso ! Il braillait à tout bout de champ : « Moi, don Miguel de Erauso ! » et se mouvait sans aucune élégance.

J'avais l'impression de vivre un cauchemar. Je me disais : « Lève-toi, cours, pars ! » Mais mes jambes ne m'obéissaient plus. J'étais incapable de bouger. Une force impérieuse m'obligeait à regarder, à écouter. Quand le duel est arrivé, j'écarquillai les yeux, horrifiée à l'idée que j'allais voir ce que je n'avais jamais pu imaginer. Ils ferraillaient. Je voulais baisser la tête mais je n'y parvenais pas. Le combat était loyal. La nonne lieutenant, virtuose de l'épée, blessa mortellement Miguel. Lorsque, en l'entendant crier « Confession ! Je meurs ! », elle reconnut la voix de son frère. C'en était trop. Je me suis évanouie.

Je suis restée trois jours sans reprendre conscience.

Après la mort de ton père, je n'avais cessé de poursuivre l'ombre du lieutenant Alonso Díaz Ramírez de Guzmán. Et voilà que ce soir-là, au théâtre, j'apprenais brutalement que le lieutenant Díaz n'était pas un homme mais une femme. Et que cette femme était la propre sœur de Miguel, Catalina de Erauso. Or, cette meurtrière était devenue une héroïne nationale. Le roi lui avait donné une somme considérable pour ses faits d'armes et elle avait reçu du pape la permission de se vêtir en homme pour le reste de ses jours.

Doña María de los Ángeles n'a pas quitté ma chambre jusqu'à ma guérison, elle m'a soignée comme une sœur. Manrique ne t'a annoncé ma maladie que deux jours avant notre retour. Et je lui ai fait jurer de ne pas te parler de cette histoire effroyable. Après avoir récupéré quelques forces, j'ai lu les Mémoires *que la nonne militaire avait publiés, passant sans répit de la rage aux larmes. Catalina de Erauso racontait ses aventures avec une froideur hautaine et inhumaine. La façon dont elle avait camouflé sa véritable identité, ses combats à l'armée, mais surtout ses duels. Aucun lieu où elle soit passée sans y laisser un cadavre, car c'était un bretteur hors pair, et elle en était fière. Jusqu'au cadavre de son propre frère. Mon époux.*

Mon Miguel. En lisant et relisant ces Mémoires, *j'ai compris que ton père n'avait jamais soupçonné que le lieutenant d'enseigne Díaz de Guzmán était sa sœur cadette. Ma haine n'a fait que croître. J'ai prié des nuits entières pour ne pas me laisser empoisonner par la rancœur qui pourrissait mon âme. En vain. Ma haine grandissait avec les heures, les jours... C'est alors que la maladie m'a terrassée à nouveau. Mais je continuais de supplier le comte de la Niebla, cet homme patient et magnifique, de ne pas te révéler le pourquoi de ce poison qui dévorait mon cœur : une haine atroce qui me conduisait vers la folie.*

À l'époque, je n'avais pas cru aux explications de Manrique.

Ta mère a été un peu souffrante, c'est pourquoi je t'écris à sa place. Sa santé se rétablit doucement et nous allons bientôt rentrer à Séville.

Je savais que, même malade, ma mère ne m'aurait jamais laissé seul si longtemps. J'en voulais même à doña Pura de me retenir à Séville.

« Allons rejoindre maman, tu m'entends, Amparo Etchegarray ?

— Tu ne ferais que compliquer les choses, Miguel. Ta mère va mieux. Don Manrique te l'a écrit. Attendons son retour. »

Nous avons attendu. À son retour, ma mère n'était plus la même. L'insomnie marquait les contours de ses yeux, ses pupilles dilatées donnaient à son regard un air égaré. Elle mit du temps à récupérer un peu de son énergie et, voulant me rassurer, elle répétait : « Tout va bien, Miguel. Une fatigue passagère. Sois patient. »

De la patience ! J'essayai désormais de ne plus l'importuner avec mes questions.

Il fallut sa mort et ce testament pour que je comprenne la raison de sa quête, de sa douleur. Derrière l'écriture appliquée de don Ramiro de la Hoya, j'entendais sa voix.

J'ai recherché cette maudite nonne pendant plus de deux ans. S'en doutait-elle ? Manrique, à ma demande, avait rencontré le comte-duc d'Olivares dont le service d'espionnage était admiré en Europe jusque par son rival, le cardinal de Richelieu. C'est ainsi que j'étais tenue au courant des déplacements de Catalina. Mais chaque fois j'arrivais après son départ. Nous avons failli, Manrique et moi, la croiser à Naples. On nous apprit qu'elle venait de quitter l'Italie. Finalement, j'ai insisté pour rentrer en Espagne. Pendant ce temps, la nonne militaire avait accepté que Pacheco peigne son portrait avant qu'elle reparte pour le Nouveau Monde.

Pacheco avait peint un portrait proche de la réalité, cela se sentait. Un visage ingrat au regard dur. Quelqu'un capable de tuer sans le moindre remords. Je n'y retrouvais rien de Miguel, et mille fois je me répétai : « Non, cet être-là ne peut appartenir à la famille de Erauso. »

En réalité, mon cœur ne supportait pas l'idée que Catalina ait pu tuer son propre frère. Et si une autre femme, ayant rencontré par hasard la vraie Catalina, avait décidé de se faire passer pour elle ? Des prostitués, des voleurs à la tire et des assassins ont trouvé, en fuyant au Nouveau Monde, une manière d'échapper à la potence. Je passais des heures à observer le portrait de Pacheco en me répétant : « Non, ce n'est pas une Erauso. Cet être-là vient de l'enfer. »

Que faire ? J'étais à bout de forces, tout espoir de me trouver un jour face à la meurtrière de ton père m'abandonnait. Quand je voyageais, je ne me séparais jamais de la dague qui avait appartenu à Miguel. Aurais-je eu le courage de l'enfoncer dans le cœur de cette femme ? Question vaine, puisqu'elle m'échappait sans cesse.

C'est en voyant la mort venir que j'ai commencé à m'interroger sur ce désir de vengeance qui m'avait éloignée de toi ces dernières années. Je m'en veux de te dire ces mots au moment où je sens que la vie m'abandonne : oui, je serais capable d'aller en enfer pour retrouver la meurtrière de ton père. L'amour que je portais à Miguel dépassait tout. Sauras-tu me comprendre ? Et me pardonner ? Je te confie l'arme de ton père. Tu en feras ce que tu jugeras bon.

Combien de temps suis-je resté, perdu, le testament sur les genoux ? Je m'étais enfermé à clef dans la tour qui me servait de salle d'étude, de lieu de repos et d'observatoire. Don Manrique, connaissant mon intérêt pour l'astronomie, m'y avait fait installer un télescope qui venait directement de Prague.

La lecture du testament m'avait causé un trouble profond, j'avais l'impression de ne plus reconnaître ce que j'avais vécu jusque-là, et en même temps de me trouver face à un avenir qui se dérobait.

Ce soir-là, au palais du comte de la Niebla, un adolescent malheureux quitta son fauteuil et marcha jusqu'à la fenêtre devant laquelle se trouvait la lunette astronomique. Il observa les étoiles et demeura longtemps ainsi, le regard fixé sur l'infini. Jusqu'à ressentir une paix profonde, comme s'il venait de vivre des années en quelques secondes, franchissant la frontière qui le séparait de l'âge adulte.

Ce fut comme si mon âme se réincarnait. Je pus quitter la fenêtre et repris le testament et la dague qui avait appartenu à mon père.

Catalina de Erauso. Nonne et militaire. Meurtrière

de son frère. Une Erauso devenue l'ennemie. Des vérités qui frappaient comme des coups de poing.

Je les recevais en plein cœur.

« Je continuerai ta quête, mère », murmurai-je d'une voix brisée.

Je m'engageais en toute liberté, en pleine conscience.

J'embrassai la dague.

Je veillai jusqu'à l'aube, puis je dus m'endormir, car je fus réveillé par doña Pura qui m'apportait le petit déjeuner.

« Don Ramiro de la Hoya t'attend, Miguel, m'annonça-t-elle. Il tourne en rond depuis tôt ce matin, sans oser te déranger. »

Don Ramiro de la Hoya était désormais à mon service. Il fallait aussi que je m'habitue à cette nouvelle situation. Un homme issu d'une famille illustre, un grand savant diplômé en philosophie, lettres et jurisprudence de l'université de Salamanque m'attendait devant ma porte sans oser frapper. La dévotion qu'il montrait au comte de la Niebla se reportait, tout naturellement, sur son fils adoptif.

Ma mère m'avait parlé de lui, comme pour me préparer à ce qui se passerait.

« Je sais que tu n'aimes pas don Ramiro de la Hoya, Miguel. Il a l'air austère et peu aimable, je te l'accorde, mais c'est un homme honnête et loyal.

Très grand, longiligne et noueux, toujours vêtu de noir comme l'austère Felipe II, don Ramiro respectait la règle du monarque décédé : « Pas de vin ni de mets trop riches. » Il était chargé de gérer les biens de don Manrique. Employés et domestiques, paysans et capitaines de navire devaient lui rendre compte de tout. Doña Pura admirait sa précision scrupuleuse, mais il lui arrivait aussi de perdre son calme légendaire lorsqu'il la convoquait.

« Il met son nez partout, il me questione à tout propos. Je sais qu'il agit ainsi par loyauté pour son patron, mais parfois j'ai envie de lui sauter à la gorge. Il se prend pour le chien de garde de monsieur le comte. »

Ramiro de la Hoya m'accueillit par un discours sec et bref dont je retins à peu près ceci : mon père adoptif m'avait déjà désigné comme héritier, et je devenais le détenteur d'une fortune immense.

À cinquante ans, don Ramiro avait la peau du visage transparente et usée comme un papyrus. Un visage de momie où le seul signe de vie se concentrait dans le regard. Mais quel regard ! Celui d'un aigle, noir, intense et perçant, toujours en état d'alerte.

Nous avons passé des heures dans la bibliothèque, à faire le compte des nombreuses possessions de don Manrique. Cet inventaire me donna le vertige. Des vignobles, des oliveraies, des champs d'amandiers et d'orangers à perte de vue ; des troupeaux de chevaux et de taureaux de race, des terres, et encore des terres... La moitié de l'Andalousie semblait appartenir au comte de la Niebla.

« Ces possessions proviennent d'héritages familiaux, mais le comte a créé ici un véritable royaume où des hommes et des femmes travaillent sans être honteusement exploités comme ils le sont dans une grande partie de l'empire. Elles vous reviendront de droit à la mort de votre père adoptif. Les dispositions pour votre éducation ont déjà été prises, nous les étudierons plus tard. Je voulais juste vous faire un tableau rapide de vos richesses. Avez-vous une idée de ce que vous aimeriez entreprendre ? Un désir particulier ? »

J'étais son seigneur, comme il disait, mais je soutenais avec peine ce regard qui lisait mes pensées. Je devais lui montrer que je me sentais capable d'affronter mon destin.

Je le regardai droit dans les yeux.

« Je veux retrouver l'assassin de mon père, don Ramiro », dis-je.

J'avais parlé d'une voix neutre, avec fermeté. J'apprenais, à l'instinct, l'art de commander.

3

San Sebastián

Moi qui me croyais résistant ou qui aurais voulu l'être, sitôt mon tuteur parti, je m'effondrai, pris de fortes fièvres et de cauchemars. Je me réveillais, j'essayais de rester conscient, puis je retombais dans mes délires. Pendant de brefs instants de lucidité, je sentais, plus que je ne voyais, la présence de doña Pura et de don Ramiro. Les soins de l'une et l'apparence inflexible de l'autre me ramenèrent à la vie. Je savais que je pouvais faire confiance à ces deux êtres-là.

Un après-midi, don Ramiro s'assit à mon chevet.

« Vos forces reviennent, don Miguel. Je pense que vous pouvez maintenant lire ce document que la comtesse m'a confié pour vous. » Il me mit entre les mains les *Mémoires* de Catalina de Erauso. Une note de ma mère m'expliquait que ce manuscrit avait été écrit par la nonne militaire sur le bateau qui la conduisait du Nouveau Monde en Espagne.

Je me plongeai immédiatement dans la lecture et consacrai ma convalescence à lire et relire ce texte.

Quelques semaines plus tard, assis autour d'une table, mon tuteur et moi envisagions ensemble mon avenir. Désormais, on me donnait du « don ». Le titre de « comte de la Niebla » me reviendrait à la mort de Manrique. Dans son couvent, il était informé de tout ce qui me concernait. Il fut heureux d'apprendre que ma santé s'était rétablie et me fit dire qu'il priait pour moi.

Fier de pouvoir exposer mes projets sans plus hésiter ni succomber au chagrin, je déclarai d'une voix que je voulus tranchante :

« J'ai juré de poursuivre la quête de ma mère, de retrouver cette femme qui a provoqué tant de chagrins dans nos vies. Aujourd'hui même, s'il le faut, je suis prêt à partir pour le Nouveau Monde ! »

Le visage de don Ramiro resta impassible, mais – surprise ou ironie ? – ses petits yeux enfoncés lancèrent un éclat d'onyx.

« Catalina a quitté l'Espagne pour repartir aux colonies. J'ignore où exactement. Le nouveau continent est vaste, don Miguel. J'attends des nouvelles de nos contacts au Chili, au Pérou et ailleurs. »

Don Ramiro observa un long silence avant d'enchaîner.

« Si je peux me permettre un conseil, seigneur, en tant que tuteur mais, surtout, en tant que porte-parole du comte de la Niebla, je pense qu'il serait préférable de vous préparer à la lourde tâche à laquelle vous voulez vous consacrer. »

Il attendit ma réponse. Les informations qu'il m'avait données me faisaient considérer la situation autrement. Impossible en effet de me lancer à la poursuite de Catalina au hasard. En mon for intérieur, je sentais que je n'étais pas encore prêt, qu'il serait plus prudent de laisser mûrir une aventure dont je commençais à peine à envisager les contours.

« En quoi consiste cette préparation dont vous parlez ? demandai-je.

— Poursuivre vos études et commencer votre entraînement militaire. Escrime et équitation. Lutte. Je vais mettre à votre service des personnes compétentes qui vous enseigneront les arts du combat. De mon côté, je continuerai à enquêter sur celle que vous voulez retrouver et vous tiendrai informé de ce que j'apprendrai. Si ce plan vous semble satisfaisant, je vous propose de passer à l'action le plus vite possible, don Miguel. »

Je savais que ce « plan », comme il disait, était aussi un moyen de calmer mon impatience et de me donner le temps de méditer ma décision. J'acceptai ses propositions, et je lui tendis la main pour sceller notre accord.

Une nouvelle vie commença. Levé tous les matins à l'aube, j'allais faire une longue course à cheval dans le domaine. De retour à la maison, je recevais des cours de latin, de grec, de français et d'italien. Le programme comprenait en outre de la littérature espagnole, de l'arithmétique, de la géographie, de l'histoire et des sciences naturelles. Des bribes de philosophie aussi, « pour apprendre à manier la contradiction », comme disait don Ramiro. Les après-midi étaient dédiés à la pratique du tir à l'arc et à l'escrime, bientôt complétée par l'apprentissage du combat au couteau. Le soir, je m'endormais sitôt la tête sur l'oreiller. Je menai cette vie pendant deux longues années. Le temps passa sans que je m'en rende compte. Un matin, c'est Pura qui me le rappela.

« Tu as dix-sept ans aujourd'hui, Miguel. Ah, si ta mère te voyait ! Seigneur ! Le portrait tout craché de ton défunt père ! »

C'était vrai. J'avais les yeux clairs de ma mère mais

le menton énergique, les boucles de jais et le profil de mon géniteur. Avais-je hérité aussi de sa volonté, de sa générosité et de son courage ?

« Il faut s'occuper pour ne pas penser, don Miguel, m'avait dit don Ramiro. Fatiguer les muscles pour oublier son chagrin. Un jour, seigneur, vous vous réveillerez le corps ferme, et la pensée claire et brillante comme un diamant. »

Mon tuteur avait vu juste. Ce matin-là, je me regardai nu dans une glace. Des muscles fermes, une silhouette mince, élancée. J'étais devenu un jeune homme que la vie et les malheurs avaient endurci. J'avais mûri. La souplesse et l'énergie de mon corps avaient comme absorbé mes colères et mon impatience d'adolescent.

J'étais enfin prêt à faire face à la charge morale qui m'incombait : trouver l'assassin de mon père, et le châtier.

Au terme de ces deux années, personne n'avait pu nous dire où se trouvait Catalina. Mon tuteur s'en était pourtant donné tous les moyens, et nous pouvions compter sur les contacts de la maison Guzmán et du comte de la Niebla dans le Nouveau Monde. Espérant trouver moi-même les traces de la meurtrière, je décidai de suivre les conseils de don Ramiro.

« Je ne suis pas chasseur mais mon maître, don Manrique, pratiquait la chasse au sanglier avec ses amis, et il m'est arrivé de surprendre leurs conversations. "Pour être un bon chasseur, disait l'un, il faut connaître intimement sa proie. Son poids, ses habitudes, ses ruses, ses peurs... Et pour cela, il faut l'observer à la trace." Pourquoi ne pas revenir sur les traces de la nonne, don Miguel ? »

Je n'avais pas besoin de lire ses *Mémoires*, je les connaissais par cœur. J'avais en tête toutes les étapes de son long périple, du couvent d'où elle s'était enfuie jusqu'au Nouveau Monde.

Moi, doña Catalina de Erauso, je suis née en la ville de San Sebastián de Guipúzcoa...

Je décidai donc de me rendre dans la ville des Erauso, pour rencontrer ceux et celles qui existaient encore, et découvrir les habitudes, les vertus et les faiblesses de la proie que je chassais.

Mon tuteur avait accompli sa tâche d'éducateur : il resterait à Séville pour gérer les possessions et l'immense fortune dont j'hériterais. J'aurais voulu que doña Pura reste à la maison, elle aussi, qu'elle profite du repos qu'elle méritait.

« Quoi ? Tu me prends pour une grabataire, Miguelito ? Malgré mes soixante-six ans, je suis plus forte que toi, si tu veux savoir. Bien plus résistante, en tout cas. Je suis une Basque, petit ! Aussi robuste que l'arbre de Guernica. Et je connais Donostia comme ma poche. Tu te débrouilles dans notre langue, mais tu ne comprendras jamais le parler des paysans. Je viens avec toi ! »

J'eus beau protester, ma vieille nourrice se montra inflexible, et je dus m'incliner. Au fond de mon cœur, je lui savais déjà gré de sa présence.

Don Ramiro, décidément adepte des plans, me prépara un « plan de voyage ». Il engagea quelques hommes d'armes expérimentés pour nous servir d'escorte.

« Vous allez traverser l'Espagne, de l'Andalousie à

la Biscaye. Les routes ne sont pas sûres. Une garde vous sera nécessaire. »

Il avait lui-même sélectionné une douzaine d'hommes de la région : des serviteurs loyaux, mais surtout d'excellents cavaliers qui avaient une bonne expérience des combats. Je disposais en outre d'une petite armée de serviteurs chargés des bagages et de l'intendance. J'avais commandé un carrosse pour doña Pura. Cette fois, je tins bon, malgré son refus : c'était la condition pour qu'elle m'accompagne. Deux charrettes suivaient avec les malles, la batterie de cuisine et tout ce qui était nécessaire pour se rendre du sud au nord du pays. Un tel déploiement de biens ne pouvait qu'attirer la convoitise des bandits. Et ce qui devait arriver arriva : nous fûmes attaqués par deux fois.

Le premier assaut eut lieu alors que nous arrivions à Ciudad Real. Nos adversaires étaient nombreux, mais désorganisés et mal armés. Mes gens mirent en fuite ces bandits sans que j'eusse besoin d'intervenir. La seconde attaque fut plus sérieuse. Nous étions sur la route de Soria, en Castille, dans la plaine de León. Notre première victoire nous avait fait baisser la garde. Il faisait très beau, nous avions largement profité des plats préparés par doña Pura et des bonnes bouteilles des vignobles de Manrique. C'est sur une voie étroite, bordée d'arbres, que les bandits nous assaillirent. Ils portaient des masques et des cagoules pour dissimuler leurs visages. Il ne s'agissait plus des pauvres hères du premier affrontement. Cette fois, nous étions tombés dans un piège pensé et prémédité. Bien qu'elle soit peu nombreuse – huit hommes et leur chef –, la petite équipe savait comment surprendre les voyageurs. Cinq hommes se mirent en travers du chemin, tandis que les quatre autres se plaçaient derrière nous, pour empêcher toute retraite. Nos adversaires combattirent vaillamment, mais ils n'avaient pas soupçonné l'expérience de mon escorte. Il y eut quatre morts dans leurs rangs, deux chez nous. L'honneur voulait que j'affronte leur chef. C'était mon premier duel hors du cadre policé de l'enseignement. Je me souvins alors de ce que mon maître d'escrime n'avait cessé de me répéter : « La leçon est une chose, le combat pour emporter la victoire en est une autre. Vous êtes arrivé à un bon niveau, don Miguel. Méfiez-vous ! Face à l'ennemi, il faut oublier la technique, vous remettre entre les mains de Dieu et suivre votre intuition. Vos réflexes vous seront plus utiles que mes leçons. »

J'ordonnai que personne n'intervienne et me concentrai sur l'homme qui me faisait face, son épée à la main. Étrange expérience ! Mes membres, mes sens réagissaient sans que j'aie à réfléchir ni même à les commander. Et soudain, j'eus une sorte d'hallucination. Je transpirais, mon cœur battait la chamade, je me défendais de toutes mes forces, avec dextérité, et en même temps, je me voyais combattre. Mon opposant était vigoureux, efficace, mais j'étais plus rapide que lui. Je reçus une légère éraflure au bras au moment où j'enfonçai mon épée dans sa poitrine.

Mes gardes voulaient l'abandonner là, jusqu'à ce que mort s'ensuive, le temps pour lui de se remémorer les méfaits qu'il avait commis, mais je ne partageais pas cet avis. Il avait lutté avec un courage qui forçait le respect. Le médecin qui m'accompagnait constata que sa blessure était profonde mais pas mortelle. On enterra les cadavres au bord de la route, pour prévenir la voracité des charognards qui, déjà, s'étaient postés sur les arbres alentour, et le chef des bandits, malgré l'opposition de doña Pura, fut hissé dans le carrosse. Quand le médecin lui ôta son masque et son chapeau pour le soigner, nous découvrîmes avec surprise qu'il s'agissait d'un vieil homme à la chevelure blanche, le visage buriné et traversé de cicatrices. Ce n'était pas la science, ni l'art de l'escrime qui m'avaient apporté la victoire : ma jeunesse seule avait eu raison du vaillant combattant.

Nous décidâmes de résider deux journées dans une auberge de Logroño. Bêtes et hommes méritaient du repos avant de reprendre la route.

Le chef des brigands s'appelait Pedro Bergusa. Sa vitalité lui permit de récupérer rapidement. Je pris plaisir à dîner avec lui en l'écoutant conter les multiples péripéties qu'il avait traversées. Il n'avait que cinquante-six ans, mais la dureté de son existence l'avait vieilli prématurément.

« J'ai combattu dans les armées de Sa Majesté le roi d'Espagne. Quant le *stadthalter* Frédéric-Henri de Hollande prit aux Espagnols les villes de Wessel et de Bois-le-Duc, dans les Pays-Bas espagnols, je me suis battu contre les Flamands. J'y ai écopé de quelques blessures graves dont mon corps garde de mauvaises traces. Et tout cela pour défendre l'Espagne.

— Comment êtes-vous devenu bandit de grand chemin ?

— La misère, monseigneur. Et le manque de respect des monarchies pour ceux qui ont défendu leur drapeau en terres étrangères. Je ne suis pas le seul. Nous sommes, hélas, légion dans ma situation. J'ai connu dans le temps un pauvre bougre qui avait perdu un bras à la bataille de Lépante. Il a même été fait prisonnier par des pirates maures. Miguel de Cervantes, qu'il s'appelait. À son retour de captivité, couvert de dettes, il n'a reçu, malgré ses supplications, aucune aide du roi qu'il avait si bien défendu. On l'a enfermé dans un cachot où, paraît-il, le pauvre manchot a eu le courage d'écrire un livre.

— *Don Quijote*, oui. L'avez-vous lu, Pedro ?

— Non. Je sais à peine écrire mon nom, monseigneur. Mais j'en ai entendu parler. Il conte l'histoire d'un fou, pas vrai ?

— D'un chevalier saisi par la démence, oui.

— Cervantes parlait sûrement de lui-même. Seul un fou peut trouver la force d'écrire dans un cachot ou dans cette prison qu'est la misère.

— En tout cas, cette folie a fait de lui un homme célèbre.

— Tant mieux pour lui. C'était un ami loyal, un brave type. »

Je décidai de prendre Bergusa à mon service. Il déploya un grand talent diplomatique pour gagner la confiance de doña Pura. En chantant les louanges des combattants basques qu'il avait connus au cours de sa tumultueuse carrière, il vint à bout de sa méfiance. C'était la carte à jouer pour obtenir les bons offices de la vieille femme. Dès lors, elle veilla à « bien nourrir » le « vaillant soldat » dont elle appréciait l'amitié.

Arrivé à San Sebastián, je pris à peine le temps de me reposer, impatient que j'étais de me consacrer à la recherche de documents concernant la famille Erauso. Les lettres d'introduction du comte de la Niebla me furent d'une aide précieuse, mais mon atout principal résidait dans ma maîtrise de la langue basque. C'est ainsi que je conquis la sympathie de l'archiviste de l'église San Vincente, don Alberto Izaustegui, qui mit à ma disposition les actes de baptême et les testaments que détenait l'église, et se proposa même de m'aider dans mon entreprise.

L'émotion m'étreignit lorsque, dans une salle qui sentait la poussière et le moisi, je pris place devant la pile de feuilles jaunies par le temps qui allait me révéler l'histoire de la famille de mon père. Je ne connaissais des Erauso que celui qui m'avait donné la vie, et je ne conservais de lui que le portrait et les souvenirs dont ma mère m'avait nourri – une histoire intime. Par ces documents, j'allais pouvoir me rattacher à une lignée.

Sans me l'avouer, je m'attendais à être bouleversé par la lecture de tous ces témoins du passé. Mon espoir fut vite déçu. Je n'y trouvai qu'une liste de noms, de dates et de faits, dénuée de sens. Une sorte d'inventaire écrit par des mains étrangères. Je pris tout de même soin de noter toutes les informations qui me paraissaient importantes.

Les Basques parcouraient la mer bien avant la découverte du Nouveau Monde. Fidèles à leurs origines, les Erauso étaient marins de père en fils. Certains furent des navigateurs au long cours, ou explorateurs de nouveaux continents, d'autres capitaines de bateaux, d'autres encore simples pêcheurs.

Dans un contrat signé le 19 mars 1552, je trouvai le nom de don Miguel de Erauso, copropriétaire d'un navire de transport de marchandises, le *María*, attaché au port de San Sebastián. Il s'agissait de mon arrière-grand-père, un personnage haut en couleur que tout le monde appelait Miguel le Vieux.

J'arrêtai un instant ma lecture, me plaisant à imaginer le Vieux comme un arbre puissant, un orme centenaire. L'arbre de Guernica, symbole de la terre basque. Deux fois veuf et père de nombreux enfants. Avait-il un visage dur, buriné par le vent et la mer ? Ou le visage noble et serein d'un homme fier d'avoir créé une dynastie composée de militaires et de marins ?

La lumière du jour déclinait à travers la fenêtre le long de laquelle don Izaustegui avait eu la prévenance de placer la table. Je remis mes recherches au lendemain.

J'arrivais à l'église San Vincente tous les matins à huit heures et ne la quittais qu'à la tombée du jour. J'avais à ma disposition des feuilles vierges, un encrier bien rempli et des plumes. Au bout de quatre jours de travail, les diverses pièces du puzzle familial commencèrent à se mettre en place.

À ce que je compris, mes grands-parents eurent sept enfants. Trois fils : Miguel, Domingo et Francisco María. Et quatre filles : María Juana, Isabel, Jacinta et Catalina, la benjamine. En lisant son nom, mon cœur se mit à battre dans ma poitrine.

Catalina de Erauso, baptisée le 10 février 1592. Fille légitime de Miguel de Erauso (fils de Miguel de Erauso le Vieux) et de doña María Pérez de Galarraga. Les témoins et parrains sont P. Pérez de Galarraga et María Vélez de Alanzardo.

« Les trois enfants mâles ont été baptisés à l'église Santa María, m'avait expliqué le vieil Izaustegui. Un feu a détruit le bâtiment et toutes les archives. Voilà pourquoi vous ne trouverez pas l'acte de baptême de votre père. »

En revanche, je pus suivre la trace des sœurs de

Catalina. María Juana prit le voile en 1605, Isabel, en 1606. D'une santé fragile, celle-ci ne résista pas à la discipline du couvent et mourut en 1617. Jacinta devint nonne en 1615, l'année de ma naissance.

Les fils étaient qualifiés d'« absents ». Les marins, les militaires qui partaient pour les Indes donnaient rarement de leurs nouvelles. Quant à Catalina, on la considéra comme morte après sa fugue du couvent.

J'alternais mes longs séjours dans la salle des archives avec des promenades dans les rues de San Sebastián. Je voulais connaître la ville de l'intérieur, vivre comme les gens du pays. À ma demande, doña Pura me réveillait à l'aube pour aller au marché. Pura décidait des achats, tenant serrés les cordons de la bourse. Elle discutait avec véhémence les prix de chaque article, même le plus dérisoire, et refusait d'entendre mes récriminations :

« Ça suffit, doña Pura ! Payez donc, nous n'allons pas discuter pendant des heures !

— C'est une question de principe, Miguelito. Ces ladres nous volent. Il faut bien que quelqu'un ose dénoncer ces turpitudes ! »

Elle avait sans doute raison, car, grâce à sa force de conviction irrésistible, beaucoup de marchands finissaient par lui accorder un rabais.

Le marché aux poissons, situé sur le port, justifiait la visite à lui seul. San Sebastián était baigné par l'océan Atlantique, et les produits de la mer, anchois, thon, araignée, morue, avaient ici un goût plus savoureux qu'ailleurs. Je découvrais aussi les fromages du Nord, le *cabrale*, l'*idiazabal* et surtout les *tetillas*, doux mamelons au lait de brebis dont la pointe, petit téton arrogant, faisait rougir les demoiselles.

Doña Pura, retrouvant l'ambiance et les coutumes de sa jeunesse, mettait un point d'honneur à nous offrir chaque jour un repas différent, nous régalant ainsi des meilleures spécialités de la région.

Si elle m'initiait à la vie matinale de Donostia, certains soirs, après mes lectures aux archives, je mettais à contribution Pedro Bergusa qui me guidait dans la Donostia nocturne. Les villes portuaires sont doubles, je l'avais déjà remarqué à Séville : celle qui vit au soleil, et celle que l'on découvre à la lumière blanche de la lune. Nous parcourions ensemble les ruelles étroites et fréquentions les tavernes ouvertes jusqu'à l'aube. Au petit matin, maquereaux et prostituées, trafiquants et marins ivres disparaissaient comme par magie.

Pedro Bergusa tenait à garder les formes et insistait pour me donner du « don Miguel » ou du « monsieur le comte » devant un tiers. Mais les soirs de beuverie, il se permettait un « *condesito* », petit comte, en signe d'affection.

« L'Espagne est composée de terres fort différentes, *condesito*. Voyez comme tout change dès qu'on quitte la Galice et qu'on pénètre dans les Asturies. Les fleurs, l'air qu'on respire, le goût du pain, le vin. Ah, Seigneur, le vin ! Prenons la Galice, où le cépage albarino produit un vin blanc à damner le plus sobre des hommes ! Pas loin, près d'Ourense, à Ribadavia, il y a le Ribeiro, une merveille ! Pétillant comme il le faut. Tenez, *condesito*, goûtez-le. On le boit dans une tasse, comme le bouillon de poulet. À vrai dire, il est excellent pour la santé. Et pour le pays basque, savourez ce rouge de Rioja. Le tavernier est un ami, il nous propose ce qu'il a de meilleur. »

Nos promenades nocturnes nous conduisaient souvent à Pasaje, un village près de San Sebastián situé sur une langue de terre séparée en deux par le fleuve qui venait ici se jeter dans la mer. Les eaux du fleuve étaient si profondes qu'elles permettaient aux bateaux de marchandises et aux chaluts de pêche de rejoindre l'océan. Pasaje n'était en fait que cela : un bras de mer remontant à l'intérieur des terres qui protégeaient ses rives des caprices du temps. Deux longues rues offraient autant de tavernes qu'une cohorte d'ivrognes titubants auraient pu le rêver.

C'est dans l'une d'elles que nous avons rencontré Koldo et Enriko Ariza, des jumeaux âgés de dix-huit ans. Pedro Bergusa était pour eux un héros. Ils avaient entendu parler de ses exploits durant la guerre des Flandres, comme de ceux qui le faisaient respecter des bandits de grand chemin. Ils se disaient pêcheurs mais, par respect pour « don Pedro », ils avouèrent leur véritable profession.

« Nous sommes un peu...

— ... contrebandiers... un peu...

— ... voleurs à la tire...

— ... mais nous ne faisons jamais...

— ... le boulot sans accorder...

— ... à notre victime...

— ... l'opportunité de se...

— ... défendre ! »

Ils parlaient d'une seule et même voix, l'un finissant la phrase que l'autre venait de commencer, sans qu'on puisse identifier les mots de l'un ni de l'autre.

Pedro Bergusa me proposa de les prendre dans notre équipe.

« Ils sont courageux et adroits, ils manient le pistolet aussi bien que le sabre. Orphelins à deux ans, ils ont été élevés dans les montagnes pyrénéennes par une bande de contrebandiers. Je me suis renseigné sur eux, tous vantent leur ruse et leur dextérité. À dix ans, ils faisaient passer les marchandises sous le nez des gardes-frontière.

Ils rêvent du Nouveau Monde où vous êtes né, *condesito* ! Ils pourraient nous être fort utiles !

— Et pour la loyauté, Pedro, peut-on compter sur eux ?

— J'en fais mon affaire, don Miguel ! »

Il me tendit la main, sa manière de conclure un contrat entre nous. À la vie, à la mort.

Il m'arrivait souvent de quitter mes compagnons pour me promener seul. Mes pas me guidaient vers la baie de la Concha, la coquille, comme son nom l'indiquait joliment, une baie protégée, à l'est, par le mont Urgull et, à l'ouest, par le mont Igueldo, deux promontoires naturels dont j'aimais faire l'ascension. De leur sommet je pouvais contempler l'océan et la côte.

D'autres fois, je ramais dans une barque jusqu'à la petite île Santa Clara, au milieu de la baie. Mon lieu de prédilection.

« Ton père avait fini par s'attacher à ces terres du Nouveau Monde, m'avait dit ma mère un jour. Il me parlait des Andes, de ces grands lacs étincelants lovés en altitude au creux des pics rocheux, de fleuves aussi vastes que la mer... Mais admirer n'est pas aimer. Pour lui, rien n'égalait la Biscaye. »

Je savais qu'à mon tour, où que je me trouve, je me sentirais lié à cette région par une force mystérieuse. Une histoire d'amour entre l'homme et la terre. Je comprenais mieux doña Pura et sa fierté d'être basque. « Je suis de cette terre », ne cessais-je de me répéter avec bonheur.

Et Catalina, l'avait-elle aimé, ce pays qu'elle avait fui ? Ses *Mémoires* ne portaient aucune trace d'un tel attachement.

J'étais curieux de savoir ce qu'au pays on pensait d'elle. En parcourant les marchés en compagnie de doña Pura, j'avais interrogé les gens. Presque tous connaissaient l'histoire de la « fugitive », mais sans savoir exactement pourquoi elle avait reçu tant d'honneurs en Espagne. Une vieille marchande de légumes leva les mains au ciel en disant : « La *monja alférez* ? Habillée en homme, elle a combattu de l'autre côté de l'Atlantique et tué tant et plus d'Indiens. Je prie pour elle chaque fois que je vais à la messe. Parce que c'est une femme courageuse qui s'est battue comme un homme, et parce que c'est une Basque, pardi ! »

Dans une taverne du port, un vieux marin me tint un autre discours.

« Cette femme en habit d'homme ? Il paraît que le pape l'a autorisée à porter l'uniforme militaire. Alors que c'était une religieuse ! Elle a dormi dans les dortoirs des soldats et on prétend qu'elle était vierge ! Seul un sot peut croire ça ! »

C'étaient les sœurs de Catalina qu'il fallait que j'interroge. Elles pourraient me raconter quelle sorte de jeune fille elle avait été, avant de se fondre dans la légende de la nonne héroïque. Ces sœurs que Catalina, dans ses *Mémoires*, avait superbement ignorées.

J'étais à Donostia depuis trois semaines, et je ne m'étais pas encore présenté au couvent où María

Juana et Jacinta de Erauso résidaient, comme me l'avait appris l'archiviste de l'église San Vincente. Le vieil homme, sans quitter le sanctuaire dont il était le gardien, était au courant de tout ce qui se passait en ville.

C'est donc là, sur l'île Santa Clara, que je résolus de rendre visite à mes tantes.

J'avais eu la sagesse de leur faire annoncer ma venue : elles me découvrirent en même temps qu'elles découvraient mon existence et leur émotion fut extrême. Elles me faisaient tourner sur moi-même, enlever et remettre mon chapeau, ma cape, en s'exclamant et en versant des larmes de joie. Quand elles me laissèrent enfin m'asseoir, elle prirent mes mains entre les leurs.

« C'est son portrait craché !

— Exactement comme dans mon souvenir ! Quel âge as-tu, Miguelito ?

— Dix-sept ans.

— L'âge de ton père quand il est entré dans la marine ! »

Tout en moi leur rappelait l'image de mon père défunt. J'en étais heureux et fier. En vérité, elles l'avaient très peu connu. Je me rendais compte en les écoutant que dans la famille Erauso, les filles, destinées à entrer dans les ordres depuis l'enfance, n'avaient eu que peu de contacts avec leurs frères qu'on destinait au métier des armes. Et, avec le temps, leurs souvenirs s'embrouillaient.

Habitudes du couvent ou simple complicité ? Jacinta et María Juana échangeaient des œillades avant de se tourner vers moi, comme si elles avaient quelque chose de très important à me confier. Après un moment d'indécision, Jacinta prit la parole d'une manière confuse, bouleversée par l'émotion de ce souvenir lointain : quelqu'un – une cousine ? – leur avait parlé de la mort de Miguel au Chili.

Elles entamèrent une discussion brève mais animée puis se tournèrent à nouveau vers moi. Elles me supplièrent de leur parler de ma mère et de mon enfance. Je leur racontai les instants de bonheur, nos promenades et nos jeux, l'amitié de ma mère pour doña Pura. Elles écoutèrent avec ravissement la description du palais du comte de la Niebla. Je ne m'attardai pas sur la longue maladie de ma mère, et elles eurent la délicatesse de ne pas insister, me caressant simplement la main d'un geste furtif.

À mon tour, je les fis évoquer leur enfance, la maison familiale avant qu'elles prennent le voile, puis leurs années de novices. Peu à peu, elles s'animèrent, plongeant dans la mer tantôt calme, tantôt mouvante des images lointaines. Et le moment arriva où je pus enfin poser la question qui me brûlait les lèvres.

« Et de la fuite de votre sœur cadette... avez-vous quelques souvenirs ? »

Je revois avec précision cette rencontre, un jour d'été de l'année 1632. Une salle austère et nue. Au mur était suspendue une grande croix en bois, et un tableau représentant saint Sébastien, patron du couvent, faisait face à un portrait de la Vierge Marie. Il y avait aussi des fauteuils en rotin qui avaient beaucoup servi et une table bancale sur laquelle était posé un bouquet de marguerites fanées. Mes tantes se tenaient assises en face de moi. Les rayons du soleil tombaient sur elles, dévoilant comme sous une loupe les détails de leurs visages usés par le temps, les privations et l'ascétisme de la vie monacale.

Peaux transparentes et blêmes traversées de fines ridules. Le rire, la douleur, la solitude, tout y était inscrit. Leur visage ne ressemblait en rien à celui sculpté par le soleil et les vents, traits durs et vigoureux, de la nonne-lieutenant portraiturée par Pacheco.

Une fois encore, elles se consultèrent du regard avant de me répondre. Et soudain, la digue se brisa, laissant libre cours à un flot de paroles. Leurs voix, jusque-là tenues au murmure, s'élevèrent. Les mots se chevauchaient, se bousculaient.

« Nous étions novices, comme Catalina...

— Cette fuite ! Seigneur !

— Notre pauvre maman en est tombée malade !

— Père venait nous voir sans pouvoir desserrer les lèvres.

— Catalina était sa préférée, n'est-ce pas, Jaci ?

— Notre tante, la prieure du couvent, faillit mourir de honte...

— Et de chagrin.

— Elle se sentait coupable...

— Elle demanda même qu'on lui retire la direction du couvent.

— Les sœurs l'ont soutenue et l'archevêque a été parfait. Il lui a intimé de rester.

— Nous savions que père cherchait Catalina dans toute l'Espagne.

— Il est mort sans la retrouver.

— Sans savoir ce qu'elle était devenue.

— Mère était déjà décédée.

— Quant à nous... Le temps passait, Miguel...

— Nous avons fini par oublier le scandale... »

Nous restâmes un long moment silencieux. Les

voyant apaisées, je me permis de leur apprendre les aventures de Catalina au Nouveau Monde.

« Catalina a écrit ses *Mémoires*, vous ne le saviez pas ? »

María Juana leva les bras au ciel.

« Notre famille a été dispersée. Toutes nos amies sont mortes. Qui se souvient encore des sœurs Erauso même ici, au couvent ? »

Elles écoutèrent d'un air incrédule les entrevues de leur sœur avec le roi Felipe IV et avec le pape. « De si hautes autorités ! » Lorsque je leur fis le récit du duel entre Catalina et son frère, elles se cachèrent le visage dans les mains. Quand j'évoquai la possibilité qu'une inconnue soit l'auteur de ces *Mémoires*, comme l'avait suggéré ma mère, un étrange changement survint dans leur attitude. Comme si un abîme s'était ouvert entre elles.

Les traits de María Juana se durcirent, son ton se fit perfide.

« Catalina est née méchante, il ne peut s'agir que d'elle. Elle était marquée du sceau de Satan. Un signe étrange à l'épaule gauche, une tache en forme de cornes. Notre pauvre mère décréta qu'il s'agissait d'un C, et elle l'appela Catalina. Mais elle se trompait. Ce signe représentait des cornes. Catalina était une créature diabolique, satanique ! » lança-t-elle. Et elle se signa.

« María Juana ! s'écria Jacinta. C'est notre sœur ! Comment peux-tu parler d'elle ainsi ? Certes, elle a commis un péché capital en s'enfuyant de ce couvent juste quand elle aurait dû prendre le voile, et il est possible que le malin se soit emparé de son âme après cette fuite. Mais avant... Avant ! Souviens-toi ! Elle pouvait veiller un malade des nuits entières. Et son courage ! Quand nous avons eu cette invasion de rats et que nous étions toutes terrorisées, c'est elle qui a pourchassé ces sales bêtes en les tapant avec un balai ! Évidemment, par moments elle avait très mauvais caractère. Mais quand nous avions de la peine, elle était la première à nous faire rire.

— Tu as toujours été sotte, Jacinta ! Cette petite peste te souriait et tu lui donnais le bon Dieu sans confession.

— Tu confonds sûrement avec quelqu'un d'autre, María. De toute façon, tu sais bien que tu oublies tout », trancha Jacinta. Puis, se tournant vers moi : « Non, Miguel. Je pense que ta mère avait raison. Catalina n'est pas celle qui a commis tous ces crimes, c'est impossible. Elle n'a pas pu tuer son propre frère. »

De peur que la guerre n'éclate entre les deux sœurs, je mis fin à notre entretien. Elles me serrèrent dans leurs bras et m'embrassèrent sur les joues, moi qui avais le visage de leur frère disparu.

Je ne voulais pas quitter San Sebastián sans faire un détour par le jardin où Catalina s'était réfugiée après s'être enfuie du couvent.

Je pris à l'aventure et m'en vins donner en une châtaigneraie qui est hors la ville, derrière et tout contre le couvent. Je m'y cachai et y demeurai trois jours.

Catalina n'avait peur de rien. N'éprouvait aucun remords. Comme si sa fuite était l'acte le plus naturel du monde.

Le jardinier qui s'occupait du jardin à l'époque était encore vivant. À quatre-vingt-cinq ans passés, il se sentait « vigoureux comme un orme », comme il me l'expliqua fièrement. Tout en me conduisant sur le terrain planté de châtaigniers, il me tint un discours entrecoupé de longs soupirs.

« Le grand malheur pour un homme qui aime son travail, c'est la retraite, monsieur le comte. Savez-vous ce que je pense ? La retraite ne profite qu'à ceux qui ont une âme de retraités. Regardez mes bras ! Regardez mon dos ! Sont-ils ceux d'un vieillard invalide ? C'est moi qui ai pris soin de tous ces arbres. Ils fleurissaient, dans le temps, et donnaient les meilleures châtaignes de Guipúzcoa. Voyez-les maintenant ! Des arbres tristes et poussifs, des châtaignes petites et sèches. Les sœurs n'ont rien voulu entendre. Elles m'ont laissé la petite cabane et un lopin de terre pour me récompenser de mes cinquante années de labeur. Quant à la fugitive, puisque c'est ce qui vous intéresse, monsieur, c'est moi qui ai trouvé ses vêtements tailladés et ses cheveux ! Des cheveux magnifiques ! Noir d'ébène ! Et épais avec ça ! Une chevelure de jeune vierge sacrifiée. Je me demande ce que cette folle pouvait bien avoir dans la tête ! »

À quoi pouvait penser Catalina en effet ? Cachée ici trois jours, survivant en mangeant des châtaignes et buvant l'eau d'un puits. Trois jours livrée à elle-même, improvisant chaque geste, du vol des clefs jusqu'à sa transformation en garçon.

La troisième nuit, je partis et, poussant à l'aventure à travers routes et villages, afin de gagner au large, je vins aboutir à Vitoria, à une vingtaine de lieues de San Sebas-

tián, à pied et très lasse, sans avoir rien mangé que les herbes que je trouvais le long du chemin.

À mon tour, je quittai Donostia, décidé à suivre pas à pas le chemin parcouru par la novice dissimulée sous les traits d'un jeune homme, tout chargé de cette bravoure insolente et unique de l'*hidalgo*.

4

Les chemins de Catalina

J'entrai dans Vitoria sans savoir où gîter. Au bout de quelques jours, je m'accommodai avec le docteur don Francisco de Cerralta qui y occupait une chaire, lequel m'accueillit facilement, sans me connaître, et m'habilla. Il était marié avec une cousine germaine de ma mère, à ce que je sus depuis ; mais je ne me découvris point. Je demeurai avec lui quelque chose comme trois mois...

Bergusa, fort de son expérience militaire, décida qu'il fallait dorénavant préparer nos déplacements, et qu'il s'en occuperait. Lui et les jumeaux partirent donc au-devant pour reconnaître les lieux, louer un logement dans une zone tranquille qui assure le meilleur confort possible à doña Pura, et, surtout, localiser la maison de Francisco de Cerralta et se renseigner sur sa situation.

Je devais les rejoindre plus tard, en compagnie de doña Pura et des domestiques chargés du transport des bagages et de l'intendance. J'avais accepté la proposition de Pedro, car la santé de ma gouvernante m'inquiétait. Elle faisait preuve d'une inaltérable bonne humeur et prétendait garder sa force physique, mais en vérité, je sentais qu'elle faiblissait. Pedro Bergusa lui-même m'avait alerté.

« La doña ne va pas bien, *condesito.* Elle se tient droite pour mieux dissimuler sa fatigue, mais je l'ai observée à son insu : quand elle se croit seule, elle laisse aller son corps martyrisé. Je l'ai vue plusieurs fois s'effondrer sur une chaise, le visage livide.

— Qu'est-ce qu'elle a, Pedro ?

— Je n'en sais rien. J'ai essayé de la saouler un peu l'autre soir, histoire de la faire parler. Mais même saoule, elle se tient sur ses gardes ! La seule chose que j'ai pu lui faire dire, c'est qu'elle manque parfois de souffle et que tous les os lui font mal. Ce voyage risque d'être un supplice pour elle. Essayez de lui faire entendre raison, *condesito.*

— Pedro ! Doña Pura m'a vu naître, je lui obéis depuis que je suis tout petit. Pour elle, je ne suis qu'un gosse. Tu as bien vu comment elle interrompt nos conversations pour m'envoyer au lit.

— Oh, oui, j'ai vu ! Et je dois vous avouer que cela me fait sourire, don Miguel. »

Je redevenais « don Miguel », quand l'humour s'y prêtait...

« Je te remercie de m'avoir prévenu, Pedro. Nous trouverons le moyen de prendre soin d'elle. Pour commencer, il faut qu'elle ait moins de responsabilités.

— Par chance, la doña s'est prise d'amitié pour une jeune Navarraise résistante comme un taureau, et brave avec ça. Je ferai en sorte que la petite s'occupe des besognes les plus rudes. »

À Vitoria, mes compagnons avaient fait du bon travail. Pedro avait appris que le docteur Francisco de Cerralta était décédé depuis un certain temps ;

quant à Koldo, il avait conquis le cœur de la femme de chambre de sa veuve, doña Grazia de Cerralta.

« Pour connaître les secrets d'un foyer, *condesito*, il n'y a qu'à se lier d'amitié avec les domestiques, tout en feignant de ne pas s'intéresser aux maîtres de la maison. Quand j'offre à boire à un valet, je fais mine de ne m'intéresser qu'à lui. Et il finit par me raconter toutes les histoires de la maisonnée. En besognant Milari, la petite gouvernante, notre Koldo s'est renseigné sur la patronne. »

Je sus ainsi que la veuve de Francisco de Cerralta vivait seule dans une maison située à deux pas de la Plaza de la Virgen Blanca, au cœur de la vieille ville, tout près de la magnifique église San Miguel. Une niche aménagée dans la façade abritait une statue de la Vierge blanche, patronne de la ville. Doña Pura me demanda comme une faveur de nous arrêter devant, avant de déposer nos affaires à l'auberge.

« C'est une Vierge très influente, Miguelito. Ta mère aurait aimé que tu te prosternes devant elle. Prions ! »

D'après ce que m'avait raconté Pedro, cette doña Grazia était toujours flanquée d'un groupe de voisines. La veuve aimait autant les commérages que les douceurs, et elle adorait grignoter des sucreries tout en commentant les derniers événements de la ville.

Bergusa se chargea de lui apporter mes lettres d'introduction accompagnées d'un cadeau : une boîte de *carajitos* de noisette et de *casadielles* à la crème de marron. Doña Pura, qui connaissait la recette de ces spécialités basques, y avait même apporté quelques améliorations.

Le vieux soldat revint de sa mission tout réjoui.

« Quand la corpulente doña Grazia a défait les

ficelles et ouvert le paquet, ses yeux sont sortis de leurs orbites et ses lèvres épaisses ont eu peine à retenir une déglutition gourmande. La dame vous attend les bras ouverts, *condesito.* Évitez toutefois qu'elle vous serre contre sa volumineuse poitrine, vous en perdriez le souffle. J'ai l'impression que ce corps rebondi n'a pas goûté aux bienfaits d'un bain depuis une vingtaine d'années. Mieux vaut imbiber vos mouchoirs d'essence parfumée. »

La veuve recevait les visiteurs dans ce qu'elle appelait son salon privé, une pièce circulaire où trônait, sur une estrade, un lit à baldaquin. Des chaises à haut dossier et des fauteuils étaient disposés tout autour. Les premières étaient destinées aux voisines les plus jeunes, les seconds, à celles d'un âge certain. Toutes les visiteuses présentes – une douzaine ! – étaient veuves. Seul homme de l'assemblée, j'eus droit à une place de choix, près de la tête du lit où se trouvait doña Grazia, nonchalamment appuyée contre de gros oreillers.

Des petites filles pâlichonnes nous servaient. Doña Grazia m'expliqua qu'il s'agissait de pauvres orphelines qu'elle avait prises en pension et à qui elle apprenait le métier de domestiques. J'avais apporté de nouvelles boîtes de douceurs et quelques bouteilles de Rioja Alta et de Príncipe de Viana de Navarra, car mes informateurs m'avaient précisé que ces dames aimaient accompagner de vin leurs pâtisseries.

Je fus aux petits soins pour la veuve, lui remplissant sa coupe, débarrassant l'assiette qu'elle venait de vider. Le conseil de Bergusa se révéla judicieux : je faisais jouer mon large mouchoir imbibé d'eau de lavande avec des gestes de petit marquis pour mieux supporter l'odeur de tombeau que dégageait ma voisine. Toute à sa joie de s'empiffrer de *carajitos* et vidant sans complexe une coupe de Rioja après l'autre, doña Grazia me laissa conduire la conversation. La mère de Catalina était sa cousine germaine et je prétextai une enquête généalogique pour aborder la question qui m'intéressait.

« Si je me souviens de la nonne militaire ? Et comment ! À l'époque, elle se présentait sous le nom de Francisco Loyola, et se faisait passer pour un malheureux orphelin. Sous ce masque, elle a su tromper mon défunt mari qui l'employa comme page et lui accorda toute sa confiance. Moi, je n'étais pas aussi naïve, je trouvais à ce gamin un je-ne-sais-quoi de louche. »

À ma grande surprise, il sortait de ce corps de femme obèse et vorace une voix harmonieuse modulant un castillan d'une extrême pureté.

« Vous doutiez-vous qu'il ne s'agissait pas d'un homme, doña de Cerralta ?

— Pas du tout ! Je l'ai bel et bien prise pour un garçon. Mais mon malaise venait d'ailleurs. J'aime les beaux bijoux, voyez-vous, et je peux vous dire au premier coup d'œil s'il est de valeur ou bien faux. Or je sentais quelque chose de faux chez notre page.

— Est-il vrai que Catalina a appris le latin en trois mois seulement ?

— C'est ce qu'affirmait feu mon pauvre mari. Il n'en revenait pas ! J'ai des élèves qui ne connaissent pas leurs déclinaisons après trois années d'études, disait-il, et ce gamin y parvient au bout de trois mois ! Il rêvait que Francisco lui succède un jour à sa chaire de l'université. Mais pas moyen de faire entendre raison à cet ingrat ! Peu lui importait notre générosité et les soins de mon époux !

— Pourquoi donc refusait-il de poursuivre ses études ?

— Il adorait la rue, les rencontres, les rixes. Il était toujours prêt à sortir faire une commission, pourvu qu'il fût dehors. Il connaissait Vitoria comme sa poche. Rester toute une journée devant un pupitre pour traduire des textes latins était pour lui une torture. Mon mari tenta en vain de le persuader. C'étaient des discussions quotidiennes. Et mon pauvre Francisco n'avait guère de patience.

— Son départ se fit à l'amiable, doña Grazia ?

— Pensez-vous ! Cet être perfide à qui mon mari avait tant donné n'était qu'une âme vile. Il est parti en dérobant une grosse somme que nous destinions aux pauvres !

— Votre époux n'a pas alerté la police ?

— J'ai pourtant insisté ! Il n'a pas voulu. Sous le prétexte de la jeunesse de son élève, et de l'affection que, malgré tout, il avait pour lui. En fait... »

La veuve se pencha vers moi avec un air de connivence. Je reçus brutalement dans le nez un flot d'effluves malodorants, et, faisant mine d'incliner ma tête comme au confessionnal, je plaçai mon mouchoir contre mes narines.

« Mon mari avait trop d'affection pour ce garçon. La jeunesse peut rendre fous les hommes âgés. Certaines femmes aussi, d'ailleurs... »

Doña de Cerralta resta un moment à me regarder dans les yeux, comme si elle voulait que je devine dans l'opacité verte de son iris ses pensées les plus intimes, puis elle s'enfonça dans ses oreillers.

Je me levai et fis mes adieux à toute la compagnie,

en promettant une nouvelle visite avant de quitter Vitoria.

Je marchai longtemps dans les rues. Port d'une taille honorable, la ville s'était surtout enrichie grâce à la contrebande et au commerce avec les pirates. La plupart du temps, ceux-ci échangeaient leurs butins contre de la nourriture, de l'eau, du vin, dont ils avaient besoin pour reprendre le large. Malgré son origine douteuse, Vitoria arborait sa bonne santé économique avec ostentation : partout des demeures somptueuses et imposantes, des monuments en marbre qui arrêtaient le regard et suscitaient l'admiration. La duplicité de Vitoria fut pour moi comme un reflet de celle de Catalina de Erauso. Novice camouflée en page, page camouflant un voleur : comme Vitoria, Catalina avait choisi de se cacher derrière des apparences trompeuses. Je commençais à peine à suivre ses traces et je prenais conscience de la fondamentale ambiguïté de son tempérament, de la difficulté à saisir sa vérité, dissimulée derrière des masques auxquels tous avaient cru.

Après trois jours de promenade et de réflexion, l'impatience me gagna, et je demandai à Pedro Bergusa de préparer notre départ. Voulant tenir ma promesse, je me rendis chez la veuve de Cerralta. La maison était en émoi, la grosse dame et ses voisines se lamentaient, en pleurs.

« Il y a eu un vol, monsieur le comte ! Les bijoux hérités de ma grand-mère ! Des pièces d'une grande valeur ! Ils ont tous disparu !

— Comment est-ce possible ? Avez-vous vu les voleurs ?

— Non. Ils ont profité, d'une fenêtre mal fermée. »

Les voisines faisaient chœur avec la veuve.

« On a vu des Tsiganes... !

— Non ! Des Maures !

— On a vu des Tsiganes et des Maures sur la route de Logroño !

— Une invasion de barbares !

— Et les autorités ferment les yeux !

— Hélas, que faire ? »

Je savais, moi, ce qu'il fallait faire. Les jumeaux s'étaient vantés, un soir de beuverie à San Sebastián, de leur « spécialité » : séduire les bonnes d'une maison, obtenir des renseignements sur un éventuel butin, puis agir, avec la complicité de leurs conquêtes ou à leur insu.

« Nous nous arrangeons toujours pour que les soupçons ne se portent pas sur nos amies. Et pour les remercier de leur aide, nous leur offrons de beaux cadeaux. »

C'est ce qui s'était sans doute passé chez la veuve de Francisco de Cerralta.

Je réunis doña Pura, Pedro Bergusa et les jumeaux dans ma chambre, à l'auberge. J'avais du mal à contenir ma fureur.

« Vous m'aviez promis de renoncer à vos larcins tant que vous seriez à mon service. Et vous venez de voler la veuve ! Je devrais vous livrer à la justice ! »

Pedro Bergusa, livide, ne disait rien. Il se sentait fautif. Ma colère tomba d'un cran en croisant son regard : l'ancien soldat était visiblement prêt à faire justice lui-même. Je préférai endosser la responsabilité de la punition.

« Rentrez chez vous et disparaissez de ma vue ! »

À genoux, en larmes, les jumeaux criaient leur honte, implorant le pardon sur la tombe de parents qu'ils n'avaient jamais connus et jurant qu'ils ne recommenceraient plus.

Je les regardai, humiliés, désespérés. Nous avions presque le même âge. Mon enfance avait été douce et préservée. À leur place, peut-être aurai-je agi comme eux. Cette idée me paralysa, je me sentis incapable de sévir. Doña Pura vint à mon secours.

« Vous allez déposer les objets volés à l'autel de la Vierge blanche. Et que votre complice s'arrange pour le faire savoir au curé et à la veuve. »

Cette solution était parfaite et convenait à tout le monde. Un peu théâtrale, certes, mais les jumeaux nous avaient joué une belle ouverture. Je contemplai la suite à travers la fenêtre du carrosse, comme si j'assistais à une comédie de Ruiz de Alarcón.

Le curé de l'église San Miguel, les bras chargés de bijoux, s'écriait : « Miracle ! Les voleurs ont eu pitié d'une pauvre veuve ! La Vierge blanche les a conduits sur le chemin du repentir ! Miracle ! »

Nous pouvions reprendre la route, en paix avec notre âme. Je savais que les jumeaux tiendraient parole. Cet incident nous avait rapprochés.

Catalina avait fui, louant une bête à un muletier rencontré en chemin. Elle ne prit pas la peine de décrire la région qu'elle traversait, l'impressionnant paysage de terres arides la laissa totalement indifférente. Elle se contenta de signaler son entrée à Valladolid, où elle trouva rapidement à s'employer comme page chez don Juan de Idiáquez, secrétaire du roi. Une fonction qui, décidément, lui convenait, puisqu'elle dit demeurer là « sept mois bien à l'aise », toujours sous le nom de Francisco de Loyola.

C'est ainsi qu'un soir d'été, alors qu'il se trouvait

devant la porte de la maison d'Idiáquez en compagnie d'un autre page, Francisco Loyola vit s'approcher son propre père qui demanda à voir le maître des lieux. Le compagnon de Catalina, nommé Alberto Estribos, entra pour annoncer le visiteur.

Cela faisait presque deux ans que la novice avait quitté son couvent. Son père allait-il la reconnaître sous ses habits d'homme ? Allait-elle se dénoncer par un mouvement de tendresse, de peur ou de remords ?

Catalina évoquait la scène en quelques mots glacials.

Je restai avec mon père sans dire un mot et sans qu'il me reconnût.

Le page revint et annonça à don Miguel de Erauso que son maître l'attendait. Le visiteur entra, suivi, sans le savoir, par sa propre fille. Juan de Idiáquez, qui était un ami de la famille Erauso, connaissait Catalina à l'époque où elle était novice. Celle-ci, sans que personne le remarque, assista à la rencontre.

Son père était à sa recherche et venait demander l'aide de son ami.

Quels furent les sentiments de la fugitive à cet instant ?

Elle s'échappa à nouveau. Prenant tout juste le temps de rassembler quelques vêtements et quelques ducats.

J'eusse aimé la voir hésitante, du moins touchée par le désarroi de son père. Mais la passion de la liberté qui l'avait poussée à s'échapper du couvent la poussait à nouveau sur la route, sans qu'elle eût une idée précise de son avenir ni qu'elle éprouvât une quelconque inquiétude. Cette liberté m'effrayait. Quel cœur était le sien ? Que cherchait-elle ?

Lorsque j'arrivai à Valladolid en compagnie de doña Pura, Pedro Bergusa et les jumeaux, faisant une nouvelle fois preuve de leur efficacité, avaient trouvé l'adresse d'Alberto Estribos, le second page d'Idiáquez. Alors âgé de dix-sept ans, il en avait à présent quarante-quatre. C'était un homme usé par l'alcool et la mauvaise vie. Bergusa me résuma la situation dans son langage cru d'ancien militaire et de brigand.

« Ce type a réussi, grâce à sa femme, une ancienne putain devenue maquerelle, à acquérir une taverne sur la rive gauche du fleuve Pisuerga. »

Le front dégarni, une cicatrice traversant son visage de la bouche à l'oreille, Estribos avait le regard de celui qui revient d'un long séjour en enfer et l'air d'avoir vécu plusieurs vies tumultueuses. Il m'expliqua avec fierté pourquoi il avait baptisé « Taverne du Gouverneur » son sordide estaminet.

« Valladolid était arabe jusqu'à 1074, et on l'appelait Belad Walid : la Terre du Gouverneur. Mais dans mon bouge, il n'y a pas de Maures, écuyer ! Ici, le gouverneur, c'est moi ! »

Il éclata d'un grand rire, découvrant une bouche édentée.

Pour faciliter la rencontre et détourner les soupçons du « gouverneur », Bergusa s'était fait passer pour un capitaine et il nous annonça, les jumeaux et moi, comme ses écuyers. Je me présentai sous le nom de Miguel Loyola, neveu de Francisco.

La nuit était humide. Estribos nous conduisit au fond de la salle lugubre de sa taverne, près d'un brasero qu'une vieille femme maigre à faire peur, son épouse d'après les signes que me fit Pedro, maintenait allumé. Il nous offrit des pintes d'un Valdeiglesias robuste et coloré, et des brochettes de mouton. Bergusa nous avait conseillé de laisser nos dagues bien visibles à nos ceintures, ainsi que les coquilles de nos épées.

J'inventai une histoire de famille pour justifier mon intérêt pour le passé d'« oncle Francisco ». Au début, Estribos, réticent, se contentait de répéter : « C'est loin, tout ça ! » Et nous dûmes écouter le récit long et confus de sa jeunesse. Enfin, son visage s'illumina.

« Francisco Loyola, oui, je me souviens de lui ! Nous étions de vrais compagnons ! Je l'appelais Paco et il me donnait du Beto. Son frère Beto ! Malheureusement il n'est resté que quelques mois chez le vieil Idiáquez. Et un jour... Mystère ! Il a disparu sans laisser un mot. Vous voulez savoir quel type d'homme c'était, ou je me trompe ? »

Le Valdeiglesias coulait à flots, et Estribos dévorait brochette sur brochette avec les quelques chicots qui lui restaient. Il nous décrivit un Francisco Loyola sérieux, travailleur, acceptant la surcharge de labeur sans rechigner. Le soir, ils se retrouvaient dans leur chambre commune.

« Francisco... Enfin, Paco, se lavait-il devant vous, don Estribos ? Était-il pudique ?

— Maintenant que tu le dis, écuyer... Est-ce que je peux te tutoyer, Miguel ? Tu es si jeune ! »

En 1632, année où ces faits eurent lieu, l'Espagne conservait la rigueur de ses traditions. Quelqu'un qui osait traiter familièrement un autre ou négligeait de l'appeler par son titre, *don*, *caballero*, *señor*, risquait de se voir provoquer en duel.

« Vous pouvez me tutoyer, don Estribos. Vous étiez un compagnon, presque un frère pour mon oncle.

— Alors, Miguel, je peux te le dire : ton oncle refusait de se laver devant moi. Il s'habillait et se déshabillait derrière un paravent, alors que moi, je me promenais sans complexe dans la tenue d'Adam. Un jour, je lui ai dit... "Tu sais une chose, Paquito ? Tu n'es pas timide ni pudique. Ton problème, c'est que tu dois avoir la baguette si petite que tu as honte de la montrer."

« J'étais couché sur ma paillasse et lui, debout et botté. J'ai reçu un coup de pied en pleine gueule ! Je ne lui en ai pas gardé rancune. Après tout, c'était moi le coupable. Il avait trouvé ma blague insultante. Le soir, il m'a soigné, et la semaine qui a suivi, il m'a déchargé de mes travaux pour se faire pardonner. Bien sûr, je ne me suis plus jamais moqué de lui. Allez ! Buvons à sa mémoire !

— Que faisait-il de son temps libre, don Estribos ?

— Il se promenait. Il connaissait Valladolid par cœur. Et, chose étrange pour un gars de nos âges, il se plaisait à visiter les églises, surtout Santa María l'Antigua. "Tu vas finir curé, Paco", je lui disais. Et lui : "Qui sait, Beto ? Qui sait ? Les voies du Seigneur sont impénétrables..." À part les balades et la messe, ton oncle était un fieffé joueur. Le soir, il transformait la cuisine en tripot. Tout le monde s'y mettait, femmes de chambre, cuisiniers, pages. Paco était le plus mordu de tous, il était capable de perdre son salaire en une nuit... Mais il emportait souvent d'énormes mises.

— Ceux qui perdaient, les plus âgés... Ne se fâchaient-il pas, don Estribos ?

— Oui. Bien sûr. Seulement... ils se tenaient à carreau. Paco était dangereux, et ils le savaient.

— Dangereux ? Pourquoi, don Estribos ?

— Parce que, futé comme il était, il s'était lié d'amitié avec le chef de la garde personnelle de don Idiáquez, un vétéran des guerres des Flandres et d'Italie qui était devenu son maître d'armes. Le vieux s'ennuyait et, voyant les dispositions de Paco et son désir d'apprendre, il l'a formé à tous les combats et à leurs secrets : lutte, sabre, épée, et même tir à l'arc... L'énergie qu'avait Paquito, c'était incroyable ! Le dernier couché, le premier levé. Et toujours en mouvement. Le bougre mangeait debout comme les chevaux, pour ne pas perdre de temps ! Il adorait remonter les rives de nos fleuves, l'Esqueva et le Pisnerga. Les lavandières du domaine se demandaient s'il n'essayait pas de les séduire. Mais non, il se promenait, tout simplement. Ah ! ton oncle, c'était un personnage, Miguelito. »

Concluant son discours par un grand rire, Estribos resta un moment la bouche ouverte, puis il posa sa tête sur ses bras et murmura quelques mots incompréhensibles avant de s'endormir.

Le portrait qu'il avait dessiné de Catalina me laissa une curieuse impression. Le travail et les entraînements avaient fortifié son corps, son allure, sa voix, car Estribos se rappelait aussi son timbre grave « surprenant chez un garçon si jeune », avait-il dit. Elle s'était forgé un corps et une attitude d'homme avec l'acharnement et l'art d'un sculpteur. Elle croyait à la force de son caractère et prenait des risques, mais elle ne laissait rien au hasard. Elle ne jouait pas à l'homme, elle en devenait un. Elle m'apparut plus redoutable encore que la légende qu'elle s'était elle-même forgée dans ses *Mémoires*.

Je ne voulais pas quitter la ville sans visiter la rue du Rastro. D'après le curé de l'église San Augustin, c'est au numéro 7, dans une maison aux murs blanchis à la chaux, que don Miguel de Cervantes habitait au moment de la publication de la première partie de son *Don Quijote.*

Chapeau à la main, presque au garde-à-vous, nous sommes restés un long moment devant la maison, mes compagnons et moi, pleins de respect, sous le regard intrigué des voisins. Pedro Bergusa et les jumeaux avaient pris goût au roman de Cervantes. Quand les circonstances le permettaient, je passais une partie de la soirée à leur en lire un chapitre ou deux. Parfois, j'enchaînais avec les aventures de la nonne militaire, tant la vie qu'elle s'inventait ressemblait à un roman.

De Valladolid, Catalina se rendit à Bilbao où elle eut maille à partir avec une bande d'enfants des rues. Elle blessa un gamin et passa quelques jours en prison, puis, relâchée après avoir payé les frais du procès, elle prit la direction d'Estella de Navarre. La chance l'accompagnait, écrit-elle, car elle s'y accommoda comme page chez don Carlos de Arellano, et demeura deux ans à son service.

La région l'avait-elle conquise ? Cela n'aurait rien d'étonnant. Avec ses hautes montagnes, ses gorges boisées, ses sources d'eau limpide, Estella, à l'abri de la sierra d'Arabar, avait à mes yeux un charme incomparable. Résidence des rois de Navarre au Moyen Âge, elle possédait quelques magnifiques monuments de l'époque glorieuse où elle servait de capitale à la monarchie. Je décidai aussi de m'y attarder quelque temps.

Le matin, j'assistai à la messe à l'église San Miguel, me plaisant à penser qu'elle portait le nom que je partageais avec mon père. Une sobre façade romane ouvrait harmonieusement sur un intérieur gothique, témoignant du passage du temps, d'un héritage accompli qui me ramenait au sens de ma présence en ces lieux : c'est en cherchant à venger mon père que je prenais conscience de ce qu'il m'avait légué, de ce qui me rattachait à lui. Au sommet du portail, une sculpture représentait le saint terrassant le dragon. J'avais moi aussi un dragon à terrasser : l'image de l'insaisissable Catalina de Erauso, capable de changer de sexe et de fonction aussi vite que de ville et de vie.

Bergusa profitait de notre séjour pour dormir, les frères pour courir les tavernes. Moi, j'allais visiter les monastères, celui d'Irache, celui d'Irauzu, édifié par les moines cisterciens, qui accueillaient les pèlerins se rendant à Saint-Jacques-de-Compostelle. Assis sous un arbre, face à ces terres de Navarre bénies, avec leurs chaînes de montagnes, leurs vallées, leurs vignobles, je comprenais mieux pourquoi Manrique avait choisi de s'y retirer du monde après la mort de ma chère mère.

Du comte de la Niebla, je n'avais que les nouvelles transmises par mon tuteur don Ramiro. À chacune de nos étapes, je trouvais un courrier m'informant de « la bonne marche de nos affaires ». En somme, je devenais de plus en plus riche et je pouvais continuer ma quête sans me soucier de rien.

« L'Espagne, mal gérée malgré les efforts du comte-duc d'Olivares, va de mal en pis, don Miguel. En revanche, votre patrimoine augmente chaque jour. Je n'en tire aucune vanité : tout le mérite en revient à monsieur le comte, votre père. S'il s'était occupé de la gestion économique de l'empire, comme le lui demandait d'Olivares, le pays prospérerait autant que vos biens. Voilà pour les questions d'ordre général. En ce qui le concerne, le comte de la Niebla poursuit une vie paisible au monastère où il se consacre au travail de la terre et prie pour le repos de l'âme de votre mère. Il promet de vous écrire. »

De mon côté, j'écrivais une fois par semaine à mon tuteur et à mon père adoptif, leur racontant mes voyages, mes découvertes et tenant à jour le compte de mes dépenses. Je savais que le comte de la Niebla apprécierait que je surveille la gestion de ce long retour sur le passé. Mon seul sujet d'inquiétude pour le moment était l'état de santé de doña Pura qui déclinait de jour en jour. Sa force de caractère l'empêchait de se laisser aller, mais les signes de son affaiblissement étaient évidents, et je ne pouvais la regarder sans une extrême tristesse.

Estella de Navarre avait un atout auquel je ne m'attendais pas : don Carlos de Arellano, chez qui Catalina avait travaillé, était un ami de mon père adoptif. Fort âgé et en mauvaise santé, il eut cependant la courtoisie de me recevoir tout au long d'un après-midi doux et ensoleillé. À demi couché sur un canapé, il insista pour que je boive avec lui de l'eau d'une source, qu'il disait magique...

« Une eau exceptionnelle, don Miguel. C'est grâce à elle si je suis encore en vie. Fermez les yeux. Sentez comme elle purifie l'intérieur de votre corps : l'estomac, la rate, les reins... »

Sa mémoire était aussi claire que le liquide bienfaisant et transparent qu'il nous servit dans de grands verres à pied. Chacune de ses réponses était précise et allait droit au but.

« Francisco Loyola ! Bien sûr que je me souviens de lui ! C'était un jeune page aimable et travailleur. Il était aussi très silencieux, vertu rare chez les garçons de son âge. Par son caractère paisible et ses manières de grand seigneur il s'était gagné le respect de tous dans la maison. Il se montrait toujours prêt à secourir les plus faibles, et il conseillait généreusement ceux qui n'avaient pas son expérience au travail. »

À mesure que don Carlos parlait, je voyais se dessiner une Catalina bien plus complexe que je ne l'avais cru. Plus forte aussi, car elle faisait preuve d'une capacité d'adaptation hors du commun. Se sentant bien dans la demeure d'Arellano, l'aventurière avait apparemment décidé de mettre à profit son séjour pour se préparer aux éventuels écueils de sa vie future. Mon instinct me disait qu'elle pressentait que son avenir serait périlleux, rempli de combats et de dangers.

« J'admirais la passion de Loyola pour les livres, les cartes, poursuivait don Arellano. La mer semblait l'intéresser tout particulièrement. Il se plongeait dans des traités de navigation, des récits de voyageurs. Je lui permettais de s'installer dans ma bibliothèque et je lui avais laissé libre accès à mes archives, car à son âge, j'avais moi-même traversé maintes fois les océans. Parfois je le retrouvais au petit matin, endormi dans un fauteuil, la tête posée sur un de mes ouvrages. Il avait passé la nuit à lire ! »

Bien payée, nourrie et logée, Catalina avait donc profité de ces deux années pour préparer son grand saut vers les terres nouvelles. Puis un jour, elle quitta la maison, cette fois-ci de manière convenable, sans précipitation ni larcins. Don Carlos de Arellano avait voulu garder auprès de lui ce jeune homme plein de volonté et d'intelligence.

« Il aurait pu devenir mon secrétaire, mon homme de confiance. Mais on ne retient pas un cheval fougueux. J'ai compris que le destin de Francisco Loyola se trouvait ailleurs. Je l'ai laissé partir avec une bonne somme en récompense de ses services. »

Malgré la douceur de la température, le vieil homme était couvert jusqu'au menton d'une épaisse couverture. Au niveau du bas-ventre, celle-ci formait une sorte de grosseur qui n'avait cessé de m'intriguer. En me penchant pour le saluer, je compris qu'il avait caché là un système de tuyaux reliés à une fosse d'aisances. Voilà comment mon charmant hôte avait pu boire autant sans quitter son canapé !

« On ne retient pas un cheval fougueux... », m'avait-il dit. Je compris que la force de travail et l'extraordinaire capacité d'apprentissage de Catalina étaient tout entières tournées vers un seul but : partir. Son existence, sa personne même paraissaient contenues dans cet acte. Les quelques mots brutalement consignés dans ses *Mémoires* pour expliquer son départ d'Estella s'éclairaient. Je partis *sans autre raison que mon goût.* Partir était l'expression même de sa liberté. Le combat, les armes, la navigation... C'est pour s'assurer cette liberté qu'elle avait décidé de les maîtriser.

Pourtant, elle revint à San Sebastián. Nostalgie du pays ? Besoin de faire ses adieux à la terre qui l'avait vue naître ? Ou hésita-t-elle au moment du grand saut ? Un jour, sous l'apparence d'un jeune homme, élégamment vêtue, elle assista à une messe au couvent d'où elle s'était enfuie. María Pérez de Galarraga, sa mère, se trouvait là. Elle ne reconnut pas sa fille.

Imprévisible Catalina de Erauso, jouant avec le feu. Elle savait bien qu'elle aurait été renvoyée au couvent sans sommation si on l'avait identifiée.

Déjà, à Valladolid, Catalina avait pris un énorme risque en se montrant devant son père. Lui restait maintenant à se confronter à sa mère. Si celle-ci ne la reconnaissait pas, Catalina pourrait poursuivre en toute tranquillité sa nouvelle existence. Je commençais à toucher le mystère de la nonne militaire. Ses vêtements et son nom d'homme n'étaient pas un simple déguisement. Son désir était plus ambitieux : Catalina de Erauso sentait en elle plus d'énergie, plus de courage que les femmes qu'elle avait côtoyées ; plus aussi que la majorité des hommes, et elle allait le prouver.

En sortant de la messe de la paroisse San Vincente, elle ne venait pas seulement de dire adieu, à sa manière provocatrice, à sa mère, à sa famille et à la ville de San Sebastián, elle venait de se défaire de la femme qu'elle avait été et de la prison qui lui était destinée.

C'est à Pasaje de San Juan que le jeune Francisco Loyola paya quarante réaux pour prendre place sur le bateau qui devait le conduire à Séville, dernière étape avant la traversée pour le Nouveau Monde.

À notre tour nous arrivâmes à Pasaje de San Juan, qui servait de port à San Sebastián. Je chargeai les jumeaux, qui connaissaient bien l'endroit, de trouver un navire offrant le meilleur confort pour doña Pura. Malgré son stoïcisme, ma chère nourrice avait fini par lâcher :

« J'espère débarquer vivante à Séville. Je ne voudrais pas mourir avant de me rendre une dernière fois au mausolée que le comte de la Niebla a construit pour ta mère, Miguelito. Après ce dernier adieu, je m'en irai en paix. Ainsi je ne serai plus une charge pour toi. Ton voyage au Nouveau Monde se fera sans encombre. »

Deux jours plus tard, nous quittions Pasaje pour Séville.

Le navire sur lequel les jumeaux avaient porté leur choix était parfait. C'était un magnifique trois-mâts au nom réconfortant de *Puerta del Sol*. Les mâts, lancés vers le ciel, assuraient l'équilibre de la coque, tandis que la grande vergue et la vergue de misaine, à l'horizontale, contribuaient à sa stabilité, qualité essentielle pour un navire au long cours. En me faisant ces réflexions, je pris conscience que, comme Catalina, je m'étais mis à m'intéresser à la navigation, fasciné par le savoir des armateurs et des marins. Son influence sur moi s'étendait. Outre cette nouvelle passion maritime, j'avais adopté sans m'en rendre compte une autre de ses habitudes, me promener en solitaire dès que j'en avais l'opportunité. Je marchais sur ses traces, plaçant mes pieds dans ses empreintes.

Je m'installai à la proue, en compagnie de Bergusa et des jumeaux, pour mieux suivre notre entrée en haute mer. J'éprouvais de la satisfaction à pouvoir expliquer à mes compagnons les changements qui s'étaient produits dans l'art de la navigation depuis la découverte du Nouveau Monde.

« En un siècle et demi, les liaisons maritimes entre le vieux et le nouveau continent se sont multipliées. La vitesse est devenue un atout majeur dans les échanges commerciaux et tout bon commandant de bord rêve de tracer sur la crête des vagues. L'essentiel pour gagner de la vitesse est de savoir bien équilibrer les voiles. »

Nous nous tenions appuyés au bastingage, la tête penchée en arrière, dans les embruns, pour regarder le haut du mât de misaine. Le navire fendait l'eau, poussé par le vent, et nous avions la sensation de tomber dans un gouffre avant d'être brutalement projetés vers le ciel. Chute dans le vide, remontée vertigineuse. Et l'estomac dans les talons !

« Don Pedro ! »

Les jumeaux se précipitèrent sur Bergusa. Plus habitué à la terre ferme, l'ancien soldat des armées impériales s'était penché pour vomir tripes et boyaux par-dessus bord, et si les frères ne l'avaient empoigné, il serait tombé à la mer.

Humilié par cet incident, Bergusa s'enferma dans la cabine qu'il partageait avec les jumeaux et ne monta plus sur le pont jusqu'à notre arrivée au port de San Lucar, sur la côte andalouse, non loin de Séville.

Revenu à mon point de départ, je ressentis la nécessité d'y séjourner quelque temps. Pendant que Bergusa et les jumeaux se promenaient et que doña Pura retournait, comme elle disait, à ses fourneaux, je visitais mes vastes possessions avec don Ramiro qui tenait à me montrer combien il en prenait soin. J'étais heureux de retrouver le paysage béni de mon enfance. J'allais me recueillir dans la petite chapelle dont ma mère m'avait un jour révélé l'existence et passais de longs moments à méditer la promesse qui me liait à elle. Je revoyais encore son visage quand elle m'avait confié sa haine pour celle qui avait fait couler le sang de son propre frère.

« Je haïssais Díaz, l'assassin de ton père, Miguel. Mais je hais encore davantage Catalina, sa sœur. Je mourrais pour venger son crime. »

Les yeux de ma mère ! Ces yeux que j'avais mille fois dessinés pour en capter la lumière, la douceur et les ombres... Je n'y trouvais plus désormais qu'une insupportable violence. Une fureur voisine de la folie.

J'interrogeais mon cœur. J'avais fait un serment que je me devais de respecter. Ce n'était pas la haine qui m'habitait, mais l'amour. Par amour pour ma mère, je devais poursuivre Catalina de Erauso, jusqu'aux portes de l'enfer s'il le fallait.

5

Panamá

Le navire sur lequel j'avais pris place en compagnie de Pedro Bergusa et des jumeaux venait de quitter l'Espagne pour les îles Canaries. À mesure que la côte s'éloignait, mes regrets de n'avoir pas embrassé Manrique et doña Pura avant mon départ s'intensifiaient. Mon père adoptif ne pouvait me recevoir par respect pour le vœu de silence qu'il avait fait en entrant au monastère. Amparo Etchegarray, elle, refusait de se montrer parce qu'elle ne voulait pas que je sois témoin de sa déchéance physique. J'aurais voulu insister mais Bergusa m'en avait dissuadé.

« Le comte de la Niebla cherche l'oubli derrière les murs de sa cellule, don Miguel. Quant à la doña... j'ai retenu mes larmes en la voyant. Tous deux vous ont aimé comme leur fils, il faut respecter leurs décisions. Ils sont déjà du côté de la mort. »

Le galion voguait sur une mer idyllique, mais les matelots semblaient nerveux. Quand j'essayai de comprendre la raison de leurs sombres mines, le capitaine don Fernando de la Cuerza m'éclaira.

« Mes hommes se méfient. Quand l'océan se montre doux et qu'il ronronne, il faut ouvrir l'œil. Ces nuages, là-bas, ne me disent rien de bon. »

Je regardai le ciel. Une barre de nuages gris pesait à l'horizon sur une mer plate et luisante comme de l'huile. Les marins ne sont jamais à l'abri des capricieuses humeurs de Neptune. Le calme trompeur de cette mer lisse me ramena à Catalina que nous poursuivions jusqu'à Panamá.

Au port San Lucar de Séville, elle avait rencontré un capitaine basque commandant une patache dans l'armada qui s'apprêtait à rejoindre le Nouveau Monde, et c'est grâce à lui qu'elle s'inscrivit comme mousse sur un galion. Après Cartagena de las Indias, le galion jeta l'ancre à Nombre de Dios où Catalina entra au service du capitaine Juan de Ibarra, facteur des caisses royales de la ville. Cette fois-ci sous les habits d'un domestique, et pour trois mois.

Notre arrivée à Panamá dépassa tout ce que j'avais pu imaginer en compulsant les traités de géographie et les récits de voyageurs qui évoquaient la chaleur tropicale de ce bras de terre rongé par deux océans comme une antichambre de l'enfer. Pendant que nous accostions, l'orage menaçait et l'atmosphère était lourde. Nous avions l'impression de baigner dans une étuve. À peine débarqué, mes vêtements étaient déjà irrémédiablement collés à ma peau. Bergusa, que j'imaginais plus résistant que moi, était blême et transpirait à grosses gouttes. Le vieux militaire n'avait pas suivi mes conseils. Il tenait à ses habitudes.

« Pendant la guerre des Flandres, au cours d'un siège qui a duré plusieurs mois et où nous n'avions pas le droit de quitter notre poste, la seule solution pour survivre était de tout garder sur soi. Une gourde pleine d'eau ou de vin pour la soif ; une galette, même sèche, pour la faim ; et une bonne épaisseur de vêtements chauds sur le dos pour résister à la neige et au froid. Mais quand l'été arrivait, on suait, on marinait dans nos pelures trempées. »

Imprudent et têtu, le vieux bandit avait gardé ses couches de vêtements sans penser que la chaleur tropicale n'avait rien à voir avec les étés flamands. En arpentant les quais, je ne pus m'empêcher de me moquer de lui.

« On dégorge, ami Bergusa ? On se purge le sang ? »

Il me regarda, hébété.

« Je prie le ciel pour que l'orage éclate, don Miguel. Sinon, c'est un cadavre que vous aurez sur les bras. »

L'orage devait l'avoir entendu car en l'espace de quelques secondes des grondements sourds résonnèrent et quelques éclairs illuminèrent le ciel, présageant du pire. Don Ramiro avait annoncé ma visite aux autorités de la ville. Nous pouvions donc nous attendre aux égards dus à mon rang de comte de la Niebla, membre de la toute-puissante famille Guzman. Mais, à notre grande déception, personne ne nous attendait. Il était prévu que nous logions chez le représentant de la Couronne, l'actuel facteur des caisses royales. Les lettres de mon tuteur ne seraient-elles pas arrivées à destination ? Le représentant du roi n'avait-il que faire d'un jeune comte tombé en plein été panaméen ?

Si Pedro Bergusa se trouvait au bord de l'évanouissement, les jumeaux Ariza n'allaient guère mieux. Ils s'étaient joints aux matelots et avaient bu toute la nuit pour fêter leur arrivée sur le nouveau continent. Ils avaient des visages cadavériques, un teint gris marqué de cernes et des haut-le-cœur à chaque pas. Ce n'était pas tant la chaleur que l'odeur régnant sur le port qui les incommodait.

« Ça sent le pourri, don Miguel ! »

Pendant que Koldo se retirait pour vomir dans un coin, Enriko imbibait d'eau parfumée un long mouchoir en soie. Des montagnes de fruits tropicaux qu'on avait laissés pourrir au soleil dégageaient une pestilence insupportable. À ce fort désagrément se mêlait la sueur des esclaves noirs qui déchargeaient les soutes des navires : casiers de poules, d'oies, porcs. La foule des badauds pour qui l'accostage de l'armada était le plus beau des spectacles ne semblait, elle, nullement gênée par ces effluves.

J'essayais de garder la tête haute, prenant un air détaché et serein pour mieux soutenir le moral de mes troupes. En fait, j'étais aussi mal à l'aise que mes compagnons et m'efforçais de contenir ma colère. Ce n'est pas aux reproches de Miguel de Erauso, me disais-je, que le facteur des caisses royales devra répondre, mais à l'indignation d'un noble héritier de la famille Guzmán !

Soudain débouchèrent à grand fracas trois carrosses tirés par des chevaux galopant à bride abattue. Les gens se mirent à courir en tous sens pour ne pas être écrasés. Les cris, la chevauchée, les coups de fouet, les ordres des cochers hurlant tous azimuts et les animaux en cage pris de panique, tout cela provoqua un tintamarre indescriptible.

Le carrosse de tête s'arrêta net devant notre chargement – valises, sacs, bahuts, malles, de quoi tenir tout au long de notre parcours sur les terres des Indes.

Un vieillard pâle, courbé par l'âge et tenant à peine sur ses jambes frêles, se dirigea vers nous.

« Comte de Niebla ! Comment me faire pardonner de Votre Altesse ? La rumeur a couru à Trujillo que votre armada aurait un long retard. Dans ce pays, tout n'est que paresse, rumeurs, mensonges... Grâce au ciel, j'ai pu arriver avant que l'orage n'éclate ! Que dis-je ? Voici que le déluge va encore frapper ! Vite, mes gens ! Portez les bagages ! Venez, Altesse ! Venez ! »

Toute ma colère s'évanouit devant la fragilité du vieil homme. Il était arrivé à temps. À peine eut-il prononcé ces mots qu'une pluie torrentielle et chaude se déversa, tambourinant et ricochant sur les toits et les pavés fumants. Nous courûmes nous abriter sous les auvents des grands entrepôts, réduits à contempler les trombes d'eau s'abattant sur les maisons, faisant ployer les arbres et les passants pris de court. Puis brusquement, tout s'arrêta, comme par miracle, et notre équipage se mit en marche, roulant dans les eaux jaunes à contre-courant des flots boueux.

Benedicto de las Sierras, puisque tel était le nom de notre hôte, fit de son mieux pour nous être agréable. Bergusa et les jumeaux étaient aussi impressionnés que flattés par la gentillesse et la générosité du vieil homme.

« Don Benedicto nous traite comme si nous étions des hommes de condition, don Miguel. Une immense chambre pour chacun, des serviteurs à notre disposition... Dommage que ce pays soit si inhospitalier. J'aurais été tenté de vous quitter pour lui offrir mes services. »

Le bandit rit de bon cœur, ravi de me taquiner.

« Faites, don Pedro, faites ! J'ai surpris vos clins d'œil à la mulâtresse qui s'occupe de votre linge. Vous finirez bien par vous habituer au paysage.

— Cette contrée est infecte, comte. Aucune mulâtresse, aussi somptueuse soit-elle, ne me fera l'aimer. Je ne suis pas fou à ce point-là ! »

Il avait raison. Le Panamá de cette époque n'était qu'un lieu de passage, un pays où travailler et s'enrichir pour repartir au plus vite. Les villes avaient été construites dans l'urgence pour se protéger de l'adversité : pluies, sécheresse, incendies, ouragans, pirates... Les abords du port étaient peuplés d'une faune interlope et des tripots sordides se succédaient le long des quais. Les jumeaux eux-mêmes, pourtant habitués aux pires tavernes, refusèrent d'y mettre les pieds.

« Des repris de justice qui vous égorgeraient pour le plaisir de voir couler le sang, don Miguel. Des prostituées cacochymes. Et l'odeur ! Cette odeur ! »

Je profitai de nos soirées forcées dans notre confortable logement pour parfaire l'éducation de mes compagnons, car don Benedicto avait une bibliothèque très bien fournie.

« Quand j'étais jeune, don Miguel, je rêvais d'écrire. Mais j'ai commis l'erreur de commencer à lire nos grands auteurs. Don Miguel de Cervantes, don Lope de Vega, Luis de Góngora, et cet inconnu qui nous laissa la merveilleuse *Vie de Lazarillo de Tormes*... J'ai compris alors que si j'étais un excellent lecteur, je n'étais qu'un piètre poète. Profitez de mes livres, mes amis ! Profitez-en ! »

Mais j'avais hâte de rencontrer Juan de Ibarra.

« Juan de Ibarra est plus jeune que moi. Il a quitté sa charge pour des raisons un peu troubles. Il est très riche, une fortune colossale, dit-on. Il s'est installé sur la côte pacifique de l'isthme de Panamá il y a bon nombre d'années. Je n'y suis jamais allé, mais on dit que sa propriété est une véritable place forte. Il aurait engagé une armée de mercenaires pour surveiller ses esclaves. Comme j'ai un peu abusé de ce vin dont vous me régalez, don Miguel, laissez-moi vous raconter que, d'après les mauvaises langues, nombreuses en ce pays, Ibarra aurait fait fortune en trafiquant avec les pirates : en échange de marchandises, il leur offrirait protection pour leurs navires dans les somptueuses baies qui bordent son territoire. Médisance mise à part, Ibarra me doit certains services. Je lui ai envoyé une missive pour l'informer de votre souhait de le rencontrer. Sa réponse vient de me parvenir. Il se dit très honoré de recevoir un membre de la prestigieuse famille Guzmán. »

Il nous fallut une journée à cheval pour arriver aux terres de Juan de Ibarra. Une haute barrière gardée par des hommes d'allure patibulaire marquait la frontière de son domaine. De chaque côté de la route, des fils de fer avaient été tendus entre les arbres, étirant une muraille sinistre au milieu de la forêt. Les gardes étaient armés de pistolets et avaient des arquebuses en main, prêts à tirer sans sommation.

« J'ai un laissez-passer, don Ibarra m'attend. »

Je leur montrai le sauf-conduit signé par don Benedicto.

« Et nous sommes sous la protection de Sa Majesté Felipe IV. »

Un des gardes, certainement illettré, fit semblant de lire le document, ce qui lui prit un certain temps. Puis il me le rendit.

« Nous avons reçu l'ordre de notre seigneur de vous conduire jusqu'à lui, monsieur le comte. »

Apparemment, les relations entre la ville et le « royaume » fonctionnaient.

Deux gardes à cheval nous précédaient. Je m'approchai d'eux.

« À quoi correspondent ces fils de fer ?

— Ils délimitent le territoire de notre maître, sur des kilomètres.

— Je vois. Mais cette barrière de fils de fer est plutôt symbolique, non ? De bonnes tenailles suffiraient pour les couper. Je suppose que certains ne s'en sont pas privés ? »

Un des gardes éclata d'un rire gras et mauvais.

« Quelques fous s'y sont risqués, oui, et ils s'en souviennent. Nous avons fait bonne chasse...

— Bonne chasse ?

— Il y a quelques mois, nous avons traqué trois braconniers. Dans leur fuite, ils sont tombés dans les pièges que nous avions posés. Nous les avons descendus un à un. Tout Panamá connaît cette histoire. Depuis, personne n'a osé recommencer. Fil de fer coupé, tête qui tombe. Aussi simple que ça. »

Après ces mots glaçants, je restai silencieux pendant le reste du trajet.

Bientôt, en haut d'une colline, j'aperçus une forteresse qui se dressait face au Pacifique. Ibarra s'était en effet inspiré des places fortes : douves, pont-levis et meurtrières le protégeaient de tout assaut. Une douzaine de canons étaient braqués vers le bas de la colline ; douze autres faisaient face à la mer. À l'abri de la forteresse se trouvait la résidence d'Ibarra, une demeure de trois étages, encadrée par les casernes des gardes. Un peu plus loin, détail incongru, une taverne. Les écuries avoisinaient une série de baraquements où étaient consignés les esclaves.

Je fus logé dans la maison du maître tandis que Pedro et les Ariza étaient installés avec ses hommes.

« Une caserne ! »

Pedro Bergusa ne contenait plus sa colère.

« On nous entoure de soldats, don Miguel. Pour nous empêcher de fouiner, je suppose.

— Patience, Pedro.

— Patience et vigilance. Les frères ont trouvé des compatriotes basques parmi les mercenaires. Nous finirons bien par savoir ce qui se trame derrière tout ça. »

Je commençais à prendre conscience de l'aventure dans laquelle je m'étais lancé. De sa difficulté, de ses dangers. De sa folie aussi. Pour la première fois m'apparaissait l'idée que je pouvais y laisser ma peau. Peut-être avais-je cru jusque-là être protégé par l'ombre téméraire de Catalina.

Si la façade de la maison d'Ibarra avait une austérité toute militaire destinée à exprimer la puissance et l'autorité de son propriétaire, à l'intérieur au contraire, tout était luxe, élégance et confort. Un décor étrange où cohabitaient les styles les plus contrastés. Lustres vénitiens en verre de Murano, poteries et jarres de l'époque Ming, fauteuils et chaises imitant le mobilier de l'Escurial, tapis persans, précieuses nappes en dentelle de Bruges... Je repensai à ce que m'avait dit don Benedicto : les pirates qui infestaient le coin drainaient dans la Caraïbe des richesses du monde entier.

De la fenêtre de ma chambre, j'avais une vue splendide sur la côte du Pacifique et une large baie où mouillaient plusieurs navires. Deux galions et une caravelle portant pavillon espagnol attirèrent mon attention. Rien ne les empêcherait, une fois en haute mer, au moment de passer à l'attaque, de troquer leur étendard contre la terrifiante enseigne noire à tête de mort des pirates.

Après un bain chaud, un en-cas servi dans ma chambre et quelques heures de repos, j'étais prêt à rencontrer mon hôte qui m'attendait, me dit un domestique, dans son salon oriental.

Juan de Ibarra était obèse et chauve. Avant même de me proposer un siège, il se plaignit de la goutte qui le tourmentait et le clouait à son divan. Nonchalamment affalé, il mangeait des gâteaux et des fruits tropicaux que de très jeunes Indiennes portaient à sa bouche lippue. Cette vision me fut si désagréable que j'exposai immédiatement le but de mon voyage.

« Connaissez-vous les *Mémoires* de Catalina de Erauso, don Juan ? »

Ses petits yeux porcins me fixèrent comme si je lui demandais s'il avait assisté au débarquement de Christophe Colomb sur les côtes cubaines. J'avais apporté le texte et je lui lus les lignes le concernant. Il éclata d'un rire graveleux et faillit s'étouffer en avalant de travers un morceau de papaye. Les fillettes, paniquées, se mirent à gesticuler autour de lui en poussant des cris d'oiseaux jusqu'à ce qu'il se calme et retrouve le sourire.

— Si je comprends bien, ce Francisco Loyola était en réalité une fille... »

Il eut un nouvel accès de toux puis continua d'une voix plus calme :

« Et vous voudriez que je vous parle de lui ? »

J'acquiesçai silencieusement.

« Je garde un souvenir précis de Francisco Loyola. Il n'était pas un garçon comme les autres. Cela faisait longtemps que je vivais sur cette langue de terre coincée entre les océans, et je croyais avoir tout vu : des prostituées fuyant la justice, des aventuriers obsédés par l'idée de s'enrichir, des voleurs prêts à vous trancher la gorge pour une bouchée de pain, quand ce jeune homme a frappé à ma porte, arrivant de nulle part, ne racontant rien de lui ni de son passé et répétant : "Donnez-moi du travail, vous ne le regretterez pas." Il parlait le castillan avec un accent basque mais s'exprimait avec intelligence. Il disait connaître le latin, savoir tenir des comptes, être dur à la tâche. Il me plut immédiatement. J'avais besoin d'un comptable qui puisse négocier des marchés sur le port et charger une caisse de marchandises sur ses épaules, s'il le fallait. Loyola a fait ses preuves en quelques jours.

— À quoi ressemblait-il ? »

Ibarra mit un certain temps à me répondre. Il ferma les yeux et ses grosses lèvres s'abaissèrent en une moue de plaisir obscène. Deux fillettes, assises à même le sol, lui massaient les pieds avec une crème à l'odeur douceâtre. Les yeux fermés, Juan de Ibarra murmura :

« Loyola avait un visage ingrat. Le front légèrement bombé, un nez épais, des yeux aussi noirs que ses sourcils broussailleux. Ses lèvres étaient étonnamment fines, mais il avait un menton énergique et son regard était implacable et fier. Le climat chaud et humide de Panamá oblige à se débarrasser de sa chemise quand on travaille dehors. Loyola, lui, la conservait quoi qu'il arrive, ne relevant que ses manches. Il avait des bras fins pour un garçon, aux muscles nerveux et longs, sculptés par l'effort. Il était infatigable, et loyal. Sobre aussi. Personne ne l'a jamais vu ivre. Il ne cessait de me surprendre. Un jour... »

Ibarra gémit de plaisir. Les masseuses avaient glissé leurs mains sous sa tunique légère. Une telle indécence me dégoûtait, mais j'avais besoin d'entendre ce qu'il savait de Catalina. Tout en soupirant d'aise, Ibarra poursuivit :

« Avec son maigre salaire, Loyola payait mon chef de garde pour qu'il lui enseigne les coups d'épée vicieux. Un jour, sans qu'il me voie, j'ai assisté à son entraînement. Il s'acharnait contre mon homme, et malgré ses parades expertes, il a atteint son cœur à plusieurs reprises avec une précision redoutable. L'élève avait dépassé le maître... »

Les jeunes servantes avaient terminé. Ibarra leur lança quelques mots claquants dans une langue que je ne comprenais pas, et elles s'éclipsèrent. L'ancien facteur royal se redressa sur son siège, retrouvant un peu de dignité.

« Loyola n'avait qu'un défaut, la passion du jeu. Une passion détestable. Je sais combien elle peut rendre les hommes fous. Je lui ai donc demandé de ne plus fréquenter les tripots qui pullulaient à Panamá, et il a promis. Je pense qu'il a fait des efforts. Mais il avait ce vice dans le sang, et il n'a pu résister longtemps. J'ai fini par le mettre à la porte. »

Cette aversion pour le jeu n'avait pas empêché Ibarra, selon les informations glanées par les frères Ariza, d'installer une taverne au beau milieu de la forteresse.

« Les gardes d'Ibarra y dépensent leurs gages. Quand ils n'ont plus rien, le maître leur avance des fonds, et c'est le cycle infernal. Les pauvres types sont condamnés à vivre ici et à travailler comme des esclaves pour rembourser leurs dettes. S'ils tentent de s'enfuir, Ibarra envoie sa meute à leurs trousses. Ici, on pend un homme pour un rien, comte. »

À l'époque où il avait rencontré Catalina, Ibarra n'avait peut-être pas encore mis au point ce système. Sans moyen de pression sur lui, il avait donc préféré se séparer de son comptable.

Ibarra continua sans que j'aie besoin de le relancer.

« Voilà pour les vices. Loyola avait néanmoins une vertu que j'admirais : il ne perdait pas de temps dès lors que ses intérêts étaient en jeu. Un jour, il a posé son œil de lynx sur Juan de Urquiza, un riche marchand établi au Pérou, dans la ville de Trujillo. Peu de temps après, Urquiza est venu me demander mon opinion sur Loyola... En fait le marché était déjà conclu, Loyola était un rapide. »

Juan de Ibarra fit sonner la clochette qu'il gardait à portée de main. Les petites esclaves accoururent pour l'aider à se lever. Il ne pouvait mouvoir sa masse énorme sans prendre appui sur leurs épaules. Il insista pour me raccompagner jusqu'à la porte, mais je profitai de son embarras pour l'en dispenser. Il retint ma main entre les siennes, des mains épaisses, glissantes et humides comme du poisson.

« Un dernier détail. À l'époque, Urquiza avait une maîtresse, doña Leonora de Cárdenas. Cette femme vit toujours et dirige une affaire prospère à Trujillo. Allez la voir, comte, elle vaut le détour. Elle connaît des histoires sur votre homme, j'en suis certain, car il flottait autour d'eux comme un parfum de scandale.

Je n'ai jamais su exactement pourquoi. Les ragots vont pourtant vite sur notre continent... »

Il sourit de manière amicale et ajouta :

« Votre visite m'a comblé de joie, comte. Je n'ai de rapports qu'avec des sous-hommes et des femmes plus bêtes que des oies. Ce fut un vrai plaisir de parler avec une personne aussi illustre que vous. »

Je ne parvins pas à lui rendre le compliment, mais je m'efforçai de le quitter le plus gracieusement que je pus.

La garde personnelle de Juan de Ibarra, une vingtaine d'hommes, fut chargée de nous reconduire jusqu'à la frontière de ses terres.

« Un groupe d'esclaves s'est enfui, m'expliqua Bergusa. Ils sont armés de machettes et prêts à tout. Seuls sur ces chemins, nous pourrions être attaqués et tués. Don Ibarra ne veut pas en porter la responsabilité. »

J'ignorais si nous courions un réel danger, mais notre escorte en tout cas était inquiétante. Tous étaient d'anciens pillards et ils avaient des mines patibulaires. Leur chef, un rude Aragonais, avait confié à Bergusa que les esclaves fugitifs se réfugiaient dans la zone la plus dense de la forêt.

« On les appelle les *cimarrones*. Ils défrichent de petites zones où ils construisent des cases et vivent là de ce qu'ils cultivent. Mais ils sont difficiles à surprendre, car l'épaisseur de la jungle les protège. En plus, ces nègres se défendent comme des diables. »

Nous marchions à notre rythme. L'Aragonais ordonna plusieurs haltes pour nous reposer et nous restaurer. Pendant ce temps-là, des éclaireurs partaient en avant afin de s'assurer qu'il n'y avait pas de danger. À la troisième halte, ils revinrent au bout d'un long moment, très excités. Tous les hommes se réunirent autour de leur chef. La discussion était très animée. L'Aragonais nous expliqua ce qui se passait.

« Nos éclaireurs ont découvert un village de *cimarrones.* Ils fêtent un dieu africain ou une naissance. Leur vigilance est relâchée, ils boivent le rhum volé dans les caves de notre maître. C'est le moment d'agir. Pendant ce temps, quelques-uns de mes hommes resteront afin de veiller sur vous, monsieur le comte ».

J'insistai pour l'accompagner, mais il s'y opposa. Je compris qu'il ne voulait pas de témoins. Pedro Bergusa me glissa à l'oreille :

« Je connais ce genre de type. Il est capable de nous éliminer et d'accuser les nègres ensuite. Laissez tomber, *condesito.* »

Je me rangeai à son opinion. Trois gardes restèrent avec nous tandis que le reste de la troupe partait traquer les fugitifs. Les frères Ariza les convièrent à une partie de cartes pour passer le temps. La gourde de rhum circulait. L'ambiance était de plus en plus cordiale. Soudain, Koldo vint me trouver.

« Il se prépare un vrai massacre, don Miguel. L'Aragonais veut donner l'exemple. Ils ne laisseront pas un seul survivant. Ni homme, ni femme, ni enfant. Personne ! »

J'abandonnai aussitôt mes rêveries. Je parlementai longuement avec les gardes pour les convaincre de nous guider jusqu'au village des *cimarrones.* Moyennant une bonne somme, ils finirent par accepter.

Malheureusement, ils ne connaissaient pas bien la zone. La jungle était épaisse, il fallait ouvrir son chemin à la machette. Nous perdions un temps précieux et j'allais ordonner de rebrousser chemin quand l'un des hommes d'Ibarra nous indiqua une fumée épaisse qui s'élevait au-dessus des arbres.

« Ils ont mis le feu à la forêt, nous sommes en danger, monsieur le comte.

— Si l'incendie se propage, nous battrons en retraite, mais cette fumée me semble plutôt localisée. Allons voir. »

J'avais malheureusement raison. La fumée s'échappait de ce qui restait des huttes incendiées. Sur un bûcher, des cadavres calcinés gisaient en vrac. Des hommes, des femmes, des enfants. Ils avaient décapité trois bébés. L'odeur de chair brûlée était insoutenable. Toute cette horreur n'était qu'une mise en scène pour donner un avertissement.

Une rage meurtrière s'empara de moi. Je voulais coincer l'Aragonais et sa bande avant qu'ils ne rentrent dans leurs casernes. Pedro et les jumeaux m'en dissuadèrent.

« Ils sont dix-sept, et armés jusqu'aux dents. Nous ne pouvons rien faire, don Miguel. Ces pauvres gens sont morts et Ibarra fait régner la terreur sur la moitié du pays. Estimons-nous heureux si nous réussissons à quitter Panamá sans problèmes, car nous sommes devenus des témoins gênants. Ce tyran à moitié fou n'hésiterait pas à nous faire disparaître, et personne ne lèverait le petit doigt pour nous rechercher. »

Ils avaient raison. Je m'inclinai.

Les trois gardes que j'avais soudoyés me supplièrent de les prendre à mon service. Bergusa et les frères Ariza plaidèrent leur cause. Eux aussi étaient en danger.

C'est ainsi que je retournai en ville et fis tout mon

possible pour quitter au plus vite Panamá, son climat malsain, sa sauvagerie, et l'ignoble Juan de Ibarra.

Don Benedicto de las Sierras m'aida dans mes démarches.

« Si j'étais plus jeune, je vous suivrais, don Miguel. Hélas... Il est vraisemblable que je mourrai à mon poste. »

Deuxième partie

6

Païta

De l'Espagne au Panamá, nous avions fait la traversée sur un de ces navires marchands solides et lourds qui voyageaient sous la protection de l'Armada, la flotte impériale. Une manière de décourager les attaques de corsaires et autres loups de mer, souvent aux ordres d'un pays ennemi de l'empire. Construits à Bilbao, les galions de l'Armada étaient conçus pour transporter un lourd chargement. Arrivés à l'autre bout du monde, ils déchargeaient chevaux et denrées, puis on les remplissait de richesses destinées à l'Espagne : or du Mexique, argent du Potosí, épices, noix de coco, bananes et fruits résistant aux longs trajets.

Pedro Bergusa, qui n'aimait pas la mer, se sentait en sécurité sur ces solides galions capables de résister aux vents et aux tempêtes les plus rudes. Mais pour rejoindre le Pérou, nous embarquâmes sur une caravelle, plus rapide et moins robuste, car j'avais hâte de connaître cette Leonora de Cárdenas qui avait fréquenté Catalina de Erauso.

« Notre navire est une copie exacte de la *Niña*, le bateau préféré de Christophe Colomb, annonça le capitaine en nous recevant à bord. L'amiral avait eu raison de se méfier de la *Santa María*, car ce rafiot a fait naufrage. La *Niña*, elle, a tenu jusqu'au bout, *Deus meu* ! »

Hernando do Souza était d'origine portugaise, et de temps en temps, il aimait retourner à sa langue natale. Notre bâtiment s'appelait *Païta*, tout simplement, du nom de la ville vers laquelle nous nous dirigions. Son apparente légèreté ne l'empêchait pas de charger jusqu'à cinquante et une tonnes. Le capitaine, très bavard, et qui semblait impressionné par mon titre de noblesse – « Vous êtes mon premier comte, monsieur le comte », répétait-il –, m'expliqua que ce genre de navire s'inspirait des bateaux arabes nommés *carabos*, d'où le nom espagnol de *caravela*.

« La légèreté de sa coque et sa forme allongée permettent à ce type d'embarcation de changer de cap rapidement. »

La vie sur le *Païta* était plus inconfortable que sur le lourd galion qui nous avait acheminés jusqu'à Panamá. Seul le capitaine avait une cabine. Les officiers et les voyageurs ne disposaient pour se reposer que de matelas posés à même le sol ou de hamacs arrimés au bastingage ou dans les soutes. Le reste de l'équipage s'arrangeait comme il pouvait. Hernando do Souza voulut m'offrir sa cabine mais j'insistai pour m'installer sur un hamac, comme Bergusa. Les frères Ariza et les hommes d'Ibarra durent s'allonger sur des couvertures à la propreté douteuse.

L'autre point faible du *Païta*, c'était la nourriture. Pedro Bergusa, dégoûté, en vint à menacer le cuisinier de le jeter à l'eau s'il ne changeait pas le régime de pois chiches, morue et amandes sèches auquel nous étions soumis à tous les repas.

Je profitai de nos longues journées en mer pour

lire. Quelquefois, à la demande des frères Ariza, je leur lisais à voix haute les pages de nos meilleurs écrivains. Ma bibliothèque ambulante remplissait une malle assez conséquente.

Certains matelots et les hommes d'Ibarra se joignirent à nous pour suivre les aventures extravagantes du jeune *Lazarillo de Tormes* et de ses divers maîtres. Cervantes eut également un franc succès. Les matelots rirent de bon cœur lorsque je leur lus la charge du chevalier à la Triste Figure contre les moulins à vent. Et ils discutaient entre eux une partie de la nuit pour savoir si Don Quichotte était un fou ou un homme lucide, capable de voir ce que les autres ne voyaient pas. Ces hommes illettrés avaient parfois des intuitions très fines, et j'étais fier d'ouvrir ne serait-ce qu'une petite lucarne dans la nuit obscure de leurs vies de forçats.

Le mauvais temps nous épargna durant une bonne partie de notre route. Je me félicitais que la chance nous accompagne quand un malheur s'abattit sur notre petit groupe. Koldo, qui s'était plaint de maux d'estomac dès le début du voyage, ne put bientôt plus se lever. Or, le médecin, un ivrogne invétéré, était resté à quai à Panamá après une nuit de beuverie qui l'avait laissé comme mort. Do Souza, qui veillait sur la santé de ses hommes en l'absence du médecin, semblait soucieux et ne savait quel traitement décider pour Koldo.

« Ou bien une forte purge suffira pour le guérir, ou bien... »

La situation était critique. Je consultai Bergusa et Enriko. Nous décidâmes de dire la vérité à Koldo. Il se montra courageux, prêt à affronter son destin.

« Je ne supporte plus la douleur... Autant courir le risque, purgez-moi. On verra bien. »

Hélas, Koldo connut une mort effroyable. Couché sur trois matelas inondés des déjections provoquées par la purge, il tremblait de tout son corps. Bergusa fut obligé de lui attacher les mains pour qu'il ne se déchire pas le ventre avec les ongles. Koldo hurla sans répit pendant trois jours et trois nuits.

Le capitaine me conseilla de ne pas le laisser seul.

« Un marin plus nerveux que les autres pourrait commettre l'irréparable, ces hurlements de douleur les rendent fous. Ils craignent de s'attirer le mauvais sort.

— Ce serait la meilleure solution pour le pauvre Koldo, capitaine. Nous y avions déjà pensé, son frère et moi. »

Dieu eut pitié du pauvre malade. Koldo mourut le jour même, nous enlevant le poids d'une décision trop lourde à porter.

La mort d'un si jeune et si aimable garçon fut un coup dur pour tout notre équipage. Nous lui rendîmes hommage selon les traditions de la mer. Après que le prêtre eut dit la messe, le corps de Koldo, soigneusement enveloppé dans plusieurs couvertures et une toile cirée, fut jeté à la mer.

La mort de son frère plongea Enriko dans une profonde léthargie. Réfugié au fond de la cale, il refusait de boire et de se nourrir. Je tentai d'apaiser sa souffrance.

« Rien ne peut nous consoler de la perte d'une personne aimée. J'ai réagi comme toi, à la mort de ma mère. Sais-tu ce qui me sauva du désespoir ? La certitude que ma mère ne disparaîtrait pas si je vivais, qu'elle continuerait à vivre à travers moi quand je pensais à elle. »

Mais Enriko n'avait pas seulement perdu un frère, il avait perdu sa moitié, son double. Et c'est ce qui le tourmentait le plus.

« Il est comme une partie de moi. Enfants, nous avons eu les mêmes maladies. Lorsque par hasard nous étions séparés, ce qui n'arrivait presque jamais, je savais s'il avait mal à la tête ou aux dents, car nos corps étaient accordés comme les cordes d'une guitare. Laissez-moi mourir comme lui dans la douleur, don Miguel.

— Non, Enriko. Tu viens de perdre un frère, mais tu en gagnes un autre. Considère-moi à présent comme un des tiens. Après tout, mon père était basque comme toi, et j'ai toujours rêvé d'avoir un frère. »

Pour conférer plus de poids à mes paroles, je lui donnai l'accolade.

« Soyons frères, Enriko. »

C'est ainsi que j'adoptai Enriko Ariza. Mon intuition me disait qu'il saurait répondre à ma confiance.

Finalement, je revenais sur cet immense continent du Sud que j'avais quitté à l'âge de trois ans. Le port de Païta, où nous allions accoster, était d'importance moyenne, mais il jouait un rôle considérable dans les relations maritimes entre ces pays si étrangement étirés que sont le Pérou et le Chili.

Tandis que les trois soldats d'Ibarra prenaient congé de nous en espérant trouver ici une vie meilleure, Enriko, Bergusa et moi-même avions établi notre quartier général dans une auberge tout à fait convenable. J'avais une chambre située au dernier étage avec un haut plafond traversé de poutres solides, et je disposais d'une terrasse avec vue sur le port.

Dès notre arrivée, Bergusa mit en pratique la méthode qui nous avait apporté de si bons résultats en Espagne pour glaner des informations sur Catalina. Trouver l'adresse de ceux qui l'avaient rencontrée, se lier d'amitié avec leurs domestiques pour assurer nos arrières, en un mot, préparer le terrain pour mon intervention. Outre son enquête sur Leonora de Cárdenas, Bergusa se fit un plaisir de fréquenter les tavernes du port pour prendre le pouls du « petit peuple » comme il disait : taverniers, matelots, vagabonds et prostituées, tous ces gens qui pouvaient vous renseigner sur les aspects souterrains d'une ville, les mœurs de la police et de la justice, la corruption des fonctionnaires. Il entraînait Enriko partout avec lui et l'accablait de toutes sortes d'obligations avec un acharnement qui m'irritait.

« Laisse donc ce garçon tranquille, le temps qu'il reprenne ses esprits, Pedro ! Il tient à peine debout et tu ne cesses de le charger de nouvelles tâches.

— J'ai retenu les saines leçons de l'armée, don Miguel. Quand un jeune soldat, vaillant et viril, commençait à sombrer dans le désespoir, on le harcelait de travail. Il finissait toujours par se rebeller, et sa colère le tirait de sa torpeur. Rien de mieux que la sueur et l'effort physique pour vous faire réagir. Ça marchait neuf fois sur dix !

— Et quand ça ne marchait pas ? »

Un sourire fit s'épanouir le bouquet de rides sur son visage buriné de vieux baroudeur.

« Je me faisais un ennemi mortel. Mais avec Enriko, ça sera différent, je peux vous l'affirmer, comte. Enriko revient à la vie. Je vais adoucir son traitement dès demain. Faites confiance au docteur Bergusa, il connaît bien les hommes. »

Je pris l'habitude de m'asseoir sur ma terrasse, face au port, à la tombée du jour. J'aimais l'atmosphère qui y régnait alors. Les derniers bateaux de retour de la pêche, les marins bradant les prises du matin. C'est là que je repris les *Mémoires* de Catalina, relisant sa trajectoire et ses continuels déplacements : Vitoria, Valladolid, Bilbao, Estella de Navarra, Panamá, Païta... Elle circulait d'un lieu à l'autre, comme pour brouiller les pistes. Jamais son récit ne faisait part d'un souhait, d'un projet, ou même d'une explication : elle rendait seulement compte de ses actes, et de cette fuite en avant permanente. On aurait dit qu'elle se laissait porter par les circonstances et les occasions. Et elle les saisissait avec une facilité déconcertante, passant quasiment sous silence les dangers qu'elle traversait.

Lorsque la frégate sur laquelle elle rejoignait Païta avec Urquiza fit naufrage sur les côtes de Manta, elle parvint à gagner la terre à la nage avec son maître et quelques autres, tandis que le reste de l'équipage périt. Il me plaisait d'imaginer qu'avant de se rendre à Pasaje et d'embarquer sur un bateau pour la première fois de sa vie, Catalina avait appris à nager, au cas où elle devrait affronter tempêtes et naufrages.

Du port de Manta, elle monta à bord d'un galion avec Juan de Urquiza jusqu'à Païta. Là, le marchand fit de Francisco Loyola son comptable et le chargea d'approvisionner son magasin de tissus de Saña, à soixante lieues de là. Il fut tellement satisfait de la diligence et de l'honnêteté de son jeune employé qu'il l'habilla de neuf de pied en cap et finit par lui confier la boutique.

Voici l'ex-novice enfin installée, profitant pour la première fois depuis sa fugue du couvent d'un emploi fixe lui permettant d'agir en toute liberté. Urquiza, lui, vivait à Trujillo, dans le Nord du Pérou. Tout paraissait indiquer que Catalina, avec le temps et son talent, serait devenue aussi riche que son employeur. Destin improbable. Si Juan de Urquiza était, comme l'avait décrit Ibarra, un homme bon et tranquille, Catalina était tout le contraire. Son caractère fougueux n'admettait ni les injustices ni les offenses. La trêve prit donc fin très vite, avec l'entrée en scène de doña Leonora de Cárdenas.

Bergusa avait appris que Juan de Urquiza était mort depuis longtemps, mais que Leonora de Cárdenas vivait encore à Trujillo.

« Tout le monde l'appelle Madame, car on dit que sa mère descendait d'une famille noble, les Saint-Maur. Tous ceux qui la connaissent à Païta, quelques marchands et un homme de loi qui s'occupait de ses affaires, ont gardé un excellent souvenir d'elle.

— Tu souris, Pedro. Tu me caches quelque chose ?

— Allez la voir, *condesito.* Et si je peux me permettre une suggestion, prenez Enriko avec vous. Je reste ici pour monter la garde. Il y a trop de vols dans le quartier. »

Deux jours plus tard, je partais pour Trujillo en compagnie d'Enriko qui était redevenu le jeune homme énergique et serviable que j'avais connu avant la mort de son frère.

« Je ne pleure plus la mort de Koldo, Miguel. Il ne m'abandonnera jamais, une partie de moi-même est enterrée avec lui. C'est le bonheur ou le malheur d'avoir un jumeau. »

Nous chevauchâmes jusqu'à Trujillo. À cette époque, en 1634, un siècle après le début de la colonisation, le pays ne manquait pas de villes et de villages offrant une halte aux voyageurs. Cafés, auberges, salles de jeu, magasins de toutes sortes, les divertissements et les tentations étaient nombreux. Les mines d'or, d'argent et de cuivre de ces zones montagneuses semblaient inépuisables. Des navires surchargés de richesses quittaient régulièrement les ports du Pérou pour l'Europe. Cette profusion, ce luxe contrastaient tristement avec la misère des hameaux indiens, des esclaves noirs et des Blancs qui n'avaient pas réussi à s'enrichir.

Trujillo, contrairement à Païta, était une ville importante, comme en témoignait son imposante architecture de style espagnol. Autour de la cathédrale, inspirée de celle d'Oviedo, et du palais du gouvernement, copie conforme de celui de Madrid, s'étiraient des rues et des ruelles bordées de hautes fenêtres et de balcons en fer ouvragé, identiques à ceux de la Plaza Mayor de la capitale métropolitaine. La nostalgie poussait les Espagnols implantés au Nouveau Monde à construire des répliques de leurs villes lointaines. C'était aussi une manière de rappeler à tous que l'Espagne était un grand empire.

Là encore, le sceau du comte de la Niebla nous ouvrit toutes les portes. Cette fois, j'allai frapper à celle de la plus haute personnalité de Trujillo, don Aparicio Méndez de Armas, le gouverneur. L'homme possédait la moitié de la ville : maisons, magasins, ateliers, entrepôts... Ses terres s'étendaient jusqu'aux contreforts de la cordillère des Andes.

Petit, rond et chauve, portant une barbe taillée en biseau pour compenser, m'avoua-t-il, son crâne dégarni, il m'invita aussitôt à partager son repas. Je compris ensuite qu'il passait l'essentiel de son temps à table, mangeant en bonne compagnie tout en signant sans trop les regarder les documents qu'on lui soumettait. Peut-être pour réagir à l'ironie que je ne pus m'empêcher de laisser paraître, il se vanta de savoir résoudre tous les problèmes économiques et sociaux de ses administrés.

« Les gens vont à l'église pour prier, ils viennent à moi pour mieux vivre ou éviter de finir en prison », me répéta-t-il à plusieurs reprises tout en caressant son gros ventre.

Enchanté de l'intérêt que je portais à la veuve Urquiza, il m'expliqua avec enthousiasme qu'il la tenait pour la bienfaitrice de Trujillo.

« Le Nouveau Monde est un continent violent, don Miguel. Ici, les passions gonflent et se déchaînent comme les fleuves en furie, engendrant mort et misère. Les richesses du Pérou attirent des hommes venus de partout, et le plus souvent prêts à tout. Ces prédateurs solitaires doivent pouvoir assouvir leurs appétits, n'est-ce pas ? Notre cher archevêque partage cet avis avec moi, bien qu'il ne puisse l'exprimer en public. En ouvrant l'auberge des Sept Destins, notre chère doña Leonora a fait une œuvre à la fois sociale et d'hygiène publique. C'est pourquoi elle est aimée et respectée de tous. »

Le gouverneur se leva et, me prenant le bras, me conduisit jusqu'à un petit salon aménagé dans une sorte de loggia. Nous nous assîmes autour d'une table basse. Avec des airs de conspirateur, le petit homme me confia :

« Appréciez le génie de doña Leonora, comte. Apparemment, l'auberge des Sept Destins est tout ce qu'il y a de plus honorable : un salon de thé et de dégustation de chocolat, un atelier de couture pour dames et un barbier pour les messieurs, le long d'une belle avenue ombragée. Mais côté fleuve, le soir, doña Leonora met à la disposition de ses clients des salons où fumer et boire en bonne compagnie. »

Le gouverneur se pencha sur la petite table pour ajouter d'un ton gourmand :

« Les filles de doña Leonora sont toutes jeunes et magnifiques. Il n'y en a pas deux qui se ressemblent. Vous y trouverez la Juive aux cheveux roux, la Galicienne à la toison d'ébène... Pour ceux qui apprécient l'exotisme, la maison propose des Asiatiques venues de Macao, des Africaines aux silhouettes de déesses... Il me tarde de vous faire découvrir ce temple du plaisir, comte ! »

Le soir même, accompagné d'Enriko, je rejoignis don Aparicio à l'auberge des Sept Destins. Une double porte capitonnée isolait des bruits extérieurs et donnait l'impression au visiteur, dès qu'il pénétrait dans la partie secrète du salon de thé, d'être coupé du reste du monde. Dans le vestibule tapissé de riches tentures attendaient des jeunes femmes en tenue légère qui nous conduisirent par des portes dérobées le long de couloirs aux tapis moelleux et d'escaliers éclairés de lustres précieux.

Le gouverneur m'avait averti :

« Vous verrez, don Miguel, cette partie de la maison est d'une élégance exquise, d'un confort inégalable, et les jeunes filles sont uniques... Sachez aussi que vous pourrez disposer d'autant de corps que votre luxure l'exige. Chaque soir, ces hétaïres de rêve vous ravissent avec des jeux érotiques nouveaux, plus brûlants que ceux de la veille. Je m'y connais, je fréquente ce jardin des délices depuis plus de dix ans. Et je n'ai jamais été déçu. »

Il prononçait chaque mot comme s'il se délectait d'un mets exquis, un sourire obscène flottant sur ses lèvres.

La visite continuait. À chaque étage, on voyait les clients patienter dans de petits boudoirs prévus à cet effet. Sage précaution qui évitait que le nouveau venu ne croise celui qui quittait sa belle. Dans un salon au plafond haut, don Aparicio me présenta à l'intendante chargée de surveiller ce petit monde, Alina, une femme magnifique, dont les traits exceptionnels laissaient penser qu'elle était née d'un mélange de Noirs et de Chinois.

« Voici un jeune homme de l'aristocratie qui a entendu parler de votre maison dans la lointaine métropole. »

L'intendante sourit à ce compliment mensonger et nous guida jusqu'à la « salle d'exposition », ainsi qu'elle la nomma.

Impossible de rester insensible au spectacle auquel mes yeux furent conviés.

Nous nous trouvions devant de véritables tableaux vivants. Des femmes magnifiques étaient assises ou étendues sur des divans dans des poses alanguies, sans autre vêtement que des bas de soie et de légères mules, les cheveux épars sur leurs épaules et leurs seins nus.

« Voici nos plus beaux spécimens, dit l'intendante sans vergogne, les filles que nous destinons aux visiteurs illustres... Vous avez le choix, jeune monsieur. »

L'accent chantant de notre hôtesse m'enchantait. Le gros gouverneur eut un accès d'hilarité.

« Le jeune monsieur a déjà choisi, me semble-t-il. Conduisez-le chez doña Leonora. Moi, je reste ici. J'ai ce qu'il faut pour ce soir. »

Il pinça le sein nacré d'une blonde aux formes sculpturales tandis qu'une petite rousse gracile et menue venait se blottir contre sa volumineuse bedaine.

Je suivis la métisse à travers une série de couloirs, un labyrinthe dans lequel je n'aurais pu me retrouver sans l'aide d'un guide.

Une pénombre feutrée régnait dans le salon de doña Cárdenas. Des chandelles et des lampes à huile, réparties avec art, n'éclairaient que ce qui devait l'être, préservant d'une douce obscurité les recoins plus secrets de la pièce. Une femme, étendue sur un canapé, au centre, était enveloppée dans un voile qui lui donnait un air de mystérieuse chrysalide. Deux adolescentes noires, statuettes d'ébène d'une extrême beauté, se déplaçaient pieds nus, obéissant au moindre geste de leur maîtresse. Elles ne portaient qu'un court tablier blanc qui exhibait leurs fesses modelées quand elles se retournaient. Elles me prirent chacune par une main et me firent asseoir à côté du canapé où se tenait doña Leonora de Cárdenas.

Je compris alors pourquoi la pièce était plongée dans la pénombre. La vieille femme avait un corps d'une maigreur cadavérique. Une épaisse couche de poudre, destinée sans doute à rehausser son teint, figeait son visage en un masque dévoré par d'étonnants yeux bleus, témoins encore vifs d'une vie qui ne tarderait pas à s'éteindre. Sa perruque aux boucles tressées, poivre et sel, accentuait encore sa majesté, tout comme ses mains longues et fines, cachées par des gants couleur chair rappelant la peau qui avait autrefois rendu fou l'honorable marchand Juan de Urquiza.

Quand doña Leonora m'avait fait savoir qu'elle était « disposée à me recevoir », je lui avais fait parvenir une lettre de remerciements accompagnée d'un bracelet en argent finement ciselé par des orfèvres mayas, acheté à Panamá. À ma vue, son visage s'éclaira, et elle leva le bras pour faire cliqueter le bracelet autour de son poignet, avant de me tendre une main ornée de pierres précieuses afin que je la baise.

« Don Miguel de Erauso, comte de la Niebla !

— Doña Leonora de Cárdenas. »

Ce fut le début d'une conversation qui devait durer toute la nuit.

Les petites esclaves veillaient à ce que nous ayons de quoi manger et boire. Doña Cárdenas goûtait à peine aux savoureuses spécialités dont je me régalais : cuisses de faisan, *empanadas* de viande et de fromage accompagnées d'un vin de Rioja qu'elle faisait venir directement de Navarre et qu'elle sirotait avec délectation. Elle parlait d'une voix étonnamment claire et son accent castillan était très prononcé.

« Je n'aime pas cet espagnol régional que l'on commence à entendre par ici, un siècle après la conquête. C'est par paresse que les indigènes adoptent l'accent andalou, moins précis que notre parler madrilène. Oh, je vous prie de m'excuser don Miguel, vous êtes andalou !

— Né à Concepción du Chili, doña Leonora. Et je reste attaché à mes racines.

— Les racines ! Saurai-je jamais où sont les miennes, comte ? Je mourrai comme une feuille emportée par le vent. »

Une des jeunes esclaves, à peine nubile, tournait autour de moi depuis mon arrivée sans me quitter des yeux, comme si elle cherchait à deviner mes moindres désirs et pensées. Elle remplissait ma coupe de vin avant même que je tende le bras, apportait des *empanadas* toutes chaudes en voyant que je les appréciais et approchait un chandelier pour me donner plus de lumière lorsque je plissais les yeux. Ces attentions n'avaient pas échappé au regard expert de sa maîtresse. Doña Leonora me fit signe d'approcher.

« Vous fascinez ma petite Ivoire, don Miguel. C'est le prénom que je lui ai donné. J'aurais pu l'appeler Ébène, vu la couleur de sa peau, mais... Regardez-la bouger, s'incliner pour vous servir, marcher... La grâce d'une figurine d'ivoire. Elle est douce, travailleuse, obéissante. Elle vient d'avoir quatorze ans. Presque une femme, dans ces contrées où tout va trop vite. Mais elle est encore vierge ! Je me suis tant attachée à cette enfant que je retarde le moment de la placer comme courtisane à l'auberge. Dieu sait le succès qui l'attend ! Les clients sont prêts à payer très cher pour une jeune vierge. Voyez ! Les regards qu'elle vous lance sont très clairs, don Miguel. Croyez-en ma grande expérience. C'est la première fois que je la vois émue par la présence d'un homme. Ah ! Si j'avais son âge, j'aurais été aussi prompte qu'elle à vous manifester de l'intérêt. L'amour est une denrée trop précieuse et trop rare pour y mettre un quelconque prix. Si la petite vous plaît, je vous l'offre, don Miguel. »

Totalement décontenancé, je bredouillai :

« Nous verrons, doña Leonora, nous verrons. »

Et je m'empressai d'orienter la conversation sur Catalina de Erauso que la vieille femme avait connue en habit d'homme, sous le nom de Francisco Loyola.

Doña Leonora ferma les yeux pendant un temps si long que je crus qu'elle s'était assoupie sous l'effet du Rioja.

« Loyola... Francisco Loyola... Un parent lointain, vous dites ? répondit-elle enfin, comme émergeant de ses pensées. Oui, je me souviens de lui. On n'oublie pas facilement un si curieux personnage. Pour mieux comprendre ce que je vais vous raconter, comte, il faut qu'à la place de la vieille femme décharnée que vous avez sous les yeux vous imaginiez une créature au faîte de sa beauté. Bien bâtie, aux formes généreuses. Un visage avenant, un teint de pêche, car je ne laissais jamais le soleil effleurer ma peau. Des yeux... ces yeux que l'âge n'a pas éteints et qui gardent, grâce au ciel, leur vivacité et leur éclat d'antan. J'ai surpris votre gêne en entrant ici et en me voyant telle que je suis. Autrefois, j'avais tous les hommes à mes pieds, comte. J'aurais pu me laisser courtiser par le plus beau ou le plus riche. Pourquoi ai-je choisi Juan de Urquiza ? Il était âgé, déjà. Sa position sociale était confortable, sans plus. Mais le plus étonnant, c'est que Juan était laid ! Chauve, de petits yeux sans expression, un nez plat. Il y avait du Maure en lui. Il était né à Algésiras, à la pointe sud de l'Espagne. Comment a-t-il pu me conquérir, alors ? Par sa force. Il était puissant comme un gladiateur. Et surtout par ses qualités de cœur. Juan de Urquiza avait un cœur grand comme la cordillère des Andes. Une bonté à toute épreuve, une générosité sans limites.

« Nous sommes devenus amants, mais chacun de nous voulait garder la chose secrète. Pour la réussite de son commerce, Urquiza devait se méfier de la morale étriquée de ses clients. Avec son aide, j'ai ouvert un salon de thé, et un peu plus tard, devant le succès, un atelier de couture attenant. Une porte, dont j'avais seule l'usage avec mes employées, permettait de passer de l'un à l'autre. C'est ainsi que m'est venue l'idée qui devait donner naissance à l'auberge des Sept Destins. Au début, j'ai entrepris cette affaire avec une telle discrétion que même Urquiza ne soupçonnait pas ces activités qui concernaient, en vérité, très peu de monde. Des fidèles de la maison, pour qui le secret était un élement capital... Je ne pouvais pas me plaindre, ma vie était tranquille, plaisante. J'aimais cette clandestinité. Jusqu'au jour où Urquiza engagea votre parent à son service. »

Mon intuition me conseillait de ne pas révéler à doña Leonora la véritable identité de Francisco Loyola tant qu'elle ne m'avait pas confié plus avant ses souvenirs. Elle était intelligente, possédait une bonne expérience du monde et des hommes ; je savais qu'elle me comprendrait.

« Je conserve une image très précise de ce garçon, je pourrais vous dessiner son portrait. Non qu'il fût beau, de ce que l'on nomme beauté chez un jeune homme. Francisco affichait une assurance virile à laquelle il semblait accorder de l'importance. Il se tenait toujours bien campé sur ses deux jambes, très droit, sur le qui-vive, comme s'il craignait de recevoir un coup de poignard dans le dos. Mais quand il ne se savait pas observé, il était capable de gestes d'une douceur qui l'embellissait. Et puis, il avait une prestance, une élégance... Son expression était plutôt fermée, distante. Et vous vous disiez... Tiens, c'est un homme de vingt-cinq ans. Mais dès qu'il souriait, ce qui arrivait rarement, il rajeunissait et il ne faisait plus que ses dix-huit ans. Ce qui le distinguait le plus, si je me souviens bien, c'était son regard. Il pouvait être grave et doux quand il se sentait en confiance. Et devenir méfiant dès qu'il se trouvait face à un inconnu. Parfois un voile de tristesse couvrait ses yeux. Il donnait l'impression de s'isoler dans un recoin secret de son être. Nostalgie ? Terreurs anciennes ? Remords ?... Allez savoir. Il avait alors une beauté mystérieuse qui en faisait cet homme très différent des autres. Au début, je l'ai trouvé buté, un peu brutal. Mais j'ai vite compris que ce n'était qu'un masque derrière lequel il se protégeait. En réalité, il était malin comme un singe. Mais j'anticipe, comte. Laissez-moi revenir aux prémices de notre relation. »

Doña Leonora fit signe à Ivoire de remplir ma coupe. Aux aguets, pieds nus sur l'épais tapis qui recouvrait le sol, on aurait vraiment dit une gazelle, avec ses jambes hautes, ses immenses yeux noirs ourlés de cils épais. Mon hôtesse attendit que je sorte de ma contemplation et poursuivit son récit.

« Nos relations avaient mal commencé. Un matin, je m'étais rendue au magasin pour découvrir les nouvelles toiles qui venaient d'arriver d'Espagne. Je n'avais même pas remarqué que le gérant avait changé. L'homme qui tenait l'établissement depuis toujours était discret, il se contentait d'enregistrer le montant de mes achats sur le crédit qu'Urquiza m'accordait. Or voici que ce jeune imberbe que je n'avais jamais vu s'est mis en tête de me faire signer un reçu, comme si j'étais une inconnue ! Mon sang n'a fait qu'un tour, et je l'ai mouché. Mais il soutenait mon regard. J'ai dû faire intervenir Juan d'Urquiza, qui lui a écrit pour mettre les choses au clair.

« À ma deuxième visite, l'atmosphère avait changé. Loyola m'a reçu avec courtoisie et a poussé l'amabilité jusqu'à fermer la boutique pour aider mon serviteur à porter mes nombreux paquets. Je me suis senti obligée de le convier à déjeuner, et c'est là que j'ai pu me rendre compte que le jeune homme était intelligent, cultivé, très au-dessus des fonctions qu'il assurait. Dès lors, je l'ai régulièrement invité, profitant de sa conversation agréable et de ses manières raffinées. Je disposais d'une petite bibliothèque contenant des ouvrages acquis au cours de mes voyages. Francisco me faisait la lecture, me traduisant sans peine les textes en latin, en italien... Comment vous dire, comte ? J'étais entourée d'hommes vulgaires. Juan de Ibarra, lui-même, ne brillait pas par ses conversations ni par ses manières. Francisco aussi pouvait se montrer rustre et agressif, mais il connaissait l'âme des femmes. Ce qu'il convenait de dire, ce qu'il suffisait d'insinuer. Une amitié exquise est née entre nous. Un amour platonique, comme ceux des romans de chevalerie ! La finesse de son esprit m'émerveillait, je trouvais savoureuses les anecdotes qu'il racontait. Je suis arrivée à un âge, don Miguel, qui me permet de tout avouer sans rougir : ce garçon me troublait vraiment ! Je m'interdisais, bien sûr, d'imaginer rien de plus intime, car j'étais liée à Ibarra. Néanmoins les visites de Loyola ponctuaient mes journées. Lorsqu'un scandale éclata... »

Doña Leonora se passa lentement sur le front un mouchoir de soie imbibé d'eau de lavande avant de reprendre.

« Une troupe de théâtre de la métropole donnait une pièce en ville. Je l'avais vue et, l'ayant trouvée plaisante, j'avais offert un billet à Francisco. Par malchance, il s'est trouvé placé derrière un affreux personnage nommé Reyes. Grand et large d'épaules, le type portait en plus un chapeau à large bord qui bouchait la vue à Francisco. Les témoins jurent qu'il a demandé courtoisement à Reyes de bien vouloir retirer son chapeau. Et que l'autre a répondu par une insulte. Mais quand Loyola l'a tancé vertement, il l'a provoqué en duel. Francisco n'avait sur lui qu'une dague, Reyes portait une épée et un couteau. Mais déjà ils étaient l'un sur l'autre. À grand-peine, des amis se sont interposés.

« Le lendemain, alors que Francisco se trouvait au travail, Reyes est venu le narguer, passant et repassant devant son magasin. C'en était trop. Loyola s'est débarrassé de ses clients, a fermé la boutique et s'est précipité chez le barbier pour lui emprunter une épée. Le barbier a vainement tenté de le retenir. Un si jeune homme ! Il était persuadé que ce M. Reyes n'en ferait qu'une bouchée. Mais Francisco s'élançait déjà. Il a trouvé Reyes devant l'église, s'est planté devant lui et l'a provoqué. Avant que Reyes ait eu le temps de réagir, Francisco lui a fait une longue estafilade sur la joue. Un coup de bretteur exercé. Les témoins étaient soufflés. Reyes a porté une main à sa blessure sans bouger, quand l'homme qui l'accompagnait, tirant son épée, s'est élancé sur Francisco. Ils n'ont pas ferraillé longtemps. Loyola a une nouvelle fois fait preuve de ses talents : la pointe de son épée a transpercé son adversaire. Une méchante blessure. Sachant ce qui l'attendait s'il tombait entre les mains de la garde, Francisco a couru chercher protection à l'intérieur de l'église. Peine perdue. Le corregidor l'a extirpé de là et l'a condamné aux fers. Ce n'est que grâce à Urquiza, venu exprès de Trujillo pour plaider sa cause, qu'il s'est à nouveau trouvé sous la protection du clergé.

« Don Juan de Urquiza est venu me voir, les larmes aux yeux. Il tenait beaucoup à son protégé et ne voyait qu'une solution pour le tirer de ce mauvais pas : le mariage ! Il se trouve que j'étais la cousine de la femme de Reyes. Si j'épousais Francisco Loyola, il entrerait dans la famille de Reyes, qui serait ainsi contraint d'abandonner toute velléité de vengeance.

— Un arrangement à la française, comme on dirait à Madrid. Et vous avez accepté, doña Leonora ?

— Bien sûr, don Miguel ! Non seulement je rendais service à Urquiza, mon protecteur depuis des années, mais j'évitais la prison à Francisco. Pour tout vous dire, il avait encore monté dans mon estime... et je n'étais pas loin de tomber en pleine romance. Ne souriez pas, comte ! J'agissais par pure bonté. Car j'ai posé une condition à mon accord : que Francisco reste chaste jusqu'au mariage. Il a promis de respecter cette clause.

« Nous avons vécu une période très heureuse. Francisco quittait l'église le soir pour venir souper avec moi. Nous parlions de choses et d'autres, il me racontait ses souvenirs. Il adorait son pays basque natal. Mais jamais il n'évoquait sa famille. Il semblait libre comme l'air. Hélas ! Bientôt il s'est mis à prolonger nos soirées jusqu'à l'aube, inventant chaque fois de nouveaux jeux pour rester auprès de moi. Et chaque fois, il tentait de m'approcher davantage. Un baiser par-ci, une caresse par-là... Un soir d'été, un orage a éclaté. Les fenêtres étaient ouvertes et le vent a brusquement éteint les bougies. Nous nous sommes précipités pour fermer les volets. Nous riions comme des enfants. Était-ce l'excitation de ce désordre soudain ? Francisco a tenté de m'entraîner vers la chambre. Je me suis débattue. Il a réussi à dégrafer mon corsage et il commençait... Pour finir, un de mes domestiques m'a aidée à le repousser et nous l'avons mis à la porte. Après son départ, je me suis rendu compte qu'il avait vidé deux bouteilles de mon meilleur vin.

« Urquiza s'est fâché, et Francisco est venu s'excuser. Finalement, le mariage fut annoncé, tout semblait s'arranger. Mais c'était méconnaître Reyes. Il n'avait pas digéré l'affront que lui avait infligé Francisco. Avec son ami, il l'a provoqué à nouveau. Cette fois, Francisco ne jouait plus. Seul contre deux, il a blessé Reyes et tué son compagnon. Et cette fois encore, c'est Urquiza qui l'a sauvé. Il lui a donné un cheval, deux mille ducats, et Francisco a pris la fuite.

« C'est la dernière fois que j'ai vu votre parent, comte de la Niebla. Une histoire amère, et même un peu sordide. »

L'aube pointait derrière les fenêtres. Doña Leonora poussa un long soupir et s'endormit. Les deux petites Noires la couvrirent d'une étole de laine et lui ôtèrent sa perruque. Avec son crâne nu, elle avait le visage d'une morte. Je quittai le salon sur la pointe des pieds.

Je suivais le fleuve en réfléchissant au récit de doña Leonora. Cette tentative de viol me déconcertait complètement. Catalina était-elle tellement ivre qu'elle s'était prise pour un homme ? Je me souvins d'une autre anecdote des *Mémoires*, à Lima. Parvenu dans la capitale péruvienne, Francisco Loyola frappa à la porte du marchand Diego Solarte, un ami de Juan de Urquiza. La lettre de présentation qu'il montra était si bien tournée et l'aspect du jeune homme si rassurant que le marchand le prit à son service avec six cents ducats de salaire par an.

Mais Diego Solarte avait deux nièces, que Francisco trouvait fort à son goût, surtout la plus âgée, avec qui il passait de doux moments. Un jour que, assis à ses pieds, il lui caressait les chevilles, remontant doucement sous ses jupons, Solarte les surprit. Il congédia Francisco du jour au lendemain.

Catalina rapporte sans honte cet incident. Mais ce qui me surprenait le plus, c'était le naturel de son badinage. Non seulement son attirance pour les femmes, mais le fait que ni les jeunes nièces de Solarte, ni doña Leonora, pourtant une femme expérimentée, n'aient soupçonné sa véritable identité sexuelle.

Catalina avait-elle fini par se prendre à son propre jeu ? Ou usait-elle de son identité masculine comme d'un masque pour mieux dissimuler sa féminité et ses désirs illicites ?

Une étrange période commença après cette première soirée. Je me rendais régulièrement à l'auberge des Sept Destins pour voir doña Leonora. Son récit avait fait naître entre nous une affectueuse complicité et j'avais plaisir à lui rendre visite. Enriko, lui, y rencontra une plantureuse Caucasienne dont il ne cessait de vanter les qualités. Le jeune homme renaissait.

« Je sais, Miguel. C'est une femme publique, une... comment dis-tu déjà ?

— Une hétaïre.

— Oui, c'est sûr. Elle donne son corps à tous, elle vend ses caresses... Mais avec quel art ! Je pourrais jurer qu'hier soir elle... elle m'a aimé, Miguel. »

Je dois avouer que ces femmes ne me laissaient pas non plus indifférent. Doña Leonora de Cárdenas avait raison, la jeune Ivoire était d'une douceur et d'une bonté rares. Et elle paraissait lire en moi sans que j'aie besoin de rien lui dire. Un soir, j'avais cédé à la tentation... jurant que ce serait pour une seule nuit.

Mais le jour n'était pas encore levé, et déjà je savais que j'étais prisonnier. Ivoire me fascinait, me comblait. Avec elle, je découvrais des terres inconnues. Quelque chose de bien plus fort que le désir, intense, que j'éprouvais pour elle. Doña Leonora ne m'avait pas trompé, j'étais le premier homme à connaître intimement l'adolescente.

« Apprenez-moi, pour mieux vous servir, monsieur. Je veux vous donner toutes les joies du monde », semblait-elle me dire. Sa timidité l'empêchait de me parler ainsi, mais ses regards, ses gestes parlaient pour elle.

Le lendemain, j'annonçai à Enriko que nous resterions encore quelques jours à Trujillo.

« Ainsi, tu pourras mieux connaître ta belle amie d'un soir, cher frère », lui dis-je un peu hypocritement.

Il rougit et baissa la tête, visiblement tourmenté par un secret honteux.

« Qu'y a-t-il, Enriko ? Allons, entre amis, entre frères, nous pouvons tout nous dire !

— Vois-tu, cette fille m'a avoué qu'elle...

— Oui ?

— ... aimait partager l'homme qui lui plaisait avec sa sœur !

— Ainsi, tu fais la noce avec les deux ? »

Mon rire le rassura, et il rit à son tour.

« Nous avons conclu un accord, Miguel. Puisque c'est elle qui m'impose sa sœur, je ne payerai à l'intendante que pour une seule. »

Depuis la mort de Koldo, Enriko n'était plus mon serviteur. Je ne lui versais plus de salaire, mais la somme que j'aurais partagée avec un frère de lait, si j'en avais eu un. L'honnête Enriko parvint finalement à me tutoyer, mais il ne pouvait s'empêcher de me rendre compte de ses dépenses, et de faire des économies sur tout, comme avec son frère défunt.

Ivoire ne partageait pas les goûts de la Caucasienne d'Enriko. Elle s'arrangea pour que la seconde petite esclave, qui avait été sa compagne d'infortune, n'eût pas le moindre contact avec moi. Il ne s'agissait pas de jalousie, au sens commun du mot. Pour Ivoire, un lien mystérieux nous unissait : elle m'appartenait et, pour cette raison, c'était à elle seule de veiller à l'assouvissement de mes désirs et à mon bien-être.

J'eus une conversation « d'affaires » avec doña Leonora qui était au courant de toutes les intrigues et histoires de cœur de ses pensionnaires. Elle accepta que je loue les services des sœurs caucasiennes pour Enriko.

« Il disposera de ces deux dames comme il le voudra. Et vous, cher comte ? Qu'allez-vous faire d'Ivoire ?

— Je vous l'achète, Madame, si vous le permettez. »

La vieille dame se redressa sur ses coussins et planta son regard dans le mien.

« J'aurais aimé rencontrer dans ma jeunesse un homme comme vous, don Miguel. »

Ce soir-là, j'eus la joie d'annoncer à Ivoire qu'elle était libre.

« Je suis votre esclave, monsieur.

— Non. Tu es libre. Sans maître ni seigneur. Libre. »

Elle était nue, assise en tailleur sur le lit, immobile, le regard fixe, les yeux écarquillés, comme soustraite au temps.

« Ivoire... Est-ce que tu comprends ce que je te dis ? »

Elle ouvrit la bouche sans pouvoir me répondre et se mit à trembler de tous ses membres. Puis les larmes inondèrent ses joues.

Elle avait bien compris.

Je fis venir Pedro Bergusa à Trujillo, et, avec Enriko, nous prîmes tous trois pension à l'auberge des Sept Destins.

Le vieux soldat m'avait apporté le courrier arrivé à Séville. Une lettre de don Ramiro de la Hoya m'annonçait la mort de doña Pura.

Votre chère gouvernante a disparu hier soir, pendant son sommeil. Elle...

La lettre me tomba des mains. Le ventre noué, je portai mes poings fermés contre ma bouche pour ne pas hurler. Comme si le cours du temps s'inversait et que je retombais en enfance. C'est en lisant ces lignes que je compris l'affection qui me liait à ma nourrice. La promesse de vengeance que j'avais faite à ma mère m'avait obligé à laisser doña Pura derrière moi, mais j'étais certain de la revoir à mon retour.

Quand je pus reprendre ma lecture, j'appris que le comte de la Niebla ne quittait plus son lit. Il fallait aussi m'attendre à sa disparition prochaine. Je fus envahi par un immense sentiment de solitude, et me sentis brutalement étranger dans ce Nouveau Monde.

Fidèle à lui-même, mon tuteur m'adressait également les revenus et comptes détaillés de mes propriétés. Il avait pris des mesures pour que je dispose de tout l'argent dont j'aurais besoin. Une drôle de vie de famille s'instaura alors à l'auberge de doña Leonora. Bergusa trouva son bonheur auprès de la cuisinière, une Indienne métisse, native du Pérou.

« Pour moi, l'amour passe par l'estomac, *condesito.* Et à la vérité, depuis que doña Pura ne s'occupe plus de nous, mon ventre est bien en peine. En quatre jours, ma bonne Cholita m'a remis sur pied. »

Chaque soir, je soupais avec doña Leonora et, avant de me retirer dans mes appartements où m'attendait Ivoire, je lui lisais des poèmes en français. Joachim du Bellay avait sa préférence.

France, mère des arts, des armes et des lois,
Tu m'as nourri longtemps du lait de ta mamelle...

Notre amitié se renforçant de jour en jour, je finis par lui avouer le véritable motif de ma présence au Pérou, et l'identité de Francisco Loyola. Un moment, j'ai craint qu'elle soit blessée, ou déçue, mais sitôt la surprise passée, elle s'exclama :

« Rien de plus excitant pour un tempérament comme le mien ! Ce jeune garçon était en vérité une femme ? Cela confirme le trouble que sa personne me causait. »

Nous vivions hors du monde. Par trois fois, je retardai la suite de mon voyage. Mais Pedro Bergusa, qui traînait beaucoup du côté des cuisines, entendit un jour des rumeurs inquiétantes. L'amitié que doña Leonora nous réservait avait éveillé la jalousie de certains habitués. D'autant qu'Enriko était devenu le préféré des filles les plus sollicitées et les plus belles de la maison. Un riche marchand, dénommé Montero, grand jouisseur et grand joueur, se vantait d'être le roi de l'auberge des Sept Destins. Il y dépensait une fortune. Que des étrangers lui usurpent une place qu'il considérait comme sienne le rendait fou de rage.

« Au début, c'est à Enriko qu'il en avait, don Miguel. À présent, vous êtes sa bête noire, car il vous tient pour responsable de ce qui arrive.

— Cet homme n'est qu'un ivrogne, Pedro. Souviens-toi du proverbe castillan : Chien qui aboie ne mord pas.

— Je préfère le proverbe aragonais : Chien qui menace, abattez-le. Laissez-moi m'en charger, comte.

— Non, Pedro. Je continue à penser qu'il n'est pas dangereux. Et puis, cela risquerait de faire du scandale.

— Demandez son avis à doña Leonora. Elle saura vous conseiller. »

Malheureusement la santé de doña Leonora se dégradait de jour en jour. De fortes poussées de fièvre la clouaient au lit, tremblante, et de douloureux accès de toux l'épuisaient.

« L'angine de poitrine, Miguel. Un mal de famille. Je croyais que le climat péruvien m'en avait protégée. S'attaquer à moi, à mon âge, c'est vraiment ridicule ! »

Ivoire me demanda la permission de veiller la vieille dame durant son sommeil. Doña Leonora l'avait sauvée de la faim lorsqu'elle était enfant et elle l'aimait profondément.

C'est ainsi que je pris l'habitude de me promener seul, la nuit, dans Trujillo. Enriko et Bergusa insistaient pour m'accompagner. Je refusais. Je tenais à mon indépendance.

Un soir, alors que nous étions entrés dans la saison sèche depuis quelques jours, une pluie fine se mit à tomber. La nature se montrait capricieuse. À moins que ce fût un avertissement du ciel. Je m'étais aventuré dans une zone peu éclairée et plutôt désertée, près des tripots du port. Soudain l'inquiétude me gagna et je décidai de rebrousser chemin. C'est alors que je le vis, planté sur ses deux jambes, sa longue cape repoussée en arrière, une main posée sur le pommeau de son épée, l'autre sur son poignard. Il me défiait.

« Je vous trouve enfin seul, monsieur le comte, sans votre cohorte de femelles ni vos gardes. »

Son mépris me parut plus ridicule qu'offensant.

« Sortez de l'ombre, et montrez votre visage ! Que me voulez-vous, monsieur ?

— Ce que je veux est bien simple. Vous portez poignard affûté et fine lame de Tolède. J'aimerais constater si ce sont de vraies armes ou de simples objets de parade. »

Son arrogance stupide m'agaça. Puisqu'il cherchait l'affrontement, mieux valait quitter le chemin sinueux de la palabre et passer à l'acte.

« Une seule façon de le savoir. En garde, monsieur ! »

Le début du combat se passa loyalement. Montero était un habile spadassin et il me le prouva en quelques passes. Après une longue série d'attaques et de contre-attaques qui montraient que nous étions à égalité, je crus devoir arrêter ces assauts inutiles autant que dangereux.

« Ce duel n'a pas de sens. Je pense que nous avons tous deux prouvé notre dextérité, monsieur. L'honneur est sauf. »

Faisant voler l'épée dans ma main gauche, je lui tendis ma main droite. Montero fit un pas en arrière, comme si j'avais la lèpre.

« L'honneur n'est pas sauf, *condesito.* Votre présence est une offense à ma personne. Vous avez pris la place qui me revenait de droit à l'auberge des Sept Destins. Vous êtes un intrus ! »

Il avait dû payer un espion. Un domestique, ou une des filles de la maison. Pedro Bergusa ne m'appelait jamais *condesito* en présence de qui que ce soit. Et ce mot dans la bouche de cet homme était comme un coup de fouet en plein visage.

Nos assauts nous avaient fait sortir de l'ombre, nous nous trouvions à présent faiblement éclairés par un lampadaire. Mon rival avait une barbe poivre et sel qui lui dévorait les joues, un front bas, barré de sourcils épais. Une bête hirsute, avec de petits yeux gris acier, implacables et violents. Son regard ne trompait pas : l'homme voulait ma mort.

« Comprenez-moi bien, *condesito.* Vous n'en sortirez pas vivant ! »

La haine est un poison. Elle pénètre dans le sang et obscurcit votre conscience. La rage de mon adversaire était entrée en moi et nous étions maintenant prêts à en découdre, tels deux chiens enragés.

« Soit. Laissons parler les armes ! »

J'étais déjà en position d'attaque. Montero, gaucher, me donnait du mal, d'autant qu'il maniait un couteau à double lame de la main droite. Le duel prit une tournure d'une rare violence. La lame de son couteau dirigée vers le haut, mon rival essayait de me la ficher dans le bas-ventre.

La pluie rendait le pavé glissant, et gênait la visibilité. Voulant échapper à son coup, je fis une torsion du buste et glissai. Sa lame me tailllada le bras droit.

La stratégie de mon adversaire avait porté ses fruits : en combattant d'abord loyalement, il avait pu estimer la qualité de ma défense. Mes professeurs étaient tous droitiers, et j'anticipais moins bien les coups portés sur ma gauche, laissant le champ ouvert au redoutable poignard. Mais à quoi bon les règles face à un tel roublard ? Bergusa m'avait enseigné ce qu'il appelait les « coups du brigand ». Une série de feintes portées au niveau du cou pour une estocade engageant l'épée de l'oreille jusqu'au cœur. Encore fallait-il que je puisse parer les attaques brutales de mon adversaire, et maîtriser les douloureux élancements de mon bras. Le sang inondait ma chemise, dont le tissu me collait à la peau. Sentant mes forces diminuer, Montero redoublait d'ardeur. Le sourire cynique qu'il affichait ne présageait rien de bon. Il s'apprêtait à me porter le coup fatal. Rassemblant ma dernière énergie, je le laissai approcher. Il crut

que je démissionnais alors que j'abandonnais mes derniers scrupules, et sans que j'aie eu le temps de m'en apercevoir, la pointe de mon épée s'envola et frappa mon rival en pleine poitrine, juste à côté du cœur. Il demeura immobile, les bras ouverts, une expression hébétée sur le visage. Ses mains laissèrent échapper son épée, le couteau rebondit sur le sol, ses genoux se dérobèrent. Montero s'effondra lentement.

« Un prêtre ! Par pitié ! »

C'était le cri de désespoir d'un mourant.

En un éclair je revis mon père, blessé à mort, demandant le secours de l'Église. Mes genoux fléchirent. Je m'agenouillai pour soutenir la tête du blessé. Nous étions loin de toute église et les secours religieux n'arriveraient pas à temps.

« Il est trop tard, Montero. Repens-toi de tes péchés. Pour moi, je te donne l'absolution. »

Il voulut dire quelque chose ; un flot de sang noirâtre s'échappa de sa bouche. Il écarquilla les yeux, puis son regard se voila. Voyait-il les flammes de l'enfer ?

Je déposai doucement sa tête sur le pavé et me relevai. Je ne pouvais plus rien pour lui. Hernández Montero avait voulu ma mort et le voilà qui gisait, inerte, à mes pieds. Je recouvris son corps de sa cape et déposai son chapeau à large bord sur son visage pour le protéger de la pluie.

C'est alors seulement que je me rendis compte de mon état : je tremblais de tous mes membres.

J'entrai dans une taverne à quelques pas de là. Après deux verres de rhum de la Jamaïque, mes tremblements s'apaisèrent, mais je ne parvenais pas

à sortir de ma torpeur. Je venais de tuer un homme. Une phrase de Catalina me revint :

Nous ferraillâmes et je lui entrai ma pointe par le côté gauche. Il tomba. Je courus.

L'ami de Reyes. Son premier mort. Elle n'évoquait ni sentiments ni émotions.

La mort que je venais de causer me bouleversait. Quand mon épée avait pénétré dans le corps de Montero et que je l'avais vu pâlir, s'immobiliser, ouvrir les mains en un geste d'étonnement qui l'emporta, j'avais été envahi d'un sentiment qui, à présent, m'horrifiait : la joie. Oui, la joie de tuer. Si la haine farouche, la volonté de se battre jusqu'au bout contre un ennemi qui vous veut du mal me semblaient des réactions de défense naturelles, l'ivresse que l'on éprouve à tuer, la jubilation à détruire étaient inexplicables et terrifiantes. Pour la première fois, j'eus l'impression de toucher la nonne lieutenant. La mort nous rapprochait, nous unissait mieux que les liens du sang.

Le lendemain, la ville entière parlait du cadavre retrouvé sur le port. À l'auberge, la mort d'Hernandez Montero était sur toutes les lèvres. L'homme était connu pour sa brutalité et sa violence, qu'il périsse au cours d'un duel ne fut une surprise pour personne. Tout le monde en revanche était curieux de connaître le nom de celui qui l'avait vaincu. Car il était également célèbre pour son habilité. Les rumeurs allaient bon train.

Quelques jours après, je dînai en compagnie de Bergusa et d'Enriko. Le vieux bandit riait tout seul, faisant trembler ses moustaches dont il était si fier.

« Cesse de pouffer dans ton assiette comme une petite fille. Qu'y a-t-il de si drôle ?

— Des rumeurs, don Miguel. Les amis et la famille d'Hernández Montero sont en émoi et disent n'importe quoi. »

Bergusa lança un clin d'œil à Enriko qui se mit à rire à son tour.

« Montero criait à tous les vents qu'il voulait ta peau, Miguel, et c'est lui qu'on a retrouvé occis et gisant sur le pavé. La famille de Montero jure qu'elle traînera l'assassin en justice.

— Soupçonnent-ils quelqu'un ?

— Oui. Le comte de la Niebla.

— Moi ?

— Oui, Miguel.

— C'est ce qui vous fait rire ? Que le corregidor s'apprête à me coffrer ?

— Non, Miguel. »

Je les regardai à tour de rôle, à la fois furieux et inquiet.

« À quoi jouez-vous tous les deux ? Dites, j'ai besoin savoir !

— Le clan des Montero est puissant. Devant la gravité de la situation, nous nous apprêtions à prendre des mesures sans rien te dire, quand le gouverneur est entré en scène... »

Devant mon air peu affable, Enriko reprit son sérieux.

« Le gouverneur proclame haut et fort qu'il a passé la nuit du duel en ta compagnie, Miguel, à manger et converser jusqu'à l'aube. Il raconte partout qu'il admire ton intelligence et ta culture. Personne n'osera t'accuser de meurtre. »

Je ne croyais ni à l'amitié ni à la générosité de ce

politicien véreux. S'il avait pris ma défense, c'était que quelqu'un l'y avait poussé.

« Doña Leonora est intervenue auprès du gouverneur, n'est-ce pas ? Répondez ! Bergusa ! Ariza ! »

Mes deux amis sursautèrent en s'entendant appeler par leurs noms de famille. J'étais tendu depuis le duel, cette histoire me mettait hors de moi.

« Doña Leonora nous a fait jurer de garder le silence, don Miguel. La vérité, c'est qu'elle est au courant de certaines choses sur le gouverneur. »

Enriko était blessé dans son orgueil. Je l'avais traité en maître, il me répondait en valet. Je m'en voulus d'avoir manqué au devoir de fraternité que j'avais exigé de lui.

« Un jour, le gouverneur a battu à mort une fille de doña Leonora. Une crise passionnelle, a-t-il prétendu. »

Bergusa aussi était vexé par mon mouvement d'humeur.

Je levai mon verre vers eux.

« Je vous prie d'excuser mon emportement, mes amis. Et croyez-moi, je vais de ce pas m'agenouiller devant ma noble bienfaitrice.

— Il faudra attendre, Miguel. Elle va mal. Hier soir, elle a eu une crise. Son médecin n'est pas optimiste et les prêtres sont déjà devant la porte. Les vautours rôdent. »

Je courus rejoindre Ivoire, qui me confirma la nouvelle. L'émotion lui serrait la gorge.

« Elle s'en va ! répétait la petite. Elle n'en a plus pour longtemps ! »

Je la serrai dans mes bras.

La mort de la propriétaire de l'auberge des Sept Destins était, pour les habitants de la ville, un drame dont personne n'osait encore envisager les conséquences. Doña Leonora connaissait les secrets d'alcôve des foyers les plus distingués de Trujillo. Elle avait su garder le silence et l'imposer. Mais la patronne disparue, les apparences risquaient de se fissurer.

Les habitués de l'auberge ne cachaient pas leurs préoccupations. Alina, l'intendante, était une excellente gestionnaire, mais elle n'avait pas le prestige et l'autorité de sa défunte maîtresse, ni sa poigne, sous son gant de velours. Tenir tête aux mauvais payeurs et aux filles qui avaient de forts tempéraments n'était pas une mince affaire.

Quelques jours après l'enterrement, Pedro Bergusa vint me trouver.

« Alina m'a demandé d'être son associé, don Miguel. Vous avez encore un long chemin à parcourir et je me fais vieux. J'aime cette auberge et je pourrai m'y rendre utile. D'ailleurs, je ne vous quitte pas, je prends congé de vous pour un moment. Car quoi qu'il vous arrive, *condesito*, vous trouverez toujours protection sous ce toit. »

J'approuvai le choix de Bergusa qui me semblait dicté par la sagesse. Je ne savais pas ce qui m'attendait au Chili, ni si je serais en mesure de retrouver les traces de Catalina. Disposer d'une base arrière au Pérou pourrait m'être d'une grande utilité.

Après les funérailles de doña Leonora, il me restait encore une chose délicate à accomplir : convaincre Ivoire qu'elle ne pourrait pas m'accompagner dans mon voyage. Je pensais, en toute sincérité, qu'elle serait mieux à l'auberge, libre de faire ce qu'elle voulait sous la protection de Bergusa.

Ivoire ne voulut rien entendre.

« Je suis ton esclave, je dois te suivre, maître.

— Je ne suis pas ton maître et tu n'es l'esclave de personne. J'ai une mission à accomplir. Elle va m'entraîner sur des chemins incertains. Ici, tu es chez toi, Ivoire. Personne ne portera la main sur toi ni ne te donnera d'ordres. »

Elle ne céda que lorsque je lui jurai sur la petite croix en or que lui avait offerte doña Leonora que je l'enverrais chercher ou que je reviendrais la voir.

« Je t'attendrai ici », me dit-elle.

Enriko avait décidé de m'accompagner.

« Nous avons signé un pacte, Miguel. Là où tu vas, j'irai. »

Le jour du départ arriva. Ivoire s'enferma dans sa chambre pour cacher ses larmes. Les filles et les domestiques de la maison se rassemblèrent devant la porte pour nous souhaiter bon voyage.

Pedro Bergusa nous accompagna jusqu'au port de Païta où nous embarquâmes, Enriko et moi, pour Concepción.

7

Concepción

Je quittai ma cabine et me rendis sur le pont. L'aube pointait et je restai à contempler ses rayons pâles à l'horizon, incapable de trouver le sommeil.

« Tu es né à Concepción, sur la côte du Chili, me disait ma mère. »

En marchant sur lcs traces de Catalina, je retrouvais mes origines.

À Concepción j'avais été conçu.

À Concepción mon père avait trouvé la mort, et ma mère, juré de lui rendre justice. Une vengeance que désormais je me devais d'assumer pour respecter sa mémoire. Je ne savais plus trop ce qui, de la vengeance promise à ma mère ou de la personnalité de Catalina, m'attirait ici.

Soldat dans une compagnie de mille six cents hommes, la nonne militaire était arrivée à Concepción sous l'identité d'Alonso Díaz Ramírez de Guzmán. C'est dans cette ville qu'elle avait débuté sa carrière de militaire, s'affirmant dans la peau du personnage qu'elle s'était inventé : un soldat intrépide, doublé d'un aventurier réglant par le sang et l'épée la moindre offense faite à son honneur.

J'arrivais enfin là où le destin de la nonne et le mien se croisaient.

Mes premiers contacts avec la ville me désorientèrent. La Concepción décrite par ma mère et doña Pura avait bien changé en une vingtaine d'années. Santiago, plus au nord, et plus proche des richesses minières, lui avait usurpé sa place de capitale militaire et administrative, et la ville semblait vivre dans le souvenir d'une grandeur perdue. Après sa fondation, en 1550, par Pedro de Valdivia, elle avait été rasée par les Indiens Mapuches, puis reprise par les troupes espagnoles au cours de combats meurtriers, et enfin reconstruite. Mais ce passé héroïque était loin. La vie quotidienne s'y écoulait aujourd'hui dans le calme et la morosité.

Pendant plusieurs jours, je déambulai dans la ville en compagnie d'Enriko, sans but précis. J'espérais reconnaître la ruelle que j'empruntais jadis en compagnie de ma mère, le chemin menant à l'église, la place où, avec doña Pura, je venais prendre le frais à la tombée du jour.

« Tu te souviens de ces endroits, Miguel ? » me demanda Enriko.

Je pris un temps avant de lui répondre.

« J'avais à peine trois ans quand j'ai quitté le Chili. J'aurais certainement tout oublié de cette période si ma mère ne me l'avait racontée. C'est l'histoire familiale qui m'émeut, pas les pierres ni le paysage de cette cité plutôt morne. »

Enriko avait loué une maison confortable de deux étages, toute proche de l'ancien palais de la comtesse Felicia qui n'était plus que ruines calcinées. Enriko avait interrogé les gens sur l'accident qui était survenu.

« Après la mort de son mari, doña Felicia était devenue folle. Un soir, toute la ville a vu le palais brûler : elle allait de pièce en pièce, embrasant avec une grande torche rideaux, tapis et meubles. La demeure s'était enflammée comme un château de papier. Quelques domestiques ont réussi à s'échapper, mais on n'a pas retrouvé de traces du cadavre de Felicia. Des paysans m'ont raconté qu'ils l'avaient vue s'enfuir, sa longue chemise de nuit blanche flottant dans la nuit et les cheveux en flammes. »

De la fenêtre de ma chambre, je pouvais observer les ruines du palais où s'étaient rencontrés mes parents. Rien n'avait été reconstruit depuis le drame. Nous étions dans une région du monde où les superstitions étaient tenaces et l'on prétendait que l'endroit portait malheur.

Enriko mit sur pied un plan d'action ; je me chargeai de répartir les tâches.

« Je m'occupe de retrouver les personnes qui ont connu mes parents et le lieutenant Díaz. Toi, tu écumeras tavernes et lieux publics. Sait-on jamais ? Tu trouveras peut-être un vieux qui aura quelque chose à nous apprendre sur Catalina ? »

Bergusa me faisait parvenir des nouvelles de Païta et d'Ivoire. Cette correspondance apportait son lot de mauvaises nouvelles. Après doña Pura, voici que don Ramiro de la Hoya m'annonçait la mort de mon père adoptif. Celui-ci avait fait l'effort de m'écrire de sa main une longue lettre avant de s'éteindre. Le comte de la Niebla ne s'était jamais consolé de la mort de ma mère.

Pendant toutes ces années, j'ai prié pour elle. Pourtant, je ne suis jamais arrivé à trouver le repos. J'aurais donné le peu de vie qui me restait pour avoir la joie de la revoir, ne serait-ce qu'un instant. Son sourire, l'éclat de son regard, un mot de sa bouche... Ah, entendre le son de sa voix !

Ces mots me plongèrent dans un malaise teinté de colère. Les confidences de don Manrique avaient quelque chose d'impudique, et je sentais monter en moi ma rancœur d'enfance à son égard. Honteux et gêné, je passai à la partie de la lettre qui me concernait directement. Le veuf reprenait un ton paternel pour me donner quelques conseils pleins de sagesse.

J'ai souvent reproché à ta mère de vouloir faire de toi le bras vengeur qui devait apporter le repos à l'âme tourmentée de ton père. Je suis aujourd'hui au seuil de la mort et mon devoir est de penser à toi comme à mon héritier. Je te libère de ton serment, Miguel. Les morts ne doivent pas peser sur l'existence des vivants. Tu as ta vie à vivre. Une vie qui peut, qui doit être splendide. Tu as déjà accompli un parcours admirable.

J'espère que cette lettre te parviendra dans ta ville natale. La boucle est bouclée. Tu as montré ta détermination, ta loyauté, ton courage. Tu peux à présent te contenter d'accomplir le second souhait de ta mère : placer une dalle en marbre à l'endroit où ton père a trouvé la mort. Ensuite, tu seras libre de rentrer à Séville pour prendre en main ton avenir, jeune comte de la Niebla.

Ses conseils arrivaient trop tard.

J'avais beaucoup mûri depuis mon départ de Séville. Le serment fait à ma mère avait brutalement transformé le cours de mon existence. Quel avenir aurait été le mien si j'étais resté dans le palais somptueux que Manrique me léguait ? Ma nature profonde me poussait à une vie consacrée à l'étude, à la lecture et à la réflexion. Enfant, je passais des heures dans la bibliothèque de notre maison, lisant, dessinant... Doña Pura devait me forcer à quitter ce refuge.

« À ton âge, les gosses se battent dans les rues, Miguelito !

— Je ne suis pas un petit Gitan, Pura.

— Peu importe ! Les enfants de roi se battent et jouent comme les autres. Si tu continues à te crever les yeux comme ça, tu vas finir moine ! »

C'était son obsession. Mais je ne serais jamais devenu moine. Je m'étais imaginé en revanche consacrant ma vie à l'étude dans une université de prestige, à Salamanque, par exemple. Et, peut-être, finissant dans la peau d'un homme de lettres...

Le serment fait à ma mère avait tout bouleversé, irrémédiablement. Et aujourd'hui, à Concepción, je prenais conscience que je me trouvais face à un adversaire hors du commun, et dangereux. Jusque-là, Catalina m'avait intrigué. Sa liberté, ses sulfureuses séductions m'avaient révélé une vie que je n'aurais pu imaginer. Son habileté au combat m'avait impressionné. À présent, sa détermination de guerrière m'inquiétait. La duplicité, la fuite, tout cela paraissait un jeu comparé à ce que la mort de Montero m'avait appris de tant d'affrontements sans pitié, sanglants et absurdes. Catalina paraissait invulnérable et je craignais d'entendre pire de la bouche de ceux qui l'avaient côtoyée.

D'après ce que j'avais compris de son récit, la compagnie de Catalina arriva au port de Concepción après vingt jours de navigation. Par la voix de son secrétaire, le gouverneur ordonna son débarquement immédiat. Les Indiens multipliaient les attaques et menaçaient la ville. Or le secrétaire du gouverneur n'était autre que le capitaine Miguel de Erauso.

En entendant son nom, je me réjouis et compris que c'était mon frère. Je ne l'avais jamais vu et ne le connaissais point, car il était parti pour les Indes alors que je n'avais que deux ans ; mais j'étais informée de lui, bien que j'ignorasse sa résidence. Il prit la liste de la troupe et passa, demandant à chacun son nom et son pays.

Ce moment changea leur destin.

J'imaginais Catalina debout, face à son supérieur, ce capitaine de Erauso accueillant à bras ouverts un compatriote basque. Je frémis.

... Lâchant la plume, il m'accola et se mit à me faire cent questions sur son père, sa mère, ses sœurs et sa petite sœur Catalina, la nonne. J'y répondis comme je pus sans me déceler et sans qu'il se doute de rien.

Les dés étaient jetés. Devant son propre frère Catalina se dérobe. Duperie. Trahison. Femme, sœur, elle se tait.

Une amitié inégale naîtra entre eux, dont Miguel donna aussitôt des preuves.

Alonso Díaz Ramírez de Guzmán devait partir avec sa compagnie vers Paicabi, une des régions les plus dangereuses du Chili. Les Indiens rebelles, nombreux et organisés, s'apprêtaient à attaquer les troupes de la Couronne. Un jeune soldat sans expérience comme lui risquait de tomber en première ligne. Du moins c'est ce que pensa le capitaine de Erauso, qui intercéda en sa faveur auprès du gouverneur et obtint qu'il soit transféré sous ses ordres.

Peut-être la nostalgie de sa terre natale guida-t-elle

mon père. Il prit le jeune soldat sous son aile. L'habileté de Catalina fit le reste. Durant presque trois ans, elle soupa à sa table sans qu'il se doute de rien, l'accompagnant même parfois jusque chez sa maîtresse. Puis elle y retourna seule. Irrépressible désir charnel ou rivalité perverse ?

Mon frère le vint à savoir, entra en soupçon, et me défendit d'y remettre les pieds. M'ayant guettée, il m'y surprit encore, m'attendit à la sortie, me tomba dessus à coups de ceinturon et me blessa la main. Force me fut de me défendre. Au bruit, survint le capitaine Francisco de Aillon qui mit la paix...

La cruauté de Catalina abusant de la confiance qu'elle dérobait m'indignait. Rien, pas même la protection d'un frère, ne l'arrêtait. Elle semblait n'agir qu'au gré de ses humeurs, sans crainte du scandale, ni même du châtiment. Car, là encore, la bagarre entre le capitaine de Erauso et son protégé arriva jusqu'aux oreilles du gouverneur, qui envoya le soldat se battre contre les Indiens de Paicabi.

Enriko Ariza avait fait du bon travail. Alors que tous ceux qui avaient été en contact avec mon père étaient morts ou avaient quitté le Chili, il avait réussi à dénicher un ancien compagnon d'armes de Díaz lors de la bataille de Valdivia, à Paicabi.

« Ce Pedro Pérez-Huerta est un pauvre type, Miguel. Depuis que la femme qu'il adorait l'a quitté, il passe son temps à la taverne, à boire tout son saoul. Mais quand je lui ai parlé de Díaz, il s'est réveillé d'un coup. "Díaz ? Tu dis Díaz, mon ami ? Bien sûr que je l'ai connu ! Un homme courageux comme personne. Un guerrier dans l'âme. Il était comme moi, un mordu du jeu. On s'est rencontrés au cours d'une partie. On avait chacun été allégé de la moitié de notre solde. C'est là qu'on a décidé de s'associer, car on était de loin les meilleurs joueurs de notre compagnie. Parfois, on ne jouait même par pour l'argent, juste pour l'honneur. Il faut nous comprendre, don Enriko : nous étions cantonnés dans une région épouvantable, une région de montagnes et de vallées arides, isolée de tout. De temps en temps, nous repoussions une attaque des Indiens ou essayions de leur tendre une embuscade. En dehors de cela, nous passions notre temps à attendre. Des heures et des heures à ne rien faire. Díaz avait de la lecture, il savait même lire le latin. Ça nous étonnait tous. Certains soirs, il nous racontait ses expériences d'enfant de chœur et de séminariste, il nous faisait rire aux larmes. "Vous savez pourquoi je ne suis pas devenu prêtre ? nous disait-il. À cause de ma passion pour le jeu. Et de mon mauvais caractère." »

Je n'aurais jamais pensé que Catalina eût le sens de l'humour. Je me trompais. Elle inventait sa propre histoire, bien consciente de créer sa légende.

« J'ai seulement dit au colonel que tu étais le neveu de Díaz. Il est ravi de te rencontrer, Miguel. »

Enriko n'avait pas menti, Pedro Pérez-Huerta avait l'air d'une loque : sale, une barbe hirsute où s'accrochaient des restes de nourriture, borgne d'un œil, le nez écrasé sans doute au cours d'une de ses multiples rixes, le front balafré en plusieurs endroits. Pour compléter le tableau, il ne lui restait plus que quelques dents branlantes. Je l'invitai dans une taverne de qualité. Il parut surpris et ému, et fit un effort touchant pour ne pas vider les chopes de vin l'une après l'autre comme il en avait l'habitude. Mais il était déjà dans un état d'ébriété tel qu'il me parut incapable de m'apprendre quoi que ce soit sur Catalina. Pourtant, lorsque j'évoquai les combats qui avaient eu lieu à Valdivia, la brume qui obscurcissait ses yeux se dissipa, et, moulinant l'air de ses bras comme avec un sabre invisible, il commença le récit de cette terrible bataille où Catalina fit preuve d'un héroïsme qui, longtemps après, restait dans les mémoires.

« Díaz était un homme modeste, don Miguel... Il ne racontait guère ses exploits. Moi, je me souviens de tout comme si c'était hier. Nous voulions en finir avec les Indiens dans cette partie du Chili. Mais ils étaient beaucoup plus nombreux que nous et nos troupes étaient affaiblies. Ce jour-là, ils nous avaient assaillis par surprise et nous avons vite été débordés. Ils attaquaient de toutes parts. À plusieurs reprises, Díaz a tenté de les prendre à revers avec quelques soldats qu'il entraînait de sa ferveur. Dans nos rangs, les hommes tombaient en nombre. Lui résistait vaillamment, jusqu'au moment où un chef indien a tué notre lieutenant d'enseigne, emportant avec lui le drapeau de la compagnie. En voyant notre emblème partir dans les mains de ce mécréant, la rage m'a pris, et j'ai tué deux de ces incrédules qui criaient déjà victoire. Alors, profitant d'un moment de confusion, Díaz s'est lancé à la poursuite du cacique. Une vraie folie ! Nous n'étions plus que quelques-uns à pouvoir le couvrir. Deux des nôtres ont eu le courage de le suivre. Tandis que je me battais contre mes nouveaux adversaires, je l'ai vu franchir une première ligne d'Indiens qui s'étaient rassemblés pour lui faire front, au grand galop, brandissant son épée... Rien ne semblait pouvoir l'arrêter. Mais des Indiens... combien étaient-ils ? au moins vingt... sont parvenus à bloquer Díaz et ses compagnons, qui sont tombés de leurs montures. Díaz était enragé, il se débattait comme un beau diable, rendant coup pour coup. Les Indiens n'ont pas tardé à le toucher. Mais, même blessé, Díaz ne baissait pas la garde. Rendez-vous compte ! Il est parvenu à décapiter le cacique et à lui arracher le drapeau des mains ! Cet acte héroïque nous a redonné courage, tandis que la mort du chef indien provoquait la panique chez les siens qui se sont enfuis, effrayés. Díaz s'est effondré dans mes bras. Il était couvert de sang et blessé en six endroits. Qui pourrait oublier un tel exploit ? »

Pérez-Huerta, que son récit avait assoiffé, accepta la chope de vin qu'Enriko lui offrit.

N'ayant pas connaissance des *Mémoires* de Catalina, Pérez-Huerta ne comprenait pas très bien mes questions.

« Le capitaine de Erauso ? Oui, il a participé à ces batailles. Et il a félicité Díaz, oui. Díaz a été nommé lieutenant d'enseigne sur-le-champ ! »

J'avais recoupé divers renseignements récoltés dans les archives conservées au quartier général à Concepción. Mon père avait participé à la bataille de Valdivia sous les ordres d'Alonso de Sarabia. Il avait certainement été témoin de l'exploit de Díaz, trois ans après les coups de ceinturon qu'il avait donnés au soldat. Mais tandis que mon père retournait à Concepción, le lieutenant Díaz, lui, continuait à se battre contre les Indiens rebelles.

Pérez-Huerta commençait à accuser des signes de fatigue. Je ne pus cependant m'empêcher de lui poser la question qui me hantait depuis que j'avais lu les *Mémoires* de Catalina.

« Le lieutenant Díaz menait-il la même vie que vous, colonel ? Je veux dire, fréquentait-il les filles ?

— Díaz aimait les jolis visages et les corsages bien remplis. On le disait coureur de jupons sans que personne lui connaisse une maîtresse attitrée. Il y avait autre chose... Vous connaissez les mœurs des soldats en campagne ? On ne sait jamais de quoi demain sera fait. Au cours d'une nuit de beuverie, si les filles viennent à manquer, il n'est pas rare de voir une même femme assouvir les besoins de plusieurs hommes. Díaz paraissait avoir en horreur cette promiscuité, cette brutalité faite aux femmes. Quand ce genre de situation se présentait, il disparaissait aussi vite qu'il le pouvait.

— Et personne ne se moquait de lui ? On le respectait, hein ?

— On tremblait de peur, vous voulez dire. Díaz Ramírez de Guzmán pouvait être d'une cruauté rare. Vous me direz que l'époque était barbare... mais de ce côté-là, il n'était pas en reste ! »

Le colonel posa son verre. Il semblait avoir subitement dessaoulé.

« Après la bataille de Valdivia, Díaz a dirigé un bataillon contre un chef indien devenu chrétien, dont la puissance nous inquiétait. Cela faisait plusieurs fois qu'il tentait de soulever ses hommes contre nous. Díaz tenait à le combattre seul. Lorsqu'il l'a eu à sa merci, il l'a désarçonné et, sur-le-champ, l'a fait pendre à un arbre, devant ses hommes. »

Pérez-Huerta s'interrompit pour apprécier l'effet de son récit. Puis il poursuivit, en grimaçant :

« Le gouverneur, qui voulait capturer le chef vivant, a enlevé à Díaz le commandement de la campagne. Je me souviens encore de la fureur de Díaz. Il voulait provoquer le gouverneur en duel ! J'ai eu bien du mal à le calmer. Puis nous avons tous deux été affectés à Nacimiento. Nous vivions jour et nuit armés jusqu'aux dents. De Nacimiento nous sommes passés ensemble au Val de Puren. Là encore, nous avons combattu nuit et jour. Les Araucans guerroyaient, incendiant villages et récoltes. Je garde un souvenir terrible de Puren : c'est là que j'ai perdu un œil, don Miguel. Díaz, par contre, avait une chance inouïe : ses blessures n'étaient que superficielles, son corps n'a jamais été entamé. C'était le plus le plus résistant et le plus vaillant d'entre nous. Et pourtant, ironie du sort pour un garçon qui se voulait le plus mâle d'entre les mâles, c'est à peine si un duvet d'adolescent couvrait sa lèvre supérieure. Pauvre Díaz ! Peut-être a-t-il réussi, avec le temps, à se faire pousser la barbe ? »

Pérez-Huerta avait du mal à se tenir sur sa chaise, l'ivresse était en train d'avoir raison de lui. Sa tête vint basculer contre la mienne. Son haleine infecte me donna la nausée.

« Rassurez-vous, colonel. Mon oncle a une barbe bien plus impressionnante que la vôtre.

— Dieu est juste ! Trinquons à la santé de don Alonso Díaz Ramírez de Guzmán, messieurs ! »

Pérez-Huerta vida sa chope, la déposa par terre avec maintes précautions, croisa ses bras, les posa sur la table, posa sa tête dessus et... se mit à ronfler.

Mais il méritait son repas pantagruélique et les bouteilles de l'excellent vin qu'il avait vidées. Derrière la légende et les oublis volontaires des *Mémoires*, je commençais à sentir vivre Catalina. Au milieu d'une armée de soldats, elle avait su s'imposer et imposer à tous le respect. Pendant des années, elle s'était battue à leurs côtés, les avaient côtoyés, sans que personne découvre jamais sa véritable identité. Un tour de force. Une volonté farouche. Dans ce défi quotidien me semblait contenu toute sa personne.

J'envisageais déjà de quitter Concepción quand Enriko me fit part de sa nouvelle découverte.

« J'ai écouté mon intuition, Miguel. J'ai fouiné un peu du côté de la communauté basque et j'ai rencontré un tavernier qui a été fasciné par le lieutenant Díaz. Il s'appelle Lecuona, Chapi Lecuona. Il prétend qu'il a assisté au duel qui a coûté la vie au lieutenant Juan de Silva et à ton père et se tient prêt à te raconter ce qui s'est passé au cours de cette nuit tragique. Il propose de nous voir ce soir. »

La taverne El Chapi se trouvait dans les faubourgs du port de Concepción. L'établissement avait gagné une réputation d'endroit convenable grâce à sa bonne cuisine, à la qualité de son vin et aux artistes qui s'y produisaient.

Lorsque nous entrâmes, Chapi Lecuona était sur scène, entouré de cinq danseuses vêtues de robes à pois moulantes terminées par une succession de volants qui laissaient apparaître leurs chevilles et leurs pieds cambrés. Les yeux soulignés au noir de charbon, les paupières vertes, une grosse fleur derrière leurs cheveux lustrés et tirés en chignon, ces pauvres filles dansaient mal et sans la moindre inspiration. D'après Enriko, leur talent était ailleurs. Chapi, en revanche, était un excellent guitariste.

Leur numéro terminé, les danseuses se dispersèrent dans la salle, aguichant les clients. Enjôleuses, elles s'asseyaient sur leurs genoux et les effleuraient de mille façons provoquantes pour mieux leur faire consommer le vin de la maison. Enriko ne s'était pas trompé sur leur compte.

Chapi Lecuona avait le physique d'un montagnard des Pyrénées, le corps sec, le visage émacié. Mais ce surprenant Basque s'habillait et se comportait comme un gitan de la Sierra Madre. Je le félicitai pour sa prestation sans faire allusion à nos liens régionaux. Andalou il se voulait, en Andalou je le traitai, afin de mieux gagner sa confiance.

Il nous conduisit à un balcon assez large, en surplomb de la salle. « J'aime cette loge, don Miguel. Ici, je peux dîner, discuter avec mes amis tout en surveillant mes gens. Nous avons une clientèle très variée, comme vous pouvez le constater. Marins et ouvriers, soldats en permission, négociants en tout genre. L'alcool coule à flots et il arrive que les esprits s'échauffent. Mais j'ai une technique bien à moi ! Mes hommes se mêlent aux clients, ouvrant grandes leurs oreilles et, si les choses se gâtent, ils entrent discrètement mais fermement en action. Et maintenant, faites-moi l'honneur de goûter ce succulent *amontillado* qui va vous rappeler votre cher pays. Approchez votre verre ! »

Malgré sa silhouette en fil de fer, Chapi Lecuona avalait la nourriture en quantités astronomiques, ne s'interrompant que pour répondre aux questions que je lui posais.

« J'ai une mémoire d'éléphant, professeur. On dit que ce noble animal n'oublie jamais rien. Moi non plus ! »

Heureux de sa trouvaille, il partit d'un grand éclat de rire.

« Et je me souviens du duel entre Díaz et le lieutenant de Silva comme si c'était hier. À l'époque, je servais dans un bouge. C'est là que, pour survivre, j'ai commencé à taquiner la guitare. J'avais appris d'un Maure qui se faisait passer pour un Gitan. Je connaissais bien Díaz, c'était un fidèle de la maison. Et voilà qu'un soir, je l'ai vu arriver, bras dessus, bras dessous avec un autre lieutenant. Díaz jouait toujours des mises importantes et quand il gagnait, il était généreux avec les serveurs et les filles. À sa table, la partie était chaude. On buvait, on jouait, on blasphémait chaque fois qu'on tirait de mauvaises cartes. Díaz était un type violent, toujours prêt à dégainer. Alors, quand j'ai entendu le ton monter, je me suis approché de leur table. Le compagnon de Díaz était furieux, il l'accusait de tricherie et beuglait comme un veau. Les insultes ont volé. Connaissant notre homme, je me doutais que cela finirait en duel. »

Une fille déposa devant nous une nouvelle assiette pleine de saucisses, de chorizo et de manchego. Mais j'étais suspendu aux lèvres du tavernier.

« Alors... Que s'est-il passé ?

— Diable ! Précisément ce que je craignais ! À la première insulte, Díaz a bondi, la main au sabre, et, d'un coup incroyablement rapide, il l'a enfoncé dans la poitrine du lieutenant ! Mon patron, qui avait vu de loin les choses s'envenimer, s'était déjà précipité dans la rue pour demander de l'aide. Plusieurs hommes armés sont entrés en trombe dans la salle. Je m'attendais au pire, car j'avais déjà vu Díaz à l'œuvre, mais il n'a pas bougé. Sans doute à cause de l'adjudant qui l'avait aussitôt ceinturé. Le procureur général est venu l'interroger. Díaz l'a pris de haut. Il s'est montré aussi arrogant et provocateur qu'avec ses compagnons de jeu, clamant qu'il refusait de répondre, qu'il ne parlerait qu'en présence du gouverneur... Tout le monde se taisait autour de lui. C'est alors qu'est apparu un capitaine que nous respections tous à Concepción pour sa droiture et son courage...

— Miguel de Erauso. »

Chapi resta bouche bée, la tranche de chorizo qu'il tenait entre les doigts à quelques centimètres de ses lèvres.

« Comment le savez-vous ?

— Ce capitaine était mon père ! »

J'avais vu juste. Chapi Lecuona se prenait pour un artiste, il aimait les coups de théâtre.

Je lui expliquai en quelques mots le motif de ma présence au Chili, sans lui révéler l'identité réelle de Díaz, puis je le pressai de questions. Je voulais tout savoir, dans les moindres détails, du moment qui précéda ce duel fatal à mon père.

« Votre père était une noble personne, don Miguel. Et votre maman avait une excellente réputation. À l'époque, les rumeurs, bonnes autant que mauvaises, se répandaient vite à Concepción.

— Qu'a fait le capitaine de Erauso en entrant dans la salle ?

— Il s'est précipité vers Díaz et, dans un mouvement amical, il a commencé à lui parler en euskara.

— Avez-vous pu suivre leur conversation ?

— Non, dit Chapi, contrit, je ne comprends pas cette langue. J'ai quitté Bilbao tout petit et en arrivant dans le Nouveau Monde, j'ai pris le parti d'être andalou. Je n'ai gardé du Pays basque que mon nom, en souvenir de ma mère. Mais, pour en revenir à nos affaires, les gestes du capitaine m'ont suffi à comprendre qu'il essayait de convaincre Díaz de quitter l'endroit pour sauver sa peau. »

La suite, je la connaissais. Catalina n'était pas homme à s'avouer vaincu.

Lorsque l'adjudant tenta de lui barrer le passage, Díaz le frappa violemment. Et comme l'homme résistait, il frappa encore, le laissant à terre, inanimé. Hostiles, les clients du cabaret se massaient autour de lui, et ce n'est que grâce à la menace de son épée qu'il réussit à se ménager un accès vers la sortie.

Chapi continua :

« Díaz est parti chercher la protection de l'église San Francisco en nous laissant deux cadavres sur les bras. L'adjudant n'avait pas survécu à ses coups. Sacré Díaz ! Nous l'admirions tous, moi le premier. Il maniait l'épée comme un dieu et son absence de scrupules le plaçait au-dessus de tous. Nous n'étions pas nous-mêmes des enfants de chœur, c'est sûr, mais lui... Il faisait fi de toutes les conventions avec une audace incroyable.

— Vous connaissez la suite de l'histoire, Chapi ? »

J'arrivais au moment le plus sensible. Enriko aussi était tendu, il sentait mon tourment. Il remplit ma coupe de xérès en signe d'encouragement.

Entendre le récit de cet épisode de la bouche de Lecuona était un vrai supplice. Le duel. Mon père assassiné... Une succession d'images insupportables se déroulait devant mes yeux.

Chapi Lecuona poursuivit son récit sans réaliser à quel point j'étais bouleversé.

« La suite ? Oui, bien sûr. Le gouverneur a fait le

siège de San Francisco avec ses hommes six mois durant. On a même lancé un ban promettant une forte récompense à qui livrerait Díaz. Il était devenu un hors-la-loi. Au bout de six mois, la vigilance n'était plus que symbolique. Díaz recevait des amis au couvent, il pouvait envoyer du courrier, bref il réglait ses affaires sans la moindre gêne. Cela aurait pu durer ainsi des années. Pourtant, un jour, un ami à lui, don Juan de Silva, est venu lui demander d'être son témoin pour un duel contre don Francisco de Rojas qu'il avait défié. Une histoire idiote qui avait mal tourné. Díaz hésita. Silva était prêt à se battre seul. Mais Díaz avait de l'honneur. Abandonner un camarade qui lui demandait de l'aide, ça n'était pas son genre ! »

Le tavernier but une longue gorgée de vin en reprenant son souffle. Il parlait aussi vite qu'il pinçait les cordes de sa guitare.

« Et vous, Chapi ? Avez-vous vraiment été témoin du duel ?

— Oui, don Miguel. J'ai tout vu. Tout entendu.

— Racontez-moi, Chapi, sans rien omettre. Je connais une partie de la vérité. Si vous ne mentez pas, si vous m'apprenez ce que j'ai besoin de savoir, je suis prêt à payer le prix.

— Sur la Vierge de la Macarena, je jure que tout ce que je vous raconte est vrai.

— Allez-y, racontez !

— Après mes journées de travail, je m'isolais pour pratiquer la guitare. Un Basque qui prétendait jouer comme un Gitan, ça faisait jaser et rire tout le monde. J'avais trouvé un coin pour m'isoler. Je m'installais sur un muret entre deux maisons en ruine, non loin du couvent de San Francisco. Assis là, je pouvais gratter autant que je voulais sans que personne se moque. Un soir, donc, je me trouvais sur mon mur. Je faisais une pause car j'avais les doigts en feu à forcer de pincer les cordes. À un moment, j'ai entendu des pas et des voix d'hommes qui discutaient. L'un disait : "L'obscurité est profonde, c'est fâcheux pour notre duel." Et l'autre : "Je sais ce que nous allons faire. Attachons des mouchoirs blancs autour de notre bras droit. Je saurai que c'est toi, tu sauras quc c'est moi."

« C'était la voix du lieutenant Díaz ! Mon cœur s'est mis à battre à tout rompre. J'allais assister à un duel ! Tandis que les deux hommes nouaient des mouchoirs blancs, quelqu'un a appelé : "Don Juan de Silva ? – Je suis là, don Francisco de Rojas, a répondu l'ami de Díaz. J'ai mon témoin. Avez-vous le vôtre ? – Bien entendu. Tout est en ordre ! Réglons nos affaires !"

« Et je me suis dit : "Seigneur, voilà des hommes valeureux, des gens de qualité qui vont ferrailler pour une histoire ridicule. Quel gâchis !"

« Rojas et Silva se sont affrontés. J'étais aux premières loges. Les deux silhouettes virevoltaient dans l'ombre. On entendait le bruit des lames qui s'entrechoquaient, les talons qui cognaient sur le pavé. Les deux enragés éructaient comme des taureaux furieux. Tout à coup, Silva a poussé un cri. "Tu es blessé, mon ami ?" a demandé Díaz. Et sans attendre de réponse, il a attaqué Rojas. Mais le témoin de Rojas s'est aussitôt précipité sur lui.

« Je n'avais jamais vu pareille situation. Silva et Rojas continuaient à se battre tandis que les deux témoins entamaient un duel de leur côté. Je savais bien qu'il aurait fallu courir prévenir la garde avant qu'un malheur n'arrive, mais j'étais coincé en haut de mon mur comme un corbeau déplumé, et ils se battaient à mes pieds ! Et puis il était déjà trop tard. Rojas et Silva venaient de tomber à terre en gémissant, blessés, et presque aussitôt l'adversaire de Díaz a lancé d'une voix faible : "Ah, traître, tu m'as tué !" En entendant ces mots, Díaz a hurlé : "Qui êtes-vous, malheureux ? Je connais votre voix !" Et l'autre, dans un souffle : "Je suis le capitaine Miguel de Erauso ! Confession ! Confession !" »

Je n'avais pas cillé de tout le récit de Chapi Lecouona. Je connaissais l'histoire relatée par Catalina. Elle taisait l'essentiel. Là, j'avais un témoin à qui je pouvais enfin poser la question qui me hantait depuis si longtemps.

« Chapi... Díaz a-t-il mené le combat en toute loyauté ?

— Bien sûr ! Ils se battaient à mes pieds, je pouvais suivre la trajectoire de leurs épées malgré l'obscurité. Je vous le dis, car je l'ai vu, c'est un coup loyal qui a frappé le capitaine de Erauso. C'étaient des hommes d'honneur, Miguel. Fous, colériques, peut-être, mais incapables de trahison !

— Vous dites vous-même que le capitaine Erauso a crié au traître !

— C'était une façon de parler ! Une façon de reconnaître la supériorité de son adversaire. Je peux vous l'assurer, Díaz s'est battu selon les règles. Sa résistance et la furie qui l'habitaient faisaient de lui, sans conteste, un des plus grands bretteurs du continent. Et son désespoir parlait pour lui.

— Son désespoir ?

— Oui, il était effondré du coup qu'il avait porté à votre père. Je l'entendais, agenouillé auprès de lui, qui se lamentait : “Seigneur, qu’ai-je fait ?” Et il épongeait le sang avec son mouchoir blanc...

— Est-il resté longtemps ainsi ?

— Non. Il est parti chercher du secours. Ce qui prouvait sa sincérité, car il risquait la prison et peut-être la pendaison si on l’attrapait. Le capitaine de Erauso était le secrétaire du gouverneur. Avant de se réfugier dans le couvent San Francisco, Díaz avait ameuté toute la ville. »

Quand chirurgien et médecin vinrent panser les blessures du capitaine, Rojas et Silva étaient déjà morts. On demanda au moribond le nom de son meurtrier. Miguel de Erauso ne répondit pas. Il supplia qu’on lui donne un peu de vin. Le médecin refusa, assurant que l’alcool lui ferait mal. Alors mon père murmura : « Votre Grâce est plus cruelle avec moi que le lieutenant Díaz. »

Quelques instants plus tard, il rendait l’âme.

Nous quittâmes Chapi à l’aube. Enriko, qui à présent me connaissait aussi bien que son frère, me dit en quittant la taverne :

« Je rentre, Miguel. Tu as envie de te promener seul, pas vrai ? »

Le sourire que je lui adressai devait être bien pitoyable, car je vis l’inquiétude passer comme une ombre dans son regard.

« Repose-toi, tu l’as bien mérité, dis-je à Enriko. Je vais regarder la mer en attendant le jour. »

J’avais matière à réfléchir. C’était une chose de lire le récit de la mort de mon père sur des pages imprimées, c’en était une autre de l’entendre raconter par un témoin.

Mon père était tombé en demandant la confession. Les deux moines de San Francisco dépêchés par Catalina arrivèrent trop tard et trouvèrent trois cadavres sur le pavé. Catalina, elle, eut la vie sauve. Par une ironie du sort qui semblait devoir toujours la protéger, les troupes du gouverneur encerclèrent le couvent San Francisco, mais les moines résistèrent, et le siège fut levé. Loi religieuse contre loi civile. La justice voulait donner l'exemple : pendre haut et cour l'assassin du capitaine de Erauso, car il n'y avait pas d'honneur qui tienne. L'Église fermait les yeux et pardonnait à sa brebis égarée. Le lieutenant Díaz Ramírez de Guzmán resta huit mois sous la protection des frères. Un jour, un de ses camarades de l'armée, don Juan Ponce de León, parvint à lui procurer le cheval et l'argent qui lui permirent de quitter la ville discrètement.

Catalina de Erauso avait abandonné sa famille, le couvent et sa ville natale. Elle avait menti et triché pour survivre. Elle avait tué pour défendre son honneur ou pour sauver sa vie. Et, sans le vouloir, elle avait tué son propre frère. Mon père.

N'y avait-il donc rien ni personne qui pût l'arrêter ? Pas même le remords ?

J'avais besoin de croire que la mort de son frère la plongerait dans le désespoir. J'avais besoin de croire à sa sincérité lorsque, assistant, depuis sa cache, à l'enterrement de mon père à San Francisco, elle écrivit : *Du chœur, je le vis, Dieu sait avec quelle angoisse.*

Cette angoisse passagère ne l'empêcha pas de taire son crime, de s'enfuir, de continuer à vivre, de publier ses *Mémoires.*

Quand je repris le chemin de la maison, le soleil était déjà chaud. Je marchais vite, poussé par la rage qui montait du fond de mes entrailles.

Concepción. Le duel. Un jeune homme – mon

père ! – qui tombe à terre, le sang qui gicle de sa blessure avant qu'il expire en réclamant la confession.

Ce n'était plus le serment prêté à la mémoire de ma mère qui m'habitait. C'était à mon père que je pensais.

« Père, je te le jure ! Je vais mettre la main sur Catalina, ta sœur, ta meurtrière ! »

Deux jours plus tard, nous étions en train d'étudier la marche à suivre, Enriko et moi, quand une lettre de Pedro Bergusa interrompit nos projets.

Bergusa allait droit au but, en bon soldat qu'il était. Ivoire, me disait-il, dépérissait depuis que j'étais parti. J'avais bien envoyé quelques cadeaux à ma compagne, accompagnés de mots maladroits, mais cela ne suffisait pas à combler mon absence.

Les filles m'ont supplié de vous tenir au courant, don Miguel...

Je souris à cette introduction un peu solennelle, mais la suite de la lettre me ramena à la réalité.

Vous êtes devenu son orisha. Dans sa religion, l'orisha est un dieu protecteur auquel on voue un culte quotidien. Ivoire vous a élevé un autel. Autour de votre portrait, elle dispose des fleurs, des fruits frais qu'elle change chaque jour. Elle ne quitte que rarement ses appartements, et toujours enveloppée d'un voile noir qui la couvre de la tête aux pieds. Les filles de la maison la tiennent pour une sainte. Mais ce qui m'intéresse, moi, c'est de te dire sans plus de détours qu'Ivoire est enceinte de tes œuvres. Je ne vois que deux solutions, Miguel : la conduire jusqu'à toi ou m'arranger pour la faire recueillir par des sœurs dans un couvent, loin de Trujillo. Si quelque chose lui arrivait ici, les filles seraient capables de mettre le feu à l'auberge.

Pedro Bergusa me tutoyait pour m'exprimer le fond de sa pensée.

J'entrais dans une nouvelle période de ma vie. Il fallait que je trouve le chemin sur lequel j'emmènerais ceux qui m'étaient proches. Ivoire me manquait de plus en plus. Je n'avais jamais connu cette sorte d'amour. Pour ma mère – j'avais fini par le comprendre, surtout en revenant à Concepción – j'avais été le fils de l'homme qu'elle avait adoré de toutes ses forces ; le fils qui devait accomplir son obsession de vengeance, son bras armé. Elle m'aimait profondément, sans aucun doute, mais il y avait toujours entre nous ce jeu pervers d'amour, de vengeance et de mort. Doña Pura m'avait adopté et m'aimait comme un fils, son affection avait été loyale et constante. Ivoire, elle, m'avait fait découvrir le vertige de la passion. Son corps me manquait, l'odeur et le grain de sa peau, sa douceur. Et Bergusa, avec sa brusquerie de vieux soldat, me disait entre les lignes : « Attention, Miguel ! Ce que tu as réveillé chez cette Africaine est bien plus que cela. »

J'étais déchiré. D'un côté, je voulais poursuivre jusqu'au bout le serment que j'avais fait ; de l'autre, je découvrais, à mon tour, que j'étais follement amoureux.

8

Le paradis perdu

Ivoire avait quitté le voile noir dont m'avait parlé Pedro Bergusa pour s'envelopper d'une étoffe bleu ciel qui mettait en valeur ses pommettes hautes et ses grands yeux doux et inquiets. Son regard étincela de joie lorsqu'elle me vit.

Bergusa s'était donné du mal pour assurer son confort et sa sécurité. Elle avait voyagé dans un carrosse digne de la reine d'Espagne, encadrée par une dizaine d'hommes aguerris.

Les routes du Chili ne sont pas sûres, condesito. *On risque à tout moment d'y croiser des Indiens belliqueux, des soldats sans solde et des vagabonds aux abois... Ces gens-là vous trucideraient pour quelques ducats.*

Je congédiai les gardes après leur avoir donné une bonne rétribution.

L'arrivée d'Ivoire bouleversait ma vie. J'étais trop connu à Concepción pour que sa présence passe inaperçue. Tôt ou tard, tout le monde dans la ville saurait que le comte de la Niebla avait choisi pour femme une esclave affranchie, et il me serait impossible de nous protéger des rumeurs. Ivoire n'avait jamais quitté l'auberge des Sept Destins. Elle méritait une vie libre et au grand jour après ces longues années vécues entre quatre murs. Que pouvais-je lui proposer ? De quitter Concepción ? Mais pour aller où ? C'est Enriko qui trouva la solution.

« Une île, Miguel. C'est une façon de se rendre inaccessible à la curiosité malsaine de ceux qui vous connaissent. Mettre la mer entre vous et eux. Trouver une belle et grande maison, et vivre dans la nature, entourés d'autochtones.

— Mais où, Enriko ? Je ne peux pas quitter ce continent pour le moment, tu le sais.

— On m'a parlé d'un petit archipel, en face de la côte chilienne, un peu plus haut vers le nord. À un jour et demi de voyage de Concepción. »

C'est ainsi que nous nous rendîmes aux îles San Luis. La plus grande, appelée San Ambrosio, retint notre attention. La population était composée de pêcheurs et d'anciens soldats qui recommençaient là une nouvelle vie, en cultivant la terre. Blancs et Indiens s'y côtoyaient, et tous vivaient en parfaite harmonie. Nous parcourûmes l'île de long en large et je fus convaincu que c'était l'endroit idéal où s'établir quelques mois. Un vieux marin, un certain José, me loua une grande bâtisse en bois, spacieuse et agréable, avec un toit de palmes, qu'en toute modestie il appelait sa cabane. Il avait vécu à Cuba et s'était inspiré des *bohíos* indiens pour la construire.

« C'est la maison commune », m'expliqua-t-il.

Il avait deux femmes, toutes deux indiennes, et de nombreux enfants. Chacune des épouses disposait d'une case derrière la cabane, à bonne distance l'une de l'autre.

« Voyez-vous, don Miguel, Choucana et Kalila s'entendent bien et s'entraident comme des sœurs. Elles ne font pas de différence entre leurs enfants respectifs. Mais je tiens à respecter leur intimité. Chacune doit avoir son propre toit afin que je puisse leur rendre hommage tour à tour sans attiser les jalousies. Deux cases, c'est la meilleure solution. Par contre, les repas, les fêtes, le conseil de famille... tout se passe dans la maison commune. Bien sûr, pendant la durée de votre séjour, je m'arrangerai avec elles. Nos repas se feront tantôt chez l'une, tantôt chez l'autre. »

J'aimais l'organisation de cette solide demeure, avec sa salle à manger pour les repas, sa cuisine spacieuse, une grande pièce ouverte sur un patio agréable et fleuri. Au milieu de cet oasis de verdure se trouvait un puits d'où l'on tirait une eau pure et fraîche qui ne manquait jamais. En temps normal, José suspendait ses filets sous les auvents devant la chambre. Une fois vidée, cette vaste pièce m'apparut comme la plus confortable de toutes.

Le temps nous était compté. Avec l'aide de quelques hommes de l'île, j'installai le nécessaire avant l'arrivée d'Ivoire. Les pêcheurs mirent à notre disposition leurs barques pour transporter lit, tapis, rideaux, linge de maison et tout ce qui ferait de la cabane un foyer digne de ce nom.

Il m'est encore difficile, vingt ans plus tard, d'évoquer notre séjour à San Ambrosio. Nous vivions protégés – du moins le croyais-je – du reste du monde. Aucun navire important n'accostait sur les rivages de notre île. Au début, les habitants montrèrent une certaine curiosité à notre égard, puis, avec le temps, plus personne ne s'occupa de nous. Ces gens rudes et simples dont nous partagions le destin nous avaient acceptés. Nous entretenions de bonnes relations. Ils me considéraient comme un des leurs, et malgré les indéniables privilèges dont je jouissais, ils semblaient m'apprécier.

Un cercle bienveillant nous entourait. Les Indiens et les deux femmes de José vouaient à Ivoire, à sa beauté et à sa bonté naturelle, une véritable dévotion. Pour les Espagnols qui avaient renoncé à l'Espagne et qui élevaient leur progéniture sur ce petit morceau de terre au milieu de l'océan, notre installation était une confirmation de leur choix. Ainsi, tous attendaient avec joie la naissance de mon enfant.

Une image me revient que je n'oublierai jamais. Elle refait surface quand je m'y attends le moins. Et chaque fois, elle me brise le cœur.

Ivoire, Choucana et Kalila sur la plage, entourées d'enfants. Ivoire, épanouie, porte avec une splendeur confiante le bébé qu'elle est tout près de délivrer. Elle est enroulée dans un pagne plein de couleurs et marche pieds nus, tenant un fils de José par la main. Je ne me lasse pas de contempler la noblesse de ses gestes, son dos souple et droit, son port de reine. Doña Leonora de Cárdenas m'avait dit un jour : « Les marchands d'esclaves sont d'une incroyable cruauté, les Arabes autant que les autres. J'ai rencontré un jour un négrier qui se vantait d'avoir acheté la cour entière d'un de ces petits royaumes de la brousse. Des cavaliers, des princesses, des guérisseurs, des sorciers... Quand je vois Ivoire, don Miguel, j'ai l'impression de me trouver devant une des princesses africaines dont parlait cet odieux personnage. »

En regardant Ivoire marcher le long de la plage, je me disais qu'elle méritait bien son titre de noblesse, son rang de comtesse, les terres et les propriétés andalouses du comte de la Niebla.

Pedro Bergusa avait décidé de nous rejoindre, mais ce ne fut pas sans mal. Il dut reporter plusieurs fois son départ, car à l'auberge des Sept Destins la situation était critique.

Le succès réveille les jalousies et la haine, Miguel, m'écrivit-il, *la nature humaine est ainsi faite. Un marchand de la région a réussi à mettre la main sur un chargement de filles, des Asiatiques aux yeux bridés. Quelques-unes sont presque des enfants. Il a fait construire un bâtiment qu'il a baptisé la Pagode de Cathay. Pour les gens d'ici, ces filles paraissent très exotiques. En outre, elles ont la réputation d'être expertes en secrets d'alcôve et fort vicieuses, ce qui attire les clients. Certes, ils n'y trouvent pas l'ambiance raffinée de l'auberge de doña Leonora, mais le fait est que les habitués commencent à nous délaisser.*

Après avoir beaucoup insisté, j'obtins de Bergusa qu'il nous rejoigne et reste avec nous jusqu'à la naissance de l'enfant. Enriko, pour sa part, s'adaptait parfaitement à notre nouvelle vie. Toujours entreprenant, il s'était lancé dans la construction de bateaux. Des menuisiers locaux travaillaient déjà à la coque du premier navire. Il espérait voir sortir de ce chantier naval prometteur une petite flottille qui pourrait s'avérer fructueuse et profitable aux insulaires pour développer le commerce entre les îles San Luis et le continent. À ma grande surprise, Pedro Bergusa, le terrien, se prit aussi de passion pour le projet.

Enfin, le moment tant attendu arriva. L'accouchement se déroula comme prévu. Ivoire fut entourée des soins assidus des femmes de l'île. Par une coïncidence étrange, mon fils naquit le jour où ma mère s'était éteinte. Je ne pus m'empêcher de le faire remarquer à Ivoire, qui me supplia de n'en rien dire aux Indiennes.

« Elles croient au mauvais œil. Pour elles, il n'est pas bon que naissance et mort coïncident. »

Ivoire aussi avait ses croyances. Sous l'influence de Leonora de Cárdenas, elle avait été baptisée et vénérait la Vierge Marie. Mais en même temps, pour porter bonheur à l'enfant, elle m'avait demandé la permission de coudre dans la doublure de mes vêtements des images de saints catholiques et des gris-gris africains. Pour ne pas l'offenser, et puisque personne n'était censé le savoir, je l'avais laissée faire. Je ne m'étais pas opposé non plus à l'étrange cérémonie destinée à protéger mon fils contre la maladie et les envieux, et à éloigner de lui le mauvais sort. Cet après-midi-là, tous les Indiens étaient présents. Ils faisaient cercle autour d'un vieillard enveloppé d'une coiffe en plumes d'oiseaux et paré d'ornements cousus de cauris et de perles de verre. Le petit Manrique, baptisé ainsi en hommage à mon père adoptif, fut plongé jusqu'au cou dans une bassine d'eau, de fleurs et de feuilles. Hommes et femmes psalmodiaient une mélopée triste, tandis qu'Ivoire, sortant le nourrisson de l'eau, enduisait son petit corps d'huile parfumée, avant de le replonger à trois reprises avec douceur dans la bassine. Le bébé semblait si calme et heureux que je n'intervins pas.

La vie sur notre île était merveilleuse. Mais, en mon for intérieur, je savais que ce n'était pas là un destin pour moi. Étais-je troublé par les croyances magiques des Indiens ? J'avais l'intuition que cette période enchantée n'était qu'un épisode, une halte nécessaire, un temps de repos avant l'épreuve. Je n'étais pas allé au bout de ma quête. Certes, les plaisirs et les joies de cette vie paisible ne me poussaient guère à reprendre la route.

Mais un matin, au lieu de faire les comptes de l'arsenal, j'éprouvai le besoin urgent de me replonger dans les *Mémoires.*

Châtiment, épreuve divine ? La fuite qui suivit le meurtre de mon père fut sans doute pour Catalina l'épisode le plus douloureux et le plus périlleux de son existence. Le seul, peut-être, où elle se sentit vraiment menacée. Car dans l'immensité gelée de la cordillère des Andes, il n'était plus question de jouer sa vie sur un coup de dés ! Plus question d'orgueil ni d'honneur, il s'agissait de sauver sa peau, sans brio ni panache.

Catalina avait suivi la côte chilienne, traversant des paysages désolés et hostiles où l'eau et la nourriture se faisaient rares. En chemin, elle rencontra deux déserteurs, et tous trois, armés jusqu'aux dents et prêts à défendre chèrement leur vie, poursuivirent leur chemin, se nourrissant d'herbes, de racines et parfois, lorsque la chance leur souriait, de petits gibiers et de reptiles. Bientôt, ils ne trouvèrent plus rien que rochers et terres gelées et durent tuer leur monture pour ne pas mourir de faim. Parvenus à pied dans les hauteurs enneigées, ils aperçurent deux hommes adossés à une paroi rocheuse et les hélèrent à grands cris, espérant trouver en eux un secours. Comme ces individus ne répondaient pas à leurs signaux, ils s'approchèrent. Les hommes étaient immobiles, gelés, la bouche ouverte. Le froid avait eu raison d'eux. Tel un lugubre oiseau de malheur, la mort qui rôdait enleva un premier compagnon de Catalina pendant la nuit, et le second, le lendemain après-midi. Catalina récupéra les huit ducats qu'il avait en poche et continua son chemin, munie de son arquebuse et d'un morceau de viande sèche, dure comme un caillou.

Et pour la première fois, elle pleura.

Elle n'avait pas pleuré en abandonnant sa famille. Ni en quittant son pays. Ni en tuant son frère. Ni en assistant à son enterrement. Elle pleura pour la première fois de sa vie parce qu'elle sentit que son tour était peut-être venu, qu'elle risquait de mourir de froid, la bouche ouverte, comme les cadavres aperçus debout contre le rocher.

Je contemplai le paysage à travers la fenêtre de ma cabane. Le jour s'était levé sur la mer. Des barques de pêcheurs, filets à la traîne, prenaient le large.

Catalina ne mentait pas. Je le sentais à présent. Pour la première fois, elle avait laissé affleurer une émotion. Mais parce que j'entrevoyais enfin sa vulnérabilité, mon désir de vengeance s'exacerbait en même temps qu'il se précisait.

À cet instant, Enriko entra dans la cabane. Il faisait l'aller-retour entre l'île et Concepción deux fois par mois, m'apportait le courrier et rapportait aux insulaires les nouvelles du continent.

« J'ai fait une rencontre en ville, Miguel. Un jeune marchand, fils d'une dame de San Miguel de Tucumán, une certaine doña María del Rosario de Cervantes. Il me semble que la nonne parle d'elle dans son livre, non ? »

J'approuvai vaguement de la tête pour dissimuler

mon émotion. Enriko m'apportait le signe que j'attendais sans y croire. Oui, Catalina l'avait connue. Et voici que son fils se trouvait à une journée de navigation de là.

Je passai la journée dans une sorte de fièvre, rendant visite à un vieil Indien que j'avais pris en affection, discutant de problèmes techniques avec les hommes qui travaillaient au chantier. Mais quand vint la nuit, je ne pus m'endormir. J'étais impatient de poursuivre la lecture des *Mémoires*. À la lumière d'une chandelle, je parcourus le passage qui m'intéressait.

Après une journée de marche, la chance sourit de nouveau à Catalina et les circonstances se réunirent pour la servir. Sur la route, elle fut secourue par deux jeunes paysans. Ils lui donnèrent à manger et la conduisirent jusqu'à une ferme tenue par une métisse, une veuve qui avait besoin de bras solides pour travailler aux champs. Elle possédait des terres et une exploitation agricole prospère. L'occasion était en or.

Catalina entreprit donc de gagner sa confiance. Sous le masque de Díaz, elle exécuta les travaux les plus pénibles avec constance. Au bout d'un mois, la propriétaire, ravie, mit cartes sur table et lui proposa d'épouser sa fille unique. La fille, « noire et crochue comme un diable », n'était pas du tout au goût de Catalina. Mais les bénéfices de l'union étaient attrayants, et la duperie excitante, sans doute. Catalina envisagea-t-elle vraiment de s'engager ? Elle venait de frôler la mort, et son ombre n'était pas très loin. Elle montra en tout cas une joie profonde à cette proposition et reprit le travail avec une ardeur accrue. Sa bienfaitrice la gâtait, l'habillait, la laissait disposer de ses biens, tout occupée aux préparatifs du mariage. La comédie dura deux mois. Puis, dernier acte inévitable, Catalina prit la fuite sur une mule.

La revoilà en selle ! Disparue, l'ombre de la mort... Illusoire vulnérabilité !

À peine arrivée à Tucumán, en Argentine, elle se lia d'amitié avec le secrétaire de l'évêque, le chanoine don Antonio de Cervantes, un tour désormais bien rodé. Le lieutenant Díaz Ramírez de Guzmán était un jeune homme poli, aux manières séduisantes. Cultivé, et capable de traduire sans difficulté le latin, ce qui impressionnait favorablement les gens d'Église. Mis en confiance, le secrétaire de l'évêque ne tarda pas à présenter sa nièce à son nouvel ami.

Je vis la fille, elle me plut, écrivit sommairement Catalina qui s'étend sans scrupules sur les gains escomptés de cette alliance : un habit de beau velours, douze chemises, six paires de chausses de toile de Rouen, quelques cols de Hollande, une douzaine de mouchoirs et deux cents ducats, envoyés par la demoiselle à son fiancé.

Et inévitablement, quatre mois plus tard, Catalina, arrivée à Tucumán pieds nus et sans un ducat, repartait les poches pleines et habillée de neuf, oubliant dans l'instant sa nouvelle promise.

L'aube approchait. J'entendis Ivoire se lever pour bercer le petit Manrique qui pleurait. Je refermai les *Mémoires.* Le hasard avait placé le fils de la nièce du chanoine sur la route d'Enriko. Il ne fallait pas laisser passer cette chance. Et pourtant, quitter l'île et ma chère famille, ne serait-ce que trois jours, me paraissait au-dessus de mes forces.

Alors que nous nous apprêtions à prendre un petit déjeuner, Ivoire vint s'asseoir en face de moi. Elle me prit les mains et me regarda droit dans les yeux.

« Je t'ai vu prendre le livre avant l'aube. Et tu as disparu.

— Je lisais. J'étais là.

— Non. Tu lisais et tu étais ailleurs. Tu ne m'as même pas vue fermer la fenêtre et couvrir Manrique quand l'air s'est rafraîchi. »

Je lui racontai ce que j'avais lu : les deux propositions de mariage auxquelles Catalina s'était dérobée et sa fuite, couverte de cadeaux et d'argent... Puis je lui avouai mon projet.

« Enriko a rencontré le fils de la nièce du chanoine.

— Et tu voudrais le voir ? C'est ça ?

— Oui, mais rien ne presse. Tiens, regarde ! Adieu la nonne ! » dis-je passant ma main devant mes yeux comme pour effacer une vision.

Puis, je la pris dans mes bras. Elle posa sa tête contre mon épaule et me dit d'une voix très douce :

« Quand j'étais petite, en Afrique, ma grand-mère me racontait l'histoire d'un chasseur qui avait quitté sa famille, ses terres et ceux qu'il aimait pour se venger d'un ennemi qui avait incendié une partie de son village. Il traversa forêts, fleuves et montagnes pour punir celui qui avait fait leur malheur. Tu m'as raconté la mort de ton père, le serment fait à ta mère. Cette femme qui vous a fait tant de mal fait partie de ton histoire, ton destin est de la pourchasser. Je n'ai pas l'intention de t'en empêcher. Va voir ce jeune marchand. »

Sa conviction était si sincère que, quelques jours plus tard, Enriko et moi prenions le bateau pour Concepción.

Manuel de los Reyes de Cervantes était un homme affable. Grassouillet, il faisait plus jeune que son âge, avec ses joues roses et le regard porcelaine de ses yeux naïfs. Il me présenta avec beaucoup de solennité celui qu'il appelait son « parrain ».

« Comte de la Niebla, permettez-moi de vous présenter il Cavaliere don Maurizio della Constanza. »

Grand escogriffe à la maigreur distinguée, le Cavaliere caressait régulièrement la cicatrice qui lui traversait la joue gauche, comme on arbore des galons.

Je les invitai à la taverne de Chapi Lecuona. Quel meilleur endroit pour discuter ?

Chapi nous reçut en ami et mit un coin tranquille à notre disposition.

Pendant un bon moment, le Cavaliere monopolisa la conversation. Il se montrait particulièrement prolixe au sujet de son filleul.

« Don Manuel a hérité de son père de vastes domaines à Tucumán, qu'il gère avec doña María del Rosario. Ce garçon a le commerce dans le sang. C'est aussi un grand voyageur. Il a ouvert une série de comptoirs au Chili, au Pérou et sur le territoire de La Plata, que nous approvisionnons régulièrement. Il faut voir notre caravane, comte ! Des charrettes remplies à ras bord, des monceaux de marchandises ! Des chevaux, des mules, des ânes ! Il faut dire que dans ces immenses territoires du Nouveau Monde, les transports sont la clef du succès. Les gens vivent si éloignés les uns des autres... Quand notre caravane va jusqu'à eux, ils achètent à n'importe quel prix. Vous n'imaginez pas nos gains ! »

Le Cavaliere, malgré sa silhouette don quichottesque, avait un solide coup de fourchette, au plus grand ravissement de Chapi qui nous régala de mets et de vins surpassant mes espérances. Je profitai de l'énorme bouchée qu'il venait d'enfourner pour l'interroger.

« Il paraît que la traversée des Andes est dangereuse. Vos caravanes doivent attirer la convoitise des brigands, Cavaliere ?

— Bien entendu, comte, mais... Voyez-vous, j'ai passé ma jeunesse dans l'armée, j'ai combattu les Français. Doña María del Rosario me confie sans crainte la sécurité de son cher fils. »

Le moment était venu de me tourner vers don Manuel. Autant notre don Quichotte était gourmand et volubile, autant ce Sancho Pança était sobre et discret, se contentant de sourire et d'opiner aux propos de son parrain.

« Enriko m'a dit que votre mère avait lu les *Mémoires* de la nonne militaire, don Manuel ?

— En effet.

— Comment a-t-elle réagi lorsqu'elle a appris que Díaz était une femme ? J'imagine qu'elle était très en colère !

— Oh, non ! Ma mère est une femme délicieuse, monsieur le comte !

— Miguel... Après tout, nous avons presque le même âge, don Manuel.

— Au plaisir, don Miguel ! Mon père était déjà mort depuis longtemps quand une cousine de ma mère lui a mis la puce à l'oreille. Elle avait assisté à Madrid à une pièce inspirée des aventures de la nonne, et, curieuse du personnage, elle avait lu ses *Mémoires* qu'elle envoya aussitôt à ma mère. Difficile de ne pas faire le rapprochement entre la nièce du chanoine et María del Rosario ! Ma mère a dévoré le livre, et a beaucoup ri de sa mésaventure.

— Vraiment, ne ressent-elle aucune amertume ?

— Attendez de rencontrer ma mère et vous comprendrez, don Miguel. Sa force de caractère est unique. Bien sûr, elle était toute jeune quand cette histoire lui est arrivée. Et ce fiancé envolé fut une rude déconvenue. Mais pour son bonheur, elle a eu la chance de rencontrer mon père, un homme admirable. Son vieil oncle, lui, ne s'en est jamais remis. Fou de rage, il a alerté tout Tucumán : l'archevêque, le gouverneur civil, le gouverneur militaire. Quand il s'est rendu compte que les notables de la ville se gaussaient de lui, il a décidé qu'il retrouverait Díaz seul. Cette obsession ne l'a pas quitté jusqu'à sa mort. »

Les filles de Chapi Lecuona envahirent la scène et, à la guitare, le tavernier basque reprit ses manières de Gitan. Le Cavaliere, les yeux hors de la tête, captivé par les hanches qui se balançaient devant lui, tapait des mains en ponctuant de « Olé ! » chaque coup de reins. J'en profitai pour proposer à don Manuel de sortir afin de poursuivre notre conversation sur les quais, loin des bruits et de l'agitation de l'assistance.

La nuit était fraîche. Le silence environnant favorisait les confidences.

« Une fois mariée, et après le décès de son oncle, ma mère a oublié l'existence du lieutenant Díaz. Tout a changé le jour où elle a découvert ses *Mémoires*. Cette novice qui s'était enfuie d'un couvent, toute jeune, pour devenir soldat, cette femme légendaire reçue par le roi et le pape l'enchantait. Je sais qu'elle aurait bien aimé revoir Catalina de Erauso, pour pouvoir rire entre elles, de femme à femme, en souvenir de leur passé extravagant. Il faut que vous la rencontriez, don Miguel. Vous n'imaginez pas le plaisir que vous lui feriez : deviser avec le neveu de la nonne... et le fils du capitaine de Erauso ! Et puis je suis sûr qu'elle pourrait vous aider à la retrouver. Elle connaît des gens qui vous mettront sur sa piste »

Nous étions parvenus au bout de la digue. Les jours sans brume, on pouvait, avec une longue-vue, apercevoir les îles, dont celle de San Ambrosio. Je pensais à ma petite famille. Manrique dormait sans doute dans son berceau en gazouillant. Ivoire faisait ses exercices de lecture quotidiens ou s'entraînait à la calligraphie à côté de notre fils. À moins qu'elle se trouve sur la plage, à regarder vers Concepción. Peut-être nos regards se croisaient-ils dans le ciel ?

Don Manuel, le Cavaliere, Enriko et moi-même nous séparâmes à l'aube, nous donnant de fraternelles et viriles accolades.

« À bientôt, don Miguel.

— Oui, peut-être, don Manuel. »

De retour sur l'île, je repris mes activités quotidiennes. Les premiers bateaux sortis du chantier d'Enriko et de Bergusa, plus solides et plus hauts que les longues pirogues indiennes, furent mis à l'eau et l'on fit la fête plusieurs jours durant.

Ivoire parvenait maintenant à lire nos poètes dans le texte, sans trébucher sur aucun son. Je lui avais appris les berceuses basques que doña Pura me chantait lorsque j'étais enfant. Douée d'une oreille musicale sans pareille, elle prononçait à la perfection cette langue dont elle ne comprenait pas un traître mot.

« Tu m'apprendras aussi à chanter en andalou, Miguel ?

— J'aimerais inviter ici Chapi Lecuona et ses filles. Il pourrait t'enseigner les secrets du *cante jondo*, le chant profond des Gitans. »

Mais la paix m'avait quitté. Souvent, à la fin de la journée, je partais seul me promener à l'autre bout de l'île. Je restais des heures à contempler les vagues de l'océan, le crépuscule se fondant dans la nuit.

Ce soir-là, Ivoire venait de coucher notre fils et j'étais en train de corriger les dictées d'espagnol que je lui faisais faire, réjoui d'y trouver de moins en moins de fautes.

« Depuis que tu as rencontré ces marchands de Tucumán, tu n'es plus le même, Miguel. Y a-t-il quelque chose que tu ne puisses me dire ? »

Son regard était si doux. Elle était prête à tout entendre, à tout partager avec moi, les bonnes choses comme les mauvaises.

« Doña María del Rosario, la mère de Manuel, peut avoir des nouvelles de Catalina. Brusquement, j'ai peur de la savoir vivante. Peur aussi qu'il ne soit trop tard.

— C'est ce qui te rend si sombre, Miguel ? »

Il m'était impossible de lui cacher la vérité. Je me revoyais enfant, en face de ma mère ou de doña Pura : il suffisait qu'elles me regardent pour que s'évanouisse toute velléité de mensonge.

Je pris Ivoire par la taille et, la serrant contre mon cœur, je lui dis à l'oreille :

« Les informations de Manuel Reyes m'ont beaucoup troublé. Tu es patiente, Ivoire. Donne-moi un peu de temps pour tout oublier. »

Elle murmura à son tour à mon oreille. Nous étions comme deux enfants dans la tempête, au fond d'une case, priant pour que l'ouragan s'éloigne sans faire trop de dégâts.

« Tu n'oublieras jamais ! Tu es comme le chasseur de mon histoire, Miguel. Va à Tucumán. Parle à cette dame, c'est plus fort que toi. Je te connais bien. Et je connais la loi de la forêt, j'y suis née. Un tigre finit toujours par capturer sa proie, sinon sa force se retourne contre lui. C'est ce qui est en train de t'arriver, sans que tu t'en rendes compte. Moi, je sais. Même dans les moments de plus grand bonheur, quand nous jouons ensemble sur le sable avec Manrique, je sens le fantôme de cette femme entre nous. Tant que tu ne l'affronteras pas, tu seras toujours malheureux. Je ne veux pas que la haine et le remords t'empoisonnent. Fais ce voyage. Tâche de savoir, une bonne fois pour toutes, si Catalina est encore vivante. Si oui, va la trouver là où elle est. Manrique et moi, nous t'attendrons le temps qu'il faudra. Mais reviens-nous débarrassé de cette ombre maudite. Alors seulement nous pourrons être heureux. N'hésite pas, Miguel. Je suis forte, tu le sais. Et je ne serai pas seule ici. Va à Tucumán ! Va ! »

La décision ne fut pas facile à prendre. Nous convoquâmes une véritable réunion de famille. Tous étaient là : José et ses deux femmes, Enriko, Bergusa.

« Nous comprenons la dette d'honneur, Miguel, déclara José. Ivoire et le bébé nous sont aussi chers que nos propres enfants. Nous veillerons sur eux pendant ton absence. »

J'espérais que Pedro Bergusa resterait sur l'île, mais il s'y opposa avec fermeté.

« Enriko m'a parlé du Napolitain. Le Cavaliere ! Une crapule de brigand, oui ! Et je sais de quoi je parle !

— Les anciens brigands font les meilleurs combattants, Pedro. Moi aussi, je sais de quoi je parle ! »

Si sa peau tannée l'avait permis, Bergusa aurait rougi de cet éloge. Il leva ses mains noueuses au ciel.

« Admettons que le Napolitain soit devenu un homme de bien. La traversée des Andes est éprouvante, Miguel. Bandits, vautours, froid, vent ! Un enfer ! Non. Je ne serai pas tranquille si vous partez sans moi, monsieur le comte. Moi aussi, j'ai fait un pacte ; j'ai juré de vous suivre jusqu'à la mort ! »

C'est Ivoire qui trancha.

« José a toute ma confiance. Et si par malheur il faisait quelque écart, je compte sur ses femmes, et sur toutes celles de l'île pour le remettre dans le droit chemin. »

Les deux femmes de José s'étaient levées d'un même mouvement, brandissant chacune un couteau de cuisine à la main.

« Il n'arrivera rien à votre épouse, don Miguel, vous pouvez en être sûr ! »

Le lendemain, je prenais la mer pour me rendre à Concepción, d'où nous irions à Tucumán.

Le Cavaliere et don Manuel nous attendaient à côté de leur chargement avec un groupe d'hommes armés pour nous servir d'escorte. Pedro Bergusa apprécia cette organisation qui ne laissait rien au hasard.

« Ces types patibulaires ont de quoi décourager les

plus dangereux bandits, Miguel. Ton Cavaliere veille aux moindres détails : le nombre d'ânes et de chevaux, l'armement de chaque garde, la nourriture, l'eau et le vin pour la traversée de la cordillère. Napolitain ou pas, il sait ce qu'il fait. »

L'avant-poste de la garde partait en éclaireur pour repérer d'éventuels dangers, mais aussi pour annoncer notre venue aux villageois avec qui nos amis espéraient commercer.

Nous remontâmes le Chili par la côte. À mesure que nous avancions, nous traversions des zones de moins en moins peuplées. Le convoi s'arrêtait quand nous trouvions un hameau ou quelques baraques pour faire halte et nous reposer un peu. Avec l'altitude, le paysage, d'une splendeur inouïe, se faisait de plus en plus aride et austère. Nous avions atteint ces Andes méridionales qui se dressent au nord du Chili, une zone désertique qui semblait constamment plongée dans le brouillard.

Pour nous consoler de ces journées harassantes, le Cavaliere, en bon vivant qu'il était, avait prévu de quoi nous rassasier largement. De mon côté, j'avais ordonné à Bergusa et à Enriko d'acheter avant de partir salaisons et fromages et, bien entendu, des tonneaux de bon vin que les contrebandiers faisaient venir de la métropole, de France et d'Italie. À la vue du breuvage couleur d'ambroisie que Bergusa versait dans sa timbale, les larmes montèrent aux yeux du Cavaliere.

« Du vin d'Ostie ! Celui que je buvais dans ma jeunesse ! »

Le soir, à l'écart des autres, j'observais la chaîne de montagnes et les volcans qui nous entouraient, les foyers mal éteints de leurs cratères menaçants.

J'imaginais la lave rougeoyante rampant dans le ventre souterrain de la cordillère et affleurant le ciel, comme les anneaux de feu d'un serpent endormi. J'avais toujours les *Mémoires* à portée de main. Mais je n'avais pas besoin de les ouvrir, les pages étaient gravées en moi, et je sentais bouillir des émotions contradictoires. Ma mère m'avait donné en héritage la haine de l'assassin de mon père. J'avais découvert tous les forfaits de l'ex-novice. J'avais visité l'église où, cachée derrière des piliers, elle avait assisté à l'enterrement de son frère. Son absence de repentir avait ravivé ma rancœur. Et là, traversant la cordillère des Andes le long des chemins tortueux qu'elle avait parcourus, une nouvelle blessure s'ouvrait en moi : j'avais quitté mon île et ceux que j'aimais le plus pour découvrir que, peut-être, dans un coin tranquille de ce vaste continent du Sud, Catalina de Erauso menait une existence paisible.

Nous avions passé un col escarpé à très haute altitude, et nous avancions lentement sur une route en lacet qui descendait progressivement vers la vallée. Moment symbolique entre tous. Après avoir grimpé si rudement, nous cherchions un coin pour bivouaquer et profiter du paysage grandiose avant de regagner la vallée. Chacun avait conscience de la solennité de l'instant.

Ce fut l'occasion pour le Cavaliere de manifester son goût inné pour le théâtre.

« Messieurs ! Arrêtons-nous et contemplons ce sublime coucher de soleil ! Dieu existe, et c'est un grand peintre. Observez la pureté des couleurs, ces nuages aux teintes délicates telles des écharpes insolites accrochées aux montagnes, dont le Seigneur nous comble. »

Le Napolitain et don Manuel avaient tout calculé et tout prévu. Notre caravane empruntait des routes inconnues des autres marchands et les ventes rapportaient gros. Quand les habitants des hameaux étaient trop pauvres pour acheter nos denrées, nous faisions du troc. De l'huile contre des volailles et des herbes médicinales, du vin contre des bêtes, pour manger de la viande fraîche. Ce soir-là, nous avions réuni des mets de fête pour célébrer le succès de l'entreprise. Don Manuel nous prépara des morceaux de viande grillée à la façon des *gauchos* du Río de La Plata. Côtelettes de porc et de bœuf, galettes de quinoa et de maïs, légumes, et un aguardiente épicée qui se répandit dans nos veines comme une lave brûlante. Le repas fut copieux et des plus savoureux. Gardes armés et domestiques, tous y participèrent. Là-haut, de notre balcon sur les Andes, un monde magnifique s'offrait à nous.

À la fin du repas, je m'éloignai pour ne pas entendre le rire et les conversations de mes compagnons éméchés par les bons vins. Allongé sur ma cape, les bras sous la tête, je m'endormis en contemplant le ciel avec ses myriades d'étoiles et la lune, pleine et ronde, qui avait l'air accrochée au sommet d'une montagne.

Cette nuit-là, je fis un rêve étrange. Je traversais la cordillère avec Catalina. Je me sentais frais et reposé, protégé par mes vêtements chauds, j'avais bien mangé et bien bu. Je la regardais, dans son uniforme militaire sale, déchiré, trop léger pour la protéger du froid intense. Je la suivais de près, mais elle ne me voyait pas. Et puis, tout à coup, elle s'arrêta. Au loin, deux hommes appuyés contre un rocher semblaient l'attendre. Elle les interpella et courut à leur rencontre. Ils ne bougèrent pas, ne répondirent pas. Ils étaient morts. Deux spectres de glace. Désormais, elle savait ce qui l'attendait.

Je m'appuyai contre un arbre. Je pleurai.

Je me réveillai en sursaut. J'étais en larmes.

La lune dérivait comme à regret. Déjà les rayons du soleil levant inondaient le ciel et une clarté rose montait derrière les crêtes.

Je demeurai un long moment immobile, essayant d'apprivoiser l'angoisse qui paralysait mon cœur. J'aurais voulu lire dans mon rêve, en comprendre le sens. Mais je n'avais pas ce don.

Nous quittâmes la cordillère pour pénétrer dans le territoire de Tucumán. Mes compagnons, qui faisaient ce trajet tous les trois mois, étaient fiers et rassérénés d'avoir enfin atteint leur but.

« Il ne s'agit pas seulement de commerce et d'argent, don Miguel, nous sommes aussi des messagers, nous faisons circuler les nouvelles entre ceux qui habitent sur la côte chilienne et ceux de la région de La Plata, de l'autre côté des Andes. Maintenant que vous avez fait le voyage avec nous, vous savez combien ces caravanes sont utiles. Cela dit... je rêve d'un lit douillet, pas vous ? »

Le Cavaliere avait du mal à retenir son enthousiasme, impatient qu'il était d'arriver à la *hacienda* de doña Rosario.

« Vous allez voir, don Miguel, la doña possède une immense propriété au pied des Andes. Son défunt mari, don Ambrosio Chao, avait des projets plein la tête lorsqu'il a monté cette exploitation, et il en a fait quelque chose d'unique. Il était né à Vigo, sur la côte de la Galice, une région aux paysages et aux traditions sévères. On dit que les Galiciens ne peuvent pas vivre loin de la mer. Don Ambrosio, lui, n'aimait que la terre. Tout ce qu'elle produit, fruits, légumes, arbres, et tout ce qui la foule, chevaux, vaches, moutons... Tout cela constituait son fonds de commerce. C'est lui qui a organisé les premières caravanes. C'était un visionnaire, et un travailleur. Une force de la nature.

— Diriez-vous la même chose de sa veuve, Cavaliere ? »

Le Napolitain réfléchit, comme s'il ne trouvait pas de mots pour qualifier la dame.

« J'ai peur de ne pas lui rendre justice. Vous verrez, don Miguel. »

Doña Rosario était trop exceptionnelle pour que même le Napolitain le plus flatteur puisse lui rendre justice. Dans la plénitude de ses quarante ans, cette femme passait ses journées à cheval à parcourir son vaste domaine, surveillant et dirigeant tout, domestiques, paysans, *vaqueros*, sans jamais perdre le sourire. Quand elle fixait sur vous ses yeux couleur d'eau de mer, sans ciller, elle donnait l'impression de lire dans vos pensées. Rien d'inquisiteur dans ce regard, mais une marque d'attention généreuse. Pourtant j'avais la certitude que si on la décevait, cette femme pouvait se montrer dure.

Elle m'enroba de ce regard singulier dès notre première rencontre. Je me prêtai au jeu et la fixai, impassible. Ce qu'elle sembla lire en moi eut l'air de l'amuser. Sans aucun égard pour l'étiquette, elle déclara :

« Ici, je suis le commandant en chef, comte de la Niebla. »

Et elle éclata de rire.

« L'héritage le plus important que m'ait laissé

mon époux, ce ne sont pas les biens que je possède… non ! c'est ce qu'il m'a appris. Avant de rencontrer Ambrosio, j'étais jeune, indolente, capricieuse. Quelques jours après notre mariage, il m'a dit : "Trente ans nous séparent, je mourrai avant toi. Je ne veux pas te laisser entre les mains d'un gérant véreux, alors tu vas apprendre à conduire nos affaires comme si tu étais le commandant en chef." Si j'avais su ce qui m'attendait ! Tous les jours, il me réveillait à l'aube. Il me faisait mener une vie de *gaucho,* sans aucun égard pour la femme que j'étais. Jusqu'au moment où je suis tombée enceinte. Il voulait que je me prépare à la naissance de ce fils – car il fallait que ce soit un garçon, évidemment. Mais deux mois après la naissance de Manuel, le traitement à la dure a repris.

— Comment avez-vous pu supporter ce genre de vie, doña María ? »

Nous nous trouvions dans un salon aux allures de boudoir, en attendant le dîner. Une pièce à l'élégance sobre qui contrastait avec le décor rude de la ferme. La patronne avait quitté son uniforme de *gaucho,* pantalon large en vachette, chemise de coton à carreaux, gilet en cuir et bottes à éperons. Elle me reçut dans une de ces robes d'intérieur andalouse que ma mère affectionnait. La veuve Chao, qui était issue d'une grande famille de Grenade, tenait à perpétuer les traditions de son pays. Cette robe en tissu clair, souple et léger, rendait hommage à son corps et mettait en valeur sa peau tannée par le soleil. Avec ses pommettes hautes, sa bouche pulpeuse et ses yeux d'un vert presque transparent (« des yeux de sorcière », m'avait murmuré Enriko à l'oreille), elle avait un air sauvage. Une masse de cheveux décolorés par le soleil, qu'elle gardait en chignon serré pendant la journée, tombait à présent en cascade ondulée sur ses épaules. Doña María del Rosario était une femme magnifique. Consciente de ses charmes, elle en jouait sans scrupule.

Je crus que ma question, un brin insolente, resterait sans réponse. C'était mal connaître le personnage. Elle se leva, me versa un verre de xérès et me prépara une assiette de jambons et de fromages. Allant et venant, tournant sur elle-mêmc, j'eus tout le loisir de l'observer, de l'admirer. Puis elle vint s'asseoir sur l'accoudoir d'un fauteuil recouvert d'une toile de Damas rose pâle.

« Tout n'a pas toujours été facile entre Ambrosio et moi, comte. Cet homme était un taureau de la pampa, un Hercule. Son endurance, sa force physique étaient faramineuses. Travailler à ses côtés, et travailler autant, ne me déplaisait pas. J'aimais son exigence. Seulement... Ambrosio raffolait de mon corps... Il était insatiable, inépuisable. J'espère que vous pardonnerez ma franchise, comte. Vous avez l'âge de mon fils, et je lui parle sans détour. Mais après la naissance de Manuel, j'espérais qu'Ambrosio respecterait davantage la mère et l'épouse. Il n'en fut rien. Alors je lui ai demandé de me laisser partir en Andalousie avec notre fils. C'était une sorte de chantage. Il a eu l'intelligence de comprendre. J'avais dompté le taureau ! »

Doña Rosario se pencha pour remplir à nouveau mon verre, et son décolleté généreux offrit à mon regard une vision enivrante. La peau mate de son visage accentuait la blancheur de sa gorge à la naissance des seins, qu'elle avait ronds et fermes. Elle se redressa lentement et s'appuya au dos du fauteuil avant de poursuivre.

« J'étais devenue le commandant en chef. Et, d'une certaine manière, c'était ce qu'Ambrosio attendait de moi. À partir de ce moment, nous avons vécu des jours heureux. Je lui ai été fidèle jusqu'à sa mort. »

Elle sourit, retrouvant une fraction de seconde l'éclat de son adolescence. Je pensais qu'elle allait enchaîner sur ses souvenirs de jeune épouse, et sa question me surprit.

« Et vous, don Miguel ? Malgré votre jeunesse, avez-vous jamais connu le grand amour ? »

Je souris. Heureux et confiant. À mon tour je me pliai aux règles qu'elle avait instaurées et lui parlai sans réserve de ma mère, de ma solitude après sa mort, du serment que je lui avais fait. D'Ivoire et de Manrique. Elle avait fermé ses yeux splendides pour mieux m'écouter. Lorsque je me tus, elle les rouvrit. Ils étaient embués de larmes.

« Pardonnez-moi, don Miguel. Je suis une incorrigible romantique. J'aime les histoires d'amour ! »

Elle se leva pour aller chercher un autre plateau de tapas.

« Et le lieutenant Díaz, ou plutôt, la nonne militaire ?

— C'est à vous de me dire, doña María. »

Elle se laissa glisser d'un geste las et sensuel sur son fauteuil.

« Ah ! Díaz ! Je n'avais que seize ans quand mon oncle, le chanoine, m'a présenté ce jeune homme aux manières si convenables. Je ne connaissais pas encore mon corps, Miguel, ses urgences. J'avais été élevée dans la crainte du péché et mon adolescence était un véritable calvaire. Maux de tête, fièvres, impatiences absurdes. J'avais soif de quelque chose que je ne savais définir. Mon oncle, grâce à sa longue expérience du confessionnal, comprit qu'il fallait me marier au plus vite. Díaz n'avait aucune fortune, mais il a conquis mon oncle par sa culture, ses bonnes manières et sa connaissance – Seigneur ! – des dogmes de l'Église.

— Et vous, María ? Vous a-t-il conquise ? »

Elle me parla de leurs promenades à la tombée du jour, de leurs conversations sur l'art, les voyages, la vie. Díaz semblait s'intéresser à tout.

« Et il savait tout faire ! Un jour que je peinais à broder un mouchoir en soie de Chine que je lui destinais – la broderie n'était pas mon fort ! – il m'a pris l'ouvrage des mains et, avec une habileté incroyable, il a achevé le motif qui me donnait tant de mal. D'après ce qu'il m'a raconté, dans son enfance, ses grandes sœurs l'obligeaient à s'occuper les mains à un labeur utile.

— Vous le trouviez beau ?

— Beau ? Nullement ! Par moments, même, il pouvait être franchement laid. Quand il prenait son air de brigand, les sourcils froncés, la mâchoire serrée, les lèvres pincées. Et ce regard d'encre, bizarre, comme celui d'un requin pèlerin, qui durcissait ses traits ! Il vous jaugeait en quelques secondes. Non. Il n'était pas beau, mais il m'impressionnait, et il me rassurait. Il était galant, discret et ses mains, aussi habiles à manier l'aiguille à broder que l'épée, savaient m'effleurer la joue, ajuster une boucle de mes cheveux avec une délicatesse telle que mon cœur s'emballait comme un cheval fou !

— Et vous ne vous êtes jamais doutée de sa féminité ?

— Jamais ! Díaz se conduisait en conquérant. Je me voyais déjà dans le rôle de l'épouse, prête à tout faire pour rendre mon homme heureux, quand un jour j'ai appris que Díaz avait quitté Tucumán pour fuir ses deux fiancées. Ah, comme j'ai pu le haïr ! Une autre femme ! Une métisse d'une laideur repoussante, en plus ! Bien sûr, vingt ans plus tard, il y a de quoi rire ! Le lieutenant Díaz, une ex-novice ! Elle a trompé son monde. Quel génie tout de même ! Moi, j'étais naïve et amoureuse, la proie idéale pour un tel personnage. Maintenant que vous m'avez raconté votre histoire, je n'ai plus envie de rire. Je vais faire tout mon possible pour vous aider à retrouver Catalina de Erauso. »

Doña María tint parole. Elle organisa des soirées pour me présenter ses amis : représentants de l'armée et du clergé, magistrats, tous susceptibles de détenir des informations sur ce lieutenant Díaz qui avait fait parler de lui de Tucumán aux villes du Río de La Plata.

Enriko, qui se plaisait à jouer le rôle de secrétaire, nota dans un grand cahier tous les renseignements que je récoltais et reconstitua ainsi la trajectoire que le fugitif n'avait pas mentionnée dans ses *Mémoires*.

Fuyant coup sur coup deux fiancées, Díaz quitta Tucumán et gagna Potosi après trois semaines de marche. Il se retrouva à nouveau sans ressources, mais pas pour longtemps car, réendossant l'uniforme de l'armée espagnole, il partit pour Chunchos, un territoire menacé par les Indiens rebelles, dans la région de La Plata. Il participa à une bataille sanglante et se distingua par son courage. Mais le nombre d'Indiens étant supérieur, les troupes espagnoles durent battre en retraite. Couvert de sang et de poussière, Díaz trouva alors refuge à La Plata. Et là, de nouveau, la chance lui sourit. Le fugitif rencontra un Biscayen, le capitaine Francisco de Aganumen, qui l'engagea à son service.

Or, un des amis de doña María del Rosario, le général Acevedo, m'avait dit que Francisco de Aganumen vivait encore à La Plata.

« Allons-y tout de suite, Miguel », lança Enriko.

Il montrait un empressement que j'aurais voulu partager. Mais je n'arrivais pas à me décider. Avant de quitter l'île, j'avais dit à Ivoire et à José que nous serions absents deux ou trois semaines. La traversée de la cordillère et la rencontre avec doña María ne m'avaient pas laissé le temps de réfléchir à l'avenir ni de faire le moindre projet. J'étais simplement parti rencontrer celle à qui Díaz avait promis le mariage. Et soudain, en voyant Enriko prêt à partir sur-le-champ, j'eus un moment de panique. La poursuite de Catalina allait me prendre des mois encore. Des mois sans voir Manrique ni sa mère ! Et pourtant, Enriko avait raison. Si quelqu'un à La Plata pouvait nous donner une information plus précise, il fallait y aller.

« Après tant de déboires, nous sommes sur le point de trouver une piste ! » insista-t-il.

Bergusa, lui, ne dit rien. Sa prudence m'apaisa.

« Attendons la fête de ce soir. Nous en reparlerons demain », dis-je.

C'était l'anniversaire de Manuel et sa mère organisait une fête en son honneur.

« Il y aura un dîner un peu guindé, Miguel. Les hauts responsables de l'armée, de l'Église et de la justice seront là. Nous finirons la soirée au jardin. À vingt-trois heures et trois minutes précises, heure de la naissance de mon fils, tous les hommes tireront en l'air, pour célébrer l'événement ! Ensuite, nous danserons jusqu'à l'aube. Je veux que tous, employés, *rancheros*, domestiques et femmes de chambre, soient de la fête ! »

Le dîner fut comme l'avait annoncé doña María, pesant et long. Tous ces notables s'écoutaient parler, avides d'étaler leur puissance. C'était à qui capterait le plus d'auditeurs. L'air tiède du parc arriva comme une bénédiction. J'avais fait cadeau à Manuel de deux pistolets provenant d'une armurerie des Flandres très réputée.

« Je tirerai avec celui-là et toi avec l'autre, Miguel. En signe d'amitié, et pour que la chance nous accompagne. Chance à nous !

— Chance ! »

Un tonnerre de détonations provoqua la panique des oiseaux nocturnes qui s'envolèrent et s'éparpillèrent dans la nuit. Les festivités étaient lancées. Doña María ouvrit le bal avec son fils.

Sans que je le sente venir, un malaise diffus s'empara de moi. Soudain je fus oppressé par la gaieté ambiante. Une sourde menace m'envahit, tel un mauvais pressentiment.

« Pressentiment ! Tu te laisses influencer par les croyances de ta femme, Miguel ! » me dis-je à voix haute, comme je le faisais lorsque, petit, je m'égarais dans les couloirs du palais du comte de la Niebla.

Ivoire !

Quelque chose me disait qu'elle était en danger.

Je réussis à arracher doña María des bras d'un colonel qui me foudroya du regard. Ce n'est qu'en arrivant dans le salon que je pus lui confier mon trouble. Fou d'inquiétude, je tenais des propos sans queue ni tête, et malgré toute sa sollicitude, doña María ne parvenait pas à me calmer.

Elle me fit boire un verre de cognac et m'épongea le front de son mouchoir. Puis, me prenant fermement par le bras, elle me conduisit jusqu'au Cavaliere.

« Le comte de la Niebla doit rentrer chez lui ce soir même. Préparez l'équipage pour qu'il puisse prendre la route dans les meilleures conditions. Vite ! »

Le Napolitain fut sur le point de dire quelque chose. Le regard de sa maîtresse l'en dissuada.

« À vos ordres, doña. »

Bergusa et Enriko mirent un peu de temps à saisir la situation. Entourés de jolies Indiennes, buvant et mangeant sans retenue, ils avaient toutes les raisons de vouloir prolonger la fête.

« Nous rentrons à San Ambrosio. Tout de suite. »

La pâleur de mon visage coupa court à leurs protestations.

Je ressens, aujourd'hui encore, une douleur trop vive pour m'attarder sur les faits qui suivirent. Je n'en garde d'ailleurs que des fragments de souvenirs, en grande partie nourris par le récit de mes compagnons. Car le jour de mon retour à Concepción, ce 12 mars 1635, une période de ma vie s'achevait. Dorénavant, je ne pourrais plus envisager l'avenir. Seules compteraient l'action et la fuite en avant.

À Concepción, le contremaître du chantier naval, di Bellonio, un Maltais que José nous avait présenté, vint à notre rencontre. Une douzaine de bateaux de gabarits divers étaient en cale sèche. Di Bellonio dirigeait les hommes chargés de les caréner et de les calfater. Dès que je le vis, je compris que je ne m'étais pas trompé. Cet homme direct n'était pas de ceux qui savent cacher leurs émotions. Même s'il tenta de repousser le moment de vérité.

« Vous semblez épuisé, comte. Voulez-vous boire ou manger quelque chose ?

— Non, dites-moi... Que s'est-il passé ? »

Je le saisis par le col de sa chemise et rivai mes yeux dans les siens.

« Dites-moi tout ! »

Alors, il me raconta.

Je me serais écroulé si Pedro Bergusa ne s'était précipité pour me soutenir. La tête me tournait. Les objets, les visages devenaient flous. J'entendais la voix grave du contremaître, mais je n'arrivais pas à saisir le sens de ses mots. Je ne voulais pas entendre ce qu'ils me disaient.

Je m'évanouis.

Pendant quelques jours, je souffris de fortes fièvres. Je me réveillais en nage, la gorge en feu, puis retombais dans un sommeil sans fond, agité de pénibles cauchemars. Des mains amies posaient des linges humides sur mon front, me faisaient boire de l'eau, du lait, me nourrissaient de bouillies.

Mes courts moments de lucidité étaient plus atroces encore, car j'entendais à nouveau la voix rude, brisée par l'émotion, du Maltais. La tragédie qui avait eu lieu sur l'île revenait en boucle, me harcelant sans pitié.

Un jour, un galion en piteux état est entré dans le port. Méfiant, José et un groupe d'hommes armés sont montés à bord. Le capitaine était blessé. Il jura sur l'honneur qu'ils avaient été attaqués par des pirates en haute mer. Ils se dirigeaient vers la côte chilienne, mais la peur de prendre l'eau les avait poussés à mouiller dans la baie. José était marin, il connaissait les dures lois de la mer. Il ne put leur refuser son aide mais exigea que seul le capitaine mette pied à terre. On apporterait eau et nourriture à l'équipage resté à bord. Le capitaine s'exécuta.

C'était un homme d'une trentaine d'années. Il parlait l'espagnol avec une pointe d'accent étranger, expliquant qu'il venait de Corse. Il nous parla de son île bénie qui ressemblait, disait-il, à la nôtre, si accueillante. Peu à peu, il reprit des forces et, un jour, il proposa un marché à José. En échange d'épices, de rhum, de sel et de tissus, dont il faisait commerce dans le golfe de la Caraïbe, il demandait que José et les ouvriers du chantier les aident à réparer leur navire. Le marché semblait raisonnable.

C'est ainsi que l'équipage du galion débarqua sur l'île. Les étrangers gagnèrent la confiance des insulaires. Seuls Ivoire, Manrique et les femmes de José ne se mêlèrent pas à eux.

Quelques jours plus tard, José me fit parvenir un billet exliquant que le galion, prêt à reprendre la mer, partirait le surlendemain et que le capitaine offrait un dîner à la population pour fêter son départ et remercier ceux qui les avaient aidés.

Macabre dîner d'adieu.

Tout avait bien commencé pourtant. Les marins avaient apporté de quoi boire et offert des cadeaux aux enfants et aux femmes. Les soutes de leur bateau étaient pleines de pierreries, de belles pièces de draps, de bois précieux et, de porcelaines. Mais San Ambrosio étant, par sa taille et sa situation, un peu à l'écart de la surenchère à laquelle se livraient entre elles les îles de la Caraïbe dans la course aux richesses, les gens de l'île ne soupçonnèrent là rien de douteux et s'abandonnèrent à la fête. Seul José demeura vigilant.

Quand il vit les marins pousser les convives à boire plus que de mesure, il s'inquiéta. Et commença à s'alarmer sérieusement lorsqu'il surprit trois d'entre eux rôdant autour de la cabane où se trouvaient ses femmes, Ivoire et le petit Manrique.

Vite, il courut chercher des hommes en renfort. Trop tard. Ils furent accueillis par des hurlements et des coups de feu tirés à tout-va... Ce fut un véritable carnage. José et les siens opposèrent aux pirates une résistance farouche. Sept d'entre eux tombèrent sous leurs coups. Mais les assaillants étaient nombreux, mieux armés, et très déterminés. Tous avaient dissimulé des armes et des couteaux sous leurs vêtements, tandis que l'excès de boisson avait rendu les insulaires indolents. José fut laissé pour mort, le bras droit arraché à la hauteur du coude. Ils incendièrent tout ce qu'ils trouvaient sur leur passage, maisons, bateaux, hangars...

Les flammes et la fumée alertèrent di Bellonio qui rassembla ses hommes et les embarcations disponibles. Les blessés gisaient au sol. Les deux épouses de José furent massacrées, elles s'étaient apparemment défendues comme des lionnes. Les femmes et les enfants avaient été faits prisonniers pour être vendus à des marchands d'esclaves. Ivoire et Manrique se trouvaient parmi eux.

Seuls la rage et le désespoir me maintenaient en vie. Je revoyais défiler devant mes yeux les maisons saccagées et calcinées, les traces de sang sur les pierres... Une haine farouche me poussait à venger Ivoire, mon fils, la bravoure de José, comme elle m'avait poussé sur les traces de Catalina de Erauso. Si la nonne militaire avait été pour moi un lien avec mes défunts parents, cette fois j'étais atteint en plein cœur. José avait été amputé de son bras, et j'étais amputé d'une partie de moi-même. Une blessure qui, je le savais, ne guérirait jamais.

Pendant ma convalescence, Enriko et Bergusa cherchèrent à identifier les pirates. Mais il fallut les relations interlopes d'un di Bellonio, qui avait été flibustier et traînait dans tous les bouges, pour trouver une piste.

« Le capitaine n'est pas corse, c'est un Français de Bordeaux, Jean-François Lebrun. Il s'invente des identités selon les circonstances, se faisant passer tantôt pour don Federico de Cortejos, tantôt pour le capitaine William Black. Il opère entre la Tortuga et les côtes du Chili et du Pérou. C'est là que nous irons les chercher dès que vous serez en condition de le faire, don Miguel. »

La Tortuga, située entre l'île Margarita et la Nouvelle-Andalousie, en mer des Caraïbes, était sous domination hollandaise. À l'époque où cette histoire tragique eut lieu, le commerce de café, de rhum, de tabac et de canne à sucre avec les ports du continent connaissait un grand essor. Les pirates repéraient les bateaux de marchandises qui ne jouissaient d'aucune protection militaire et menaient là des opérations très lucratives.

Pour mieux préparer notre offensive, il nous fallait bien connaître le navire que nous allions affronter. José nous fut d'une aide précieuse, car il l'avait bien observé.

« Je le connais, hélas, ce maudit *Gloria* ! J'ai aidé à le calfater, je l'ai astiqué de la quille aux mâts. Il a une faiblesse, Miguel, c'est sa lourdeur. Il a des soutes larges et profondes, pour stocker un maximum de butin. Mais il est lent. Nous prendrons un navire léger et rapide et nous les surprendrons. »

Arriva le jour où, ayant récupéré mes forces, je pus réunir mes amis pour mettre notre plan à exécution.

« Trouvez-moi un navire léger. Qu'il soit rapide et armé de canons. Je veux des haches d'abordage, les meilleures armes à feu. Je veux un équipage d'hommes disciplinés et féroces, prêts à prendre d'assaut le *Gloria* et son équipage. Je payerai le prix fort. Et faites-leur bien comprendre qu'en cas d'insubordination, c'est la pendaison. »

Les tâches furent distribuées le jour même. Di Bellorio s'occuperait de trouver l'équipage, José, le navire, et Bergusa, l'armement. Enriko, quant à lui, veillerait à la bonne préparation de l'opération. Le poste de commandement me revenait.

Les journées qui précédèrent le départ me furent insupportables. Je ne dormais plus, marchant de longues heures sur la plage, jusqu'à la pointe de la presqu'île de Talcahuano, au nord de Concepción, et je restais à contempler la mer. Une mer hostile sur laquelle naviguait un galion pirate où se trouvaient peut-être ma femme et mon enfant.

C'est là, assis sur un rocher, les vagues se brisant à mes pieds, qu'Enriko vint me chercher.

« Tout est prêt, Miguel. Nous pouvons partir. »

Puisque le pirate avait donné à son navire un nom espagnol, j'avais baptisé le mien d'un nom français : *La Flèche*.

Belisario di Bellonio nous expliqua comment il comptait attirer l'attention des pirates.

« La Tortuga sert de base aux corsaires. Ils y négocient le produit de leurs vols et décident du prochain port à attaquer. Ils sont redoutables ; ce n'est pas par hasard que Français, Anglais et Hollandais les utilisent comme mercenaires contre l'Espagne. Ils échangent aussi des informations sur le chargement des bateaux qu'ils croisent, la qualité de leur armement, l'importance de l'équipage. Le cuir est la monnaie d'échange la plus recherchée. Avec une cargaison de cuir on peut obtenir des esclaves, des chevaux et, bien sûr, de l'argent. Que les pirates du *Gloria* apprennent que *La Flèche* transporte du cuir, et vous êtes sûr de réveiller leur appétit. »

Don Manuel et le Cavaliere, de retour de Tucumán avec leur caravane, nous vendirent l'appât dont nous avions besoin.

Et c'est ainsi que nous quittâmes Concepción, avec un chargement de cuirs de Tucumán et de Mendoza, réputés pour leur qualité. La bataille pouvait commencer. Mais alors que je souhaitais une traque, un affrontement, il fallut au contraire attirer le *Gloria,* attendre qu'il vienne à nous.

Le piège était amorcé, mais toujours pas de *Gloria* à l'horizon. Nous naviguions. Nous attendions. Nous faisions escale dans tous les ports de la Caraïbe, et nous restâmes plusieurs semaines à Tortuga. Je garde le souvenir d'une période morne. Parfois, le désespoir m'envahissait. Pour la première fois depuis longtemps, je cessai de penser à Catalina pour concentrer ma haine sur celui qui avait enlevé ma femme et mon fils. Et cet individu-là, je voulais le tuer à coup sûr, de sang-froid.

Pour moi, le temps s'était arrêté quand nous avions quitté le port de Concepción. Je ne savais pas quel jour nous étions. Je savais juste que cela faisait plusieurs mois déjà que nous naviguions. À bord, l'atmosphère était lourde. Enriko et Bergusa me lançaient des regards inquiets et prenaient maintes précautions lorsqu'ils s'adressaient à moi. Tous semblaient craindre ma colère autant que ma mélancolie. Enriko n'insistait plus pour que je mange ou que je me repose. Il me surveillait de près, comme s'il craignait que je me jette à la mer. Je finis par m'enfermer à clef dans ma cabine où je restais couché, inerte, les yeux ouverts, des heures durant.

Un après-midi, Enriko tambourina à ma porte. Avant que j'aie pu saisir le sens de ses paroles, mon cœur se mit à battre à tout rompre.

« Le *Gloria* est en ligne de mire ! »

Le navire croisait en face de nous. Parmi toutes les configurations que nous avions envisagées, celle-ci était la plus avantageuse. Notre plan fut rapidement mis à exécution : dépasser le *Gloria*, ce qui serait aisé grâce à notre vitesse supérieure, et, une fois devant, prétexter une avarie et immobiliser notre bâtiment. Une aubaine pour nos pirates que ce navire léger et sans doute mal armé, au pavillon maltais prometteur !

Le piège fonctionna.

Nous avions hissé les drapeaux en signe de détresse et nous attendions sans bouger. Le *Gloria* était à présent tout proche. Soudain, la bannière noire fut hissée, signal de l'abordage.

Immobile, nous attendions, apparemment sans

défense. Mais à peine les deux bateaux furent-ils bord à bord, que nous nous lançâmes à l'abordage. Les pirates se retrouvèrent encerclés par des adversaires furieux et bien armés. L'effet de surprise fut total. Sabres, épées, couteaux entrèrent en action, nous réservions nos balles au cas où la résistance de nos ennemis durerait. Pris dans la mêlée, je luttais à côté de mes hommes. Avec le crochet qui lui servait désormais de bras droit, et la machette qu'il maniait avec aisance de son bras gauche, José était un adversaire redoutable. Mais bientôt, je le perdis de vue. Tout en ferraillant contre un de ces barbares, je cherchais des yeux le capitaine français, répétant dans ma tête son nom maudit. Je me battais sans répit, donnant et parant coup sur coup, enragé, comme si c'était contre lui. Lorsque j'enfonçai mon épée dans le flanc de mon adversaire, j'entendis José hurler derrière mon dos.

« Il est là ! don Miguel ! »

Je le vis alors qui ferraillait avec adresse contre deux de mes hommes. Je courus vers eux en criant :

« Laissez-le-moi ! Cet infâme doit rendre des comptes ! »

L'homme était encore jeune, et sans doute issu d'une illustre famille. Un fils cadet, peut-être, qui aurait mal tourné. José m'avait dit : « Il nous a trompés avec ses manières élégantes et sa courtoisie. C'est un seigneur, pas un flibustier de bas étage. »

En quelques secondes nous nous retrouvâmes face à face, croisant le fer. Son regard me glaça. Un regard de félin rompu à toutes les ruses, de malfrat capable de vous poignarder dans le dos sans le moindre remords. De plus, c'était un habile escrimeur.

À présent, on ferraillait et on tirait en tous sens. La poudre des pistolets imprégnait l'air d'une odeur âcre. Les cris des blessés et les jurons de rage faisaient écho au frottement des épées et des sabres. Je vis tomber Bergusa, frappé par une balle. Enriko lui porta secours sans que je puisse rien faire.

Le Français se défendait bien. Il cherchait à me coincer contre le garde-corps.

« Face à un adversaire plus fort ou qui peut vous tuer par traîtrise, il n'y a plus de loyauté qui tienne, Miguel », m'avait dit le Maltais. Mes scrupules s'envolèrent. Feignant de l'attaquer à l'épée sur son flanc droit, je lui enfonçai mon poignard dans l'épaule gauche. Ses genoux fléchirent, la pointe de mon épée piquée sur son cœur. Un flot de sang empourpra ses vêtements. Il déposa son épée à mes pieds et arracha l'écharpe en soie qui lui entourait le cou pour la plaquer sur sa blessure.

« Je suis votre prisonnier, monsieur. »

Maître de lui-même, provocateur, il faisait appel à mon sens de l'honneur, car un gentilhomme qui se respecte épargne un adversaire désarmé.

« Où sont la femme africaine et son enfant ? » répétai-je

Le pirate me regarda comme si j'étais devenu fou.

« Où sont ma femme et mon enfant ? »

Il mit un moment à faire le lien entre les événements de l'île et ma présence sur son bateau. Et, comme si cette affaire ne le concernait plus, il répondit d'un ton calme :

« Ils sont vivants.

— Où sont-ils ? »

J'appuyai la pointe de l'épée contre son cœur.

« J'ai vendu les Indiennes et l'Africaine à un commerçant levantin. »

Je ne sais ce qui, de son tranquille cynisme ou de l'image d'Ivoire et de Manrique vendus comme de vulgaires marchandises, me rendit fou. Tel un dément, je me ruai sur lui et le poignardai de mille coups. Et j'aurais continué si Enriko et deux de nos marins ne m'avaient écarté de la masse inerte sur laquelle je m'acharnais.

« Il est mort, Miguel ! »

Des corps jonchaient le pont dans une rivière de sang. Une dizaine de pirates, les bras liés derrière le dos, attendaient qu'on décide de leur sort.

« Faut-il embarquer les prisonniers sur *La Flèche*, Miguel ? »

Je regardai ces hommes qui avaient trahi la confiance de José et des habitants de l'île, ces hommes qui avaient tué, violé, incendié les maisons...

« Non. Pas de prisonniers. »

Deux marins aidèrent Bergusa à remonter sur notre bateau. La balle l'avait touché au-dessous de l'épaule droite et il saignait abondamment. Nous avions perdu beaucoup d'hommes. Douze des vingt-cinq que nous avions embarqués à Concepción avaient péri au combat. Les survivants attendaient mes ordres, me faisant une haie d'honneur avec leurs épées.

« Coulez le *Gloria !* »

Di Bellonio s'en donna à cœur joie. Dix boulets atteignirent le navire. Il sombra lentement, couché à tribord. Je ne le quittai pas des yeux, jusqu'à ce que la pointe du grand mât disparaisse sous l'eau. Immobile face à l'immensité, je restai un long moment à fixer l'horizon vide.

Bergusa mourut le lendemain à l'aube. Nous étions encore loin des côtes et il fallut donner à ce fidèle combattant une sépulture de marin. L'homme qui avait tant aimé la terre allait trouver le repos éternel au fond de l'océan.

Tous les matins à l'aube, je m'asseyais à la proue du navire et passais la journée ainsi, les yeux perdus au loin, comme s'il m'était désormais impossible de revenir en arrière, d'imaginer le temps passé en compagnie de ceux que j'avais tant aimés, ma mère, doña Pura, Ivoire, mon fils, le bon et loyal Pedro Bergusa. Je n'avais comme avenir que la mer, les vagues, la claquement de la voilure dans le vent. En cet instant, je n'attendais rien d'autre de la vie. J'avais enroulé la chaînette en argent qu'Ivoire m'avait donnée autour de mon poignet. Des matelots m'avaient dressé un abri de toile arrimé à une écoutille pour me protéger du soleil et du vent et, le soir, je regagnais ma cabine, sans pouvoir fermer l'œil.

Enriko avait pris les commandes du bateau. Il avait mûri et beaucoup appris au cours de notre long périple. Je lui faisais totalement confiance et tout l'équipage, y compris di Bellonio, malgré sa longue expérience, le respectait. Il n'était plus simplement mon bras droit, il était devenu mon double. Après la mort de Bergusa, il était mon seul lien vivant avec le passé. Perdu dans mon chagrin, je lui confiais le destin du navire et le mien.

« Où allons-nous Enriko ?

— Nous descendons vers le sud.

— Nous retournons à Concepción ?

— Non. Nous naviguerons jusqu'à la pointe sud du continent et passerons le détroit de Magellan. Du Pacifique à l'Atlantique, comme l'avait fait ce grand marin. Puis, comme lui, nous remonterons vers le Río de La Plata. »

Le jour tombait. Enriko vint s'asseoir à mes côtés. Malmené par les vagues, le navire se soulevait, plongeait, puis remontait plus haut, comme s'il allait s'envoler. La voix d'Enriko me parvenait, lointaine et syncopée.

« Vouloir retrouver Ivoire et Manrique serait comme chercher une épingle dans une meule de foin, Miguel. Tu le sais aussi bien que moi. »

Il demeura un long moment silencieux. Il avait dû longtemps retourner ses paroles dans sa tête avant de m'assener cette vérité : il fallait que je fasse le deuil d'Ivoire et de Manrique.

« À la mort de Koldo, Bergusa m'a tué à la tâche et tu l'as laissé faire. J'ai fini par comprendre que cette existence de bête de somme était le meilleur remède à ma souffrance. Si je vis encore, c'est grâce à Bergusa, et à toi, Miguel. Peu à peu, l'idée de suivre mon frère dans la mort m'a quitté. J'ai repris goût à la vie, sans pour autant oublier Koldo. »

Le bateau continuait de tanguer dans la houle et je sentis le bras d'Enriko entourer mes épaules.

Il avait raison. Rester en vie signifiait conserver la mémoire d'Ivoire et de mon fils.

Le jour tombait. Le ciel s'enflamma quelques instants, transformant la mer en miroir rougeoyant. Les vagues changèrent de couleur, comme affolées par ce bouleversement et, en quelques secondes, le soleil disparut derrière la ligne d'horizon.

« Vers le sud, toute ! » lançai-je. Après si longtemps, le son de ma voix me surprit.

Le sud, où nous rencontrerions Francisco de Aganumen, le Biscayen qui savait peut-être si Catalina était encore en vie, et où elle se trouvait.

9

La Plata

Di Bellonio envisageait avec inquiétude la traversée du détroit découvert par Magellan, et il m'assura que tous ses hommes, malgré leur courage, craignaient plus que tout ce passage. Ils auraient préféré des semaines de navigation supplémentaires au risque d'une telle route encore trop rarement empruntée et à propos de laquelle circulaient des tas de rumeurs inquiétantes.

Quand je rapportai ses propos à Enriko, il haussa les épaules.

« Ne crains rien. D'autres avant nous y sont parvenus. Ce Magellan a fait une découverte capitale avec ce bras de mer qui relie l'océan Atlantique à l'océan Pacifique, et nous avons la chance de pouvoir la mettre en profit. Pour vérifier son intuition, lui n'a pas hésité à réprimer la révolte de ses hommes. »

Sur une carte de l'Amérique du Sud, il me montra, à l'extrême pointe du continent en forme de poire renversée, le bout effilé de la Patagonie. Tout en bas, un triangle de terre se détachait, coupé horizontalement du continent par le détroit.

« Si Magellan l'a fait, nous pouvons le faire, Miguel. »

La décision d'Enriko n'était pas innocente, je le sentais. Il avait quelque chose en tête dont il n'osait me parler. Depuis notre rencontre à San Sebastián, il m'avait prouvé que je pouvais lui faire confiance, et après la tragédie que nous avions vécue ensemble, je l'avais laissé prendre les décisions qui s'imposaient. C'est pourquoi je donnai ordre au Maltais de calmer les craintes de son équipage et de mettre le cap sur le détroit.

Au cours de notre périple, je compris mieux la peur irrationnelle que provoquait la seule évocation de cette zone longtemps considérée comme une Terra Incognita où s'élevaient de loin en loin des colonnes de fumée, cette Tierra de Humos, rebaptisée Tierra del Fuego par Charles Quint. Nous découvrîmes des paysages de forêts pétrifiées, des déserts de pierres noires traversés çà et là de bandes de terre arable, des côtes où falaises pelées et plages grises s'étendaient à perte de vue, sans une once de végétation. Ici, le climat ne semblait respecter aucune règle. Soudain un vent violent se mettait à souffler, déclenchant une de ces formidables tempêtes australes ; les vagues fouettaient notre pauvre navire, secoué comme une coque de noix. Puis le vent disparaissait aussi vite qu'il était venu et nous n'avancions plus.

Nous arrivâmes enfin au cap que Magellan avait baptisé cap des Vierges, protégeant une baie profonde aux eaux noires. Toujours le même paysage sévère et hostile. Des falaises, encore, et de profondes crevasses. Au loin, une cime enneigée. Et le sifflement du vent. Un bruit étrange. Des bourrasques terribles s'abattaient sur le sol en vols vertigineux, se jetant avec violence contre les flancs de la montagne, cassant net les troncs d'araucarias fossilisés et saccageant les arbustes épineux qui s'y accrochaient encore. C'est là que nous vîmes les femmes des Patagons plonger pour ramasser les moules et les coquillages qui leur servaient de subsistance.

Enriko s'était bien documenté sur l'expédition de Magellan. Grâce à cela, il put diriger notre bateau dans la baie qui ouvrait le détroit. Après avoir contourné une extravagante géographie de fjords, de saillies rocheuses et de chenaux inextricables, nous pénétrâmes dans une sorte de goulet aux eaux tranquilles débouchant sur une autre baie plus étroite qui s'élargissait à mesure que nous avancions.

« Au début, Magellan a pensé qu'il naviguait sur un fleuve, puis il s'est rendu compte que l'eau était salée. Cela confirmait son intuition : on pouvait bel et bien traverser cette terre d'est en ouest. Ici, le Pacifique vous poussait dans les bras de l'Atlantique. »

Ce soir-là, sur le bateau, nous avons festoyé. Le Maltais eut la courtoisie de rendre hommage à l'exploit d'Enriko Ariza en le nommant « meilleur navigateur à bord ». Hormis son désir de refaire le voyage du hobereau portugais, je comprenais enfin le but de mon frère adoptif. Nous avions supporté ensemble des jours et des nuits de tempête et attendu longtemps sur une mer d'huile avant d'atteindre le cap des Vierges. Notre réussite m'avait redonné confiance. Et si Aganumen était en mesure de nous confirmer que Catalina était encore vivante, et de nous fournir des indications sur l'endroit où elle se trouvait, ce long voyage et les risques encourus n'auraient pas été vains.

Nous poursuivîmes notre route vers le nord, en direction du Río de La Plata.

En quelques jours, le paysage changea radicalement. Des prairies, des arbres, une végétation plus dense et accueillante. Nos matelots pêchaient à la ligne dans des criques abritées, d'autres plongeaient dans les eaux cristallines.

Enfin, nous atteignîmes l'immense baie de La Plata, dont l'activité commerciale n'avait rien à envier aux ports de la métropole. À peine débarqués, Enriko et moi partîmes à la recherche de don Francisco de Aganumen.

Le capitaine don Francisco de Aganumen, un géant de presque deux mètres au corps svelte et musclé malgré son âge, nous reçut dans un grand palais construit au sommet d'une colline qui surplombait la baie de La Plata et qui me rappela certaines constructions de San Sebastián. Puisque nous étions basques comme lui et que des amis de Tucumán nous avaient recommandés, il nous considéra d'emblée comme des membres de sa famille.

Gravé sur une plaque en haut de la porte de la façade principale, on pouvait lire, en basque : *Etxeko aten ireki da*, « Notre porte vous est ouverte ». La porte était peut-être ouverte, mais la haute bâtisse était surveillée par des valets et des serviteurs aux visages fermés qui nous observèrent longuement, muets et pleins de suspicion, avant de nous permettre l'accès.

Sandales aux pieds, une bure de moine pour tout habit, don Francisco, arpentant à grands pas les couloirs de sa demeure, nous expliqua le secret de sa bonne forme.

« Je marche. Rien de mieux que la marche, mes amis, si vous voulez atteindre mon grand âge l'esprit alerte. Je suis l'exemple de François d'Assise, mon maître spirituel. Car si la marche vous met en contact avec la nature, elle vous permet aussi de toucher le ciel. »

Le palais s'élevait sur quatre niveaux, reliés par un somptueux escalier de marbre, et toutes les fenêtres étaient dotées de larges balcons. Du dernier étage, on avait une vue splendide. La ville s'était développée tout autour de la baie, aussi importante et riche que celle de Lima. Nous apercevions *La Flèche* au loin, dans le port. J'avais donné quartier libre à l'équipage.

Don Aganumen acheva la visite par sa bibliothèque, dont il était très fier.

« Si François d'Assise est mon maître spirituel, Jules César est mon écrivain préféré. Les récits de ses batailles sont merveilleux. Quel art ! Grâce à lui, j'ai pris goût à la lecture et aux belles reliures. Venez donc, amis, jetez un coup d'œil à ces merveilles ! »

Des volumes de parchemin ou de peau. Des in-folios. Des reliures gaufrées. De vieux livres aux couvertures cloutées, et aux tranches dorées. Des pages calligraphiées, sans doute, sur l'écritoire d'un monastère du Moyen Âge. Et, surtout, ce qu'Aganumen considérait comme les trésors de sa collection.

« Vous êtes ici devant un monument littéraire. L'édition princeps de Sauterelle qui date de 1545 est le premier livre paru en langue basque. Il a été publié par Etxepare, un éminent philologue. Voilà plusieurs années que je recherche son *Linguae vasconum Primitae*, mais il reste introuvable. En revanche, j'ai acquis pour une fortune le *Discurso de la Antiguedad de la Lengua Cantabra*, publié en 1607 par Etxabe. Un ouvrage consacré à la défense de l'euskara. Et je vais moi-même en faire paraître une traduction en espagnol, afin d'ouvrir les yeux de ceux qui jurent que le basque n'est pas une langue, mais un dialecte voué à la disparition. Les imbéciles ! Savez-vous que les indigènes du Canada et de Terre-Neuve se seraient adressés aux Français en basque ? Ils avaient appris l'euskara grâce aux pêcheurs de Saint-Jean-de-Luz. Nous avons de quoi être fiers de nos origines ! »

Don Aganumen avait de nombreuses possessions dans la ville et des terres dans toute la région. Comme il tenait à ce que nous les visitions dès le lendemain, il nous confia à son bras droit, un Basque nommé Larraburu.

« Je dois déjeuner avec le gouverneur de La Plata. Une corvée que je ne souhaite pas à mon pire ennemi. Le type est sénile, et en plus, castillan. »

Larraburu remplit à la perfection sa mission de guide. Il eut aussi l'excellente initiative de nous faire parcourir à cheval les terres que son maître aurait voulu nous voir découvrir à pied !

« L'histoire de don Francisco est exemplaire. Il est arrivé dans le Nouveau Monde comme simple soldat d'infanterie, et aujourd'hui, c'est un homme riche. Il a su comprendre les atouts de ce pays et les exploiter. J'étais sous ses ordres dans l'armée, aujourd'hui je gère son exploitation. Il me laisse une totale autonomie, il fait confiance aux gens qui travaillent pour lui. Malheureusement, le succès de ses entreprises et sa richesse lui ont attiré des jalousies. Il a échappé une dizaine de fois à des tentatives de meurtre. Vous avez dû remarquer la garde prétorienne qui surveille le palais et veille sur lui en permanence. »

Nous traversions de vastes étendues de vignes et

de champs de blé, de mil et de maïs. Tout en chevauchant, Enriko s'exclama : « Ce n'est pas une propriété, c'est un royaume ! »

Larraburu, impassible, continuait le récit des exploits de son maître. Cette amitié solide et sans réserve entre deux hommes si différents était un exemple émouvant et rare, par les temps violents que nous vivions.

Après cette belle chevauchée, nous nous arrêtâmes dans le quartier populaire de La Plata, au bord du fleuve. Des enfants pieds nus couraient partout et s'interpellaient dans toutes les langues. Je m'étonnais d'entendre des jurons en italien, en espagnol, en français, et parfois même en basque.

Larraburu sourit.

« La Plata, c'est la tour de Babel ! On y parle toutes les langues, on y entend tous les accents. Les gens qui arrivent de la vieille Europe s'adaptent vite ici, mais, en famille, ils continuent à parler la langue de chez eux. »

Puis il revint à son maître.

« Malgré ses dehors austères, don Francisco ne dédaigne pas la bonne chère... Et comme il a l'obsession du travail bien fait, il a ouvert une fromagerie, une boulangerie, une boucherie et plusieurs restaurants, pour être certain de la qualité des produits qu'il consomme. L'un d'eux, la Paillota, est très réputé. Il vous y attend pour dîner. »

La Paillota était un solide bâtiment de style colonial, avec des terrasses et de larges fenêtres donnant sur la mer. Don Francisco avait déployé le menu sur la longue table d'acajou où il nous attendait. Le moine ascète était en effet un fin gourmet.

« Mon cuisinier vous a préparé quelques spécialités. Don Miguel, don Enriko, je vous en prie, goûtez à ce *txangurro relleno* ! Personne au monde ne le fait aussi bien ! Allez-y ! »

Enriko me jeta un coup d'œil rapide. Le *txangurro* était un des plats favoris de doña Pura. Elle le faisait à merveille. Ce brusque rappel du passé me serra le cœur et je fus soudain submergé de tristesse. Mais je dus reconnaître que le cuisinier de don Francisco pouvait soutenir la comparaison avec ma défunte gouvernante. Je fermai les yeux et me laissai envahir par ce goût si particulier, au parfum de terre biscayenne.

Don Aganumen connaissait les raisons de ma présence à La Plata. Du moins, pour l'essentiel, car j'avais un peu arrangé la vérité : « Au Chili, au Pérou, et même à Tucumán, j'ai entendu parler d'un curieux personnage, un dénommé Alonso Díaz de Guzmán, apparemment basque, qui s'y est illustré il y a quelques années. Ses aventures sont dignes d'un roman picaresque », lui avais-je dit.

Vers la fin de notre copieux repas, notre hôte me confia :

« En effet, j'ai connu votre lieutenant. Un drôle de personnage ! Mais, allons faire quelques pas le long des quais. Marcher va nous réveiller un peu. »

J'écoutais mon hôte sans intervenir. Il commença par me raconter quelques moments connus de la vie de Catalina. La nuit était splendide et la promenade aurait pu être envoûtante si le rire sonore de don Francisco n'avait entrecoupé son récit. Visiblement, il prenait Díaz pour un écervelé !

« Il finissait par être comique, avec ses excès, ses sorties à peine crédibles ! Tenez, une anecdote me revient... »

Il me la rapporta avec un plaisir évident.

« Díaz ne séjournait jamais longtemps quelque part, mais il trouvait chaque fois l'aide dont il avait besoin. À peine arrivé ici, il rencontra Juan López de Aquijo, un de mes amis, qui le reçut et lui confia la charge de mille moutons et de cent Indiens. Tout se passait pour le mieux, Juan était satisfait de ses services. Mais le lieutenant était possédé par le démon du jeu. Il jouait tous les jours, et tous les jours il gagnait. Un rival malheureux l'accusa de tricher. Ils se battirent en duel. Díaz tua son rival et se réfugia dans la cathédrale pour éviter la prison. López de Aquijo, en homme de cœur, l'aida à s'enfuir.

« À Piscobamba, le même épisode se répéta. Díaz trouva refuge chez un ami. Il resta calme pendant plusieurs jours. Mais il s'ennuyait. Il y avait en ville de nombreux tripots. Il ne put résister à la tentation. Il joua, ramassa une grosse somme. Cette fois, c'est un Portugais qui l'accusa. Nouveau duel. Mais un grain de sable vint enrayer le mécanisme si bien huilé : un sergent de ville empêcha Díaz de s'enfuir. »

Nous marchions le long de la baie, Aganumen s'appuyant à mon bras dans un geste fraternel. Enriko et Larraburu nous suivaient, discutant en basque. Au loin, des pêcheurs chantaient des romances italiennes tandis que des femmes s'interpellaient à grands cris d'une fenêtre à l'autre. Je prêtais une oreille irritée et méfiante à ces récits trop semblables à tous ceux que j'avais entendus. Catalina accumulait les forfaits et s'en sortait toujours sauve – pis, on lui venait en aide. Quel charme diffusait-elle ? La solidarité basque n'expliquait pas tout. Loin de lui attirer haine et mépris, ses crimes semblaient la désigner comme un être d'exception. Un prince n'aurait pas suscité plus de dévouement. Aganumen lui-même s'enthousiasmait de ses extravagances.

« Díaz fut condamné à mort. Pensez-vous que cela l'ait arrêté ? Pas du tout. Il refusa de se confesser. Et au moment même où un bourreau s'apprêtait à lui passer la corde au cou, un courrier du juge du tribunal de La Plata se présenta. Le juge s'appelait Martín de Mendiola. Un Basque, bien sûr. Il prenait la défense de Díaz. Le lieutenant fut libéré et quitta la ville précipitamment. Vous imaginez, don Miguel ? Díaz a la corde au cou et un courrier déboule pour lui sauver la vie ! Quel brio ! »

C'en fut trop. Que ce don Francisco de Aganumen – que j'avais appris à respecter et dont je me sentais proche – considérât Díaz comme un sympathique écervelé et qu'il se montrât plein d'admiration à son égard me révoltait. J'explosai.

« Díaz n'était pas un jeune aventurier plein de panache et un peu fou. Díaz était un menteur, un manipulateur, caché derrière une fausse identité. Díaz était une femme. Elle s'appelait Catalina de Erauso. Un monstre d'égoïsme. Un être dépravé et dangereux. Et cette femme a tué son propre frère, Miguel de Erauso... mon père ! »

Peut-être le vin contribua-t-il à libérer ma colère. Je garderai toujours le souvenir de cet instant, si peu fréquent chez moi, où je perdis le contrôle de mes émotions. Mais la rage et l'exaltation qui m'emportèrent me donnèrent un sentiment de revanche bienfaisant.

Aganumen connaissait la vie. Il connaissait le triomphe et les échecs, la bonté et la cruauté, la lumière des hommes comme leurs zones d'ombre. Il m'écouta en silence, sans me quitter des yeux. J'étais en nage. Il passa un bras sur mes épaules.

« Je ne savais rien de tout cela, je vous prie de me pardonner. Je comprends votre colère. Et je devine combien cet aveu doit vous coûter. Díaz... enfin, Catalina, avait un regard si franc. Et quand il... Enfin quand elle souriait, on ne pouvait pas savoir ce qui se cachait derrière ce masque... Vous-même, Miguel, lui auriez donné le Bon Dieu sans confession. »

Don Aganumen se tourna vers le large.

« Regardez ! Vous voyez ces centaines de petites lumières sur l'eau ? Ces sont les lanternes que les pêcheurs utilisent pour attirer les poissons qui pullulent par ici. La baie et le fleuve regorgent de richesses autant que la pampa. Quel empire nous pourrions construire si la métropole nous laissait faire ! L'Espagne est tellement jalouse de son autorité qu'un jour elle finira par perdre ce magnifique continent. »

Nous restâmes en silence devant ce spectacle, bercés par les feux scintillants qui dansaient sur la mer.

De retour au palais, nous passâmes le reste de la nuit à évoquer le destin incroyable de Catalina de Erauso. J'expliquai à notre hôte mes liens avec la nonne militaire, les années que ma mère avait passées à parcourir l'Espagne à sa recherche et mon interminable périple dans le Nouveau Monde.

Don Francisco m'écoutait sans ciller. Je sentais que mon récit le bouleversait.

« Le lieutenant Díaz, ou plutôt cette Catalina, m'a complètement berné. Son cynisme me fait froid dans le dos à présent.

— Avez-vous eu d'autres nouvelles de lui ?

— Personnellement, non. Après qu'il se fut enfui,

je ne me suis pas intéressé à son sort, et nous n'avons plus entendu parler de lui. Mais j'ai su qu'un de mes amis, un notable de Cuzco, l'avait rencontré. »

Notre départ approchait. Après une journée de repos bien mérité durant laquelle Enriko et moi bouclâmes nos malles, don Francisco nous offrit un dîner d'adieu.

« Pour que vous gardiez un beau souvenir de mon humble demeure. Et, surtout, pour que vous reveniez », nous dit-il en nous accueillant dans la salle à manger.

À la fin de ce généreux repas, il me fit un cadeau précieux.

« Voici une lettre de recommandation pour le trésorier de Cuzco, Lope de Alcedo. Il a logé Díaz chez lui. Il a été subjugué par le charme de ce jeune intrigant. Mieux, il le tenait pour un homme de bien. Don Lope de Alcedo est assez âgé. Il a quitté ses fonctions, mais il a encore toute sa tête, à ce que je sais. Je vous souhaite bonne chance, comte de la Niebla. »

J'avais, moi aussi, préparé un cadeau pour don Aganumen. Je lui tendis le volume des *Mémoires* de Catalina qui avait appartenu à ma mère.

« Comte... Je ne sais pas si je dois...

— Ce livre trouvera sa place dans votre bibliothèque, don Francisco. Je peux m'en séparer, je le connais par cœur. »

Don Aganumen veilla tard avec nous. Une certaine mélancolie nous fit repousser le moment de nous séparer. Nous étions conscients que nous n'aurions plus l'occasion de nous revoir, malgré la belle amitié qui était née entre nous.

Le lendemain, il insista pour nous accompagner jusqu'au port.

Alors que *La Flèche* s'éloignait de la baie de La Plata, Enriko et moi eûmes la surprise d'apercevoir, debout sur une chaloupe, la haute silhouette du vieil homme, un poncho jeté sur sa bure de moine, le bras levé en signe d'adieu.

10

Cuzco

Contre l'avis de mes amis, je voulus revoir l'île dévastée par les pirates. Après notre départ pour La Plata, les survivants avaient reconstruit quelques cabanes et tentaient de reprendre un semblant de vie normale. La plupart des vergers avaient été détruits, il faudrait des années pour que San Ambrosio retrouve ses richesses. Les restes des cabanes incendiées avaient été déblayés mais, par respect ou par superstition, personne n'avait touché aux ruines de la maison de José où j'avais vécu quelques moments d'intense bonheur en compagnie d'Ivoire et de notre fils.

José se tenait à mes côtés. Si ma femme et Manrique avaient été enlevés, je gardais l'espoir qu'ils soient encore en vie, alors que le vieux marin avait perdu ses deux compagnes.

Sans oser le regarder, je lui proposai d'une voix basse, étranglée par l'émotion :

« Il faudrait ériger une stèle. Graver dessus les noms de tes femmes et ceux d'Ivoire et de Manrique. Afin que tous se souviennent. »

Il s'inclina avec tristesse.

De retour à Concepción, je trouvai une longue

lettre de don Ramiro, mon « tuteur et l'administrateur de mon immense fortune », comme il le répétait avec orgueil dans chacune de ses missives. Don Ramiro avait vieilli et m'annonçait à sa façon, sans détour, que bientôt il ne serait plus en mesure d'assurer sa lourde charge. Il s'était résigné à ne pas me revoir avant de mourir. À la suite d'un long document dans lequel il m'informait de l'état de mes ressources, il concluait par une demande d'une « extrême gravité » qui le préoccupait.

Connaîtriez-vous une personne capable de me remplacer après ma mort, don Miguel ? C'est bien triste à dire, mais il est presque impossible de trouver, de nos jours, un homme honnête dans toute l'Espagne. La corruption nous gangrène et les efforts du comte-duc d'Olivares pour conserver l'intégrité de l'empire sont vains. Felipe IV est faible et les ennemis d'Olivares vont gagner la partie. Je comprends à présent le sage retrait de votre père. Le comte de la Niebla avait pressenti ces changements à la cour de Madrid. Mais vous-même êtes au-delà de ces misères et de ces intrigues, car vous n'avez rien à attendre de Felipe IV ni de son prochain favori. Vous êtes et vous resterez prince de Séville, don Miguel.

Je ne retins qu'une chose du long exposé de don Ramiro : j'avais les moyens d'aider ceux qui m'avaient prouvé leur loyauté aux moments les plus tragiques de ma vie. Grâce à mes revenus, José pourrait construire, en plus de la stèle à la mémoire des nôtres, des maisons neuves pour les villageois et développer les activités du port afin que tous se remettent à vivre dignement.

Sans attendre, je vendis *La Flèche* et achetai un solide galion à di Bellonio. Ainsi pourrait-il enfin réaliser le rêve de sa vie : parcourir les îles de l'océan Indien et faire commerce d'épices avec l'Europe. Je demandai à don Ramiro d'accorder une rente à vie à Enriko et d'en faire mon héritier si, à ma mort, Ivoire et Manrique n'avaient pas été retrouvés. Ces affaires réglées, je pouvais me concentrer sur celle qui avait motivé ma présence sur les terres du Nouveau Monde : Catalina de Erauso.

Après plus de cinq ans passés à interroger les gens qui l'avaient rencontrée, à parcourir les territoires qu'elle avait parcourus, à mener la vie d'errance, de violence et de meurtre qu'elle avait menée – car j'avais tué, moi aussi –, j'éprouvais le sentiment de la connaître. Il me semblait pouvoir deviner ses pensées, ses réactions. J'étais prêt à l'affronter. Seule subsistait la question essentielle : Catalina était-elle encore vivante ?

C'est ainsi qu'un matin, bien conscients que le temps pressait, Enriko et moi quittâmes l'île pour Cuzco, au Pérou.

Cuzco était une ville étrange et envoûtante. On y ressentait encore la puissance de la civilisation inca, avec sa stricte hiérarchie inscrite dans la géométrie de pierre des gigantesques palais et des temples, leurs jeux d'ombre obliques sous la réverbération du soleil, la présence magnétique des idoles surgissant de saisissants bas-reliefs. Ces monuments avaient été ressentis comme un défi par les conquérants espagnols qui avaient à leur tour édifié églises, couvents et palais, tous remarquables de beauté et de richesse, développant un art baroque qui captait savamment le regard.

Pendant que je découvrais la ville, Enriko était allé

porter au trésorier don Lope de Alcedo la lettre de présentation que don Francisco de Aganumen m'avait donnée pour lui. À mon retour, il m'attendait à l'auberge.

« Don Lope de Alcedo est très vieux et malade, il ne peut recevoir personne. Mais je me suis entretenu longuement avec doña Coralina Valdès, une nièce qui s'occupe de lui. C'est une femme étonnante. Une Cubaine, née à San Cristóbal de La Havane. Et imagine-toi, Miguel, qu'elle a lu les *Mémoires* de Catalina de Erauso. J'ai joué le grand jeu, donnant du comte de la Niebla, tout en lui expliquant que tu étais le neveu de doña Catalina... La dame est impatiente de te recevoir. »

Il me transmit le mot de Coralina Valdés – quelques lignes d'une écriture vive jetées à l'encre violette sur une carte bleu ciel – où elle me disait combien elle serait honorée d'évoquer avec moi l'exceptionnelle Catalina. L'enveloppe dégageait un parfum insidieux de fleur tropicale qui imprégna longtemps mes doigts avant de s'évaporer.

Le trésorier habitait une imposante demeure. Une façade de trois étages avec des fenêtres et des balcons dont la symétrie rigide ne laissait pas la moindre place à la fantaisie. Comme si don Lope voulait signifier que dans ces murs vivait un homme dédié corps et âme au travail. Lourde tâche en effet que d'établir et de surveiller le budget de la ville et de rappeler à ses habitants les contributions que la métropole exigeait d'eux pour le bien commun.

Et pourtant, derrière l'apparente austérité de l'édifice, don Lope ne se privait de rien. Les salons étaient somptueusement meublés et décorés. Je remarquai au passage une tapisserie des Gobelins, des verreries italiennes, des tableaux de Pacheco et de Velázquez jeune. Une magnifique terrasse en arcades donnait sur un jardin aux allées ombragées, agrémentées de fontaines et de bancs pour le repos ou la méditation.

Doña Coralina Valdés me guidait. Elle avait à la fois le rayonnement d'une femme mûre et une fraîcheur adolescente. Sa peau lisse et huilée avait la couleur de la cannelle. Avec sa magnifique chevelure sombre aux reflets moirés, ses yeux noirs, profonds et intenses on aurait dit une métisse d'Indienne et d'Asiatique. Elle avait une voix râpeuse et prononçait l'espagnol à la manière andalouse, y ajoutant des intonations chantantes. Admirant sa démarche chaloupée et ses gestes précis et délicats, je me dis que tout en elle était musique.

Enriko, qui m'avait accompagné jusqu'au palais, s'éclipsa aussitôt, impatient, dit-il, de visiter Cuzco. Mais je le soupçonnais de vouloir me laisser découvrir seul les charmes de la belle inconnue.

Doña Coralina me proposa de monter à l'étage saluer son oncle. La chambre était plongée dans l'obscurité, d'épais rideaux rouge cardinal laissant seulement deviner un mobilier Felipe II. Une insoutenable odeur de renfermé et de maladie vous prenait à la gorge. Don Lope n'était plus qu'un squelette glabre recouvert d'une peau livide et fripée, quasi transparente. Il esquissa un pâle sourire en me voyant, effort qui fut suivi d'une longue quinte de toux. Sa nièce se précipita pour lui soulever la tête et l'aider à reprendre son souffle. Elle semblait lui témoigner une dévotion sincère. « Ses jours sont comptés, me dit-elle en fermant la porte. Je prie Dieu pour que sa mort soit paisible. »

Mes espoirs d'obtenir une information sur Catalina s'effondraient. Je m'efforçai de masquer ma déception en acceptant l'invitation de doña Carolina à partager son repas.

« Je vais vous initier à la cuisine cubaine, m'annonça-t-elle fièrement. Du *picadillo* à la créole. Riz blanc, viande de bœuf hachée mijotée dans un mélange de poivrons, tomates, câpres, raisins secs, cumin et olives vertes, le tout accompagné de bananes frites. Vous m'en direz des nouvelles, don Miguel ! »

Je n'avais pas mangé aussi bien, ni autant, depuis fort longtemps. Ce plat savoureux, à la fois doux et épicé, était arrosé d'un vin de Rioja que doña Coralina me servait, et buvait, avec largesse. À la fin du repas, elle m'offrit un café noir, épais et sucré comme on le faisait à Cuba.

« Chez nous le café s'accompagne d'un bon cigare. Vous savez que notre île produit les meilleurs tabacs et les meilleurs cigares du monde ? Voulez-vous en choisir un, don Miguel ? »

S'il y avait une chose dont j'avais horreur, c'était bien le cigare. Cette manie qui s'était rapidement propagée en Europe était pour moi, avec la syphilis, rapportée du deuxième voyage de Colomb, la revanche du Nouveau Monde sur l'ancien. Au tour des conquérants de remplir leurs poumons de fumée ! Je refusai poliment, prétextant des bronches fragiles, mais exigeai de doña Coralina qu'elle ne se prive pas de son plaisir. Ce qu'elle fit sans la moindre gêne. Un long et fin cigare à la main, elle se mit à évoquer sa passion pour Catalina.

Je l'écoutais sans l'interrompre, tout en l'observant. Cette femme des tropiques me déconcertait.

Elle ne ressemblait à aucune de celles que j'avais rencontrées au cours de ma vie. Ma mère, malgré la force de son caractère, gardait la réserve et l'élégance distante des dames de la haute société ; doña Pura était rude et directe comme sont les gens du peuple, avec un grand cœur et de l'affection à revendre ; la patronne de l'auberge des Sept Désirs et ses filles avaient des manières libres et un langage cru qui sonnaient pour moi comme une provocation. Ivoire, qui avait trop peu vécu, gardait, même après notre mariage, une attitude soumise en ma présence.

Coralina Valdés, elle, n'avait que faire du qu'en-dira-t-on, de l'Église et de la société. Elle vivait sa vie comme une plante sauvage, ne respectant d'autres lois que les siennes. Chaleureuse, détendue, elle s'exprimait sans le moindre détour. Douée d'une intelligence lucide, elle ne craignait pas de dire le fond de sa pensée. Ses paroles m'étaient donc doublement précieuses.

« Je vivais à Cuba, et j'étais jeune encore, quand mon oncle a accueilli le lieutenant Díaz. Il avait été séduit par ses bonnes manières et sa conduite irréprochable. Mais il a vite déchanté en découvrant que son protégé était dévoré par le vice du jeu. Moi, toute cette histoire me fascine. J'ai dévoré les *Mémoires* avec le même plaisir que les romans de chevalerie contre lesquels don Quichotte s'insurge ! Peu importe qu'elle dise vrai ou pas, don Miguel : Catalina de Erauso est une grande romancière. À La Havane, mes amies se réunissaient chez moi pour que je leur lise ses aventures. Nous avions une sorte de dévotion pour elle. À nos yeux, elle vaut le plus courageux des hommes. C'est une conquérante. »

Nous avions quitté la terrasse couverte pour descendre au jardin. Les fleurs d'oranger étaient en pleine floraison, leur arôme nous enveloppait. Doña Coralina avait fini son cigarillo. Elle semblait embarrassée de ses mains vides et se mit à jouer avec une longue écharpe en soie, l'enroulant entre ses doigts, la faisant glisser autour de son cou. Ses gestes étaient sensuels, presque des caresses. Nous marchions lentement vers une des fontaines du jardin.

« N'oubliez pas, doña Coralina, que cette femme que vous admirez a tué mon père !

— En duel, comte de la Niebla. En duel. »

Elle dit cela avec un air détaché, comme s'il s'était agi d'un roman. Puis elle s'assit sur le rebord de la fontaine et délaissa son foulard pour tremper ses mains dans l'eau où nageaient des poissons. Je restai debout, mécontent, les poings serrés dans les poches de mon pantalon. Le plus calmement possible, je lui racontai la version de ma mère, sans y apporter la moindre nuance et en jurant que je tenais de source sûre la vérité sur cet assassinat, ce qui était un mensonge, bien entendu. Et je dois avouer que, pour frapper l'imagination tropicale de doña Coralina, le récit de Chapi Lecuona me fut d'un grand secours.

« Admettons qu'en raison de l'obscurité, Catalina n'ait pas reconnu son frère. Reste que celui qu'elle prenait pour un inconnu avait l'avantage. Se sachant perdue, elle a sorti le coutelas qu'elle cachait dans sa manche et l'a enfoncé dans le flanc de son rival. Ce qu'elle se garde bien de raconter dans son livre... Avec quelle indifférence en revanche elle relate l'enterrement de son frère ! Comment pouvez-vous l'admirer, doña Coralina ? C'est un personnage odieux. »

Je m'étais rapproché d'elle pour l'intimider. Je voulais la plonger dans la confusion, et, pourquoi pas, l'effrayer, car en cet instant la fureur me serrait la gorge.

C'est alors que je me rendis compte que des larmes coulaient sur ses joues. Je m'assis à côté d'elle, contrit. Après un moment de silence, je me mis à retracer la vie brisée de ma mère. La blessure de mon adolescence. La longue route à la recherche de cette ennemie devenue une légende. Mon obsession, mes doutes. Enfin, le motif de ma présence à Cuzco. Les mots venaient d'eux-mêmes. Doña Coralina m'écoutait en silence. Quand je parvins à la fin de mon récit, elle prit ma main et la serra entre les siennes.

« Je vous prie de m'excuser de vous avoir offensé, don Miguel. Je ne connaissais que la version romanesque du duel, et...

— Doña Coralina ! »

Une jeune domestique accourut, le visage défait.

« Nous vous cherchions partout ! Votre oncle... ! » Sa voix se brisa.

Nous nous précipitâmes dans la maison. Doña Coralina gravit l'escalier quatre à quatre.

« Je lui avais promis d'être là lorsqu'il quitterait ce monde ! »

Le soir de l'enterrement, nous prenions une légère collation chez elle en compagnie d'Enriko. J'essayais de dissiper ses tristes pensées en lui lisant des sonnets du Pétrarque en italien, langue qu'elle connaissait bien. Mais elle m'interrompit.

« Vous semblez soucieux, don Miguel. »

Enriko sourit. Je dus avouer mon désarroi.

« J'attendais de votre oncle qu'il me dise si Catalina était encore vivante, et où la trouver. Il n'était plus en état de le faire, hélas... À présent, me voilà dans l'impasse. »

Doña Coralina sourit à son tour.

« Mon pauvre oncle ne se souvenait même plus de Díaz. Mais depuis notre conversation j'ai compris le sens de votre quête. Je connais à Lima quelqu'un qui peut vous aider. Il s'appelle don Ángel Julio Matilla. Il aurait pu faire une brillante carrière, mais il a préféré se retirer dans un monastère. Ceux qui le connaissent le considèrent comme un saint. Grâce à lui, quelques monuments essentiels de l'architecture inca ont été préservés. Et beaucoup d'Indiens sauvés. Il a écrit un opuscule contre les horreurs commises par Pizarro pendant la conquête, dont l'Église a interdit la publication. Don Ángel Julio m'aime beaucoup, il adore la cuisine cubaine dont je le régale quand je suis à Lima. Je sais qu'il a toujours des nouvelles de Catalina. Il y a quelque temps, j'ai voulu écrire à la nonne militaire pour lui manifester mon admiration, et il m'en a dissuadée. “Elle vit désormais dans le droit chemin et elle ne souhaite qu'une chose, qu'on la laisse en paix”, m'a-t-il dit. Je ne sais pas si vous réussirez mieux que moi, don Miguel. Mais pour vous être agréable et, soyons sincère, pour connaître la suite de cette fabuleuse histoire, je suis prête à vous accompagner à Lima et à gaver don Angel Julio de *moros y christianos* pourvu qu'il vous mette en contact avec la repentie. »

Je ne savais comment la remercier. Enriko vint à mon secours. Doña Coralina s'était plainte du désordre qui régnait dans les papiers de son défunt oncle : « Mon oncle était un trésorier remarquable pour la ville. Mais il a laissé ses affaires privées dans un fouillis inextricable. Il me faudrait un secrétaire pour y voir clair. »

Ainsi Enriko, qui avait assuré la gestion de mes affaires au Nouveau Monde, se mit galamment à la disposition de notre hôtesse qui accepta ses services avec soulagement.

« Vous n'avez qu'à vous installer ici tous les deux. Don Enriko n'aura plus besoin d'aller et venir entre l'auberge et le palais. Quant à vous, don Miguel, vous serez plus à votre aise. »

Enriko, confus et rougissant, insista pour conserver son logement à l'auberge.

« J'aime beaucoup le quartier populaire où j'habite, on y ressent très fort ce que devait être la vie quotidienne à l'époque des Incas. Mais, soyez sans inquiétude, doña Coralina, cela ne m'empêchera pas de travailler pour vous. »

Ce nouvel arrangement semblait convenir à tous. Enriko et doña Coralina travailleraient le matin aux archives de don Lope et moi je profiterais d'un repos bien mérité. Mais je trouvais Enriko soucieux et je m'inquiétais : il parlait très peu et évitait mon regard, comme gêné.

Mon frère adoptif, je finis par le comprendre, était tout simplement tombé amoureux. Mais de qui ? Toutes mes questions, aussi détournées fussent-elles, pour obtenir ses confidences se révélèrent inutiles. Lui qui s'accoutrait comme un *gaucho* de La Plata se mit à prendre soin de son apparence et changea sa garde-robe. Il s'habillait désormais à la mode de Madrid, qui arrivait avec quelques mois de retard à Cuzco : plumes au chapeau, gants de daim, cuissardes en cuir souple. Un matin, je fus surpris par les effluves de parfum suave qu'il laissait dans son sillage.

« Depuis quand te parfumes-tu comme un gentilhomme français, Enriko ? »

Il rougit, bougonna une grossièreté et s'éloigna en faisant claquer ses hauts talons sur le dallage. C'est doña Coralina qui éclaira ma lanterne. Un après-midi, au cours d'une de nos promenades quotidiennes, elle s'arrêta devant la grande fontaine du jardin pour me dire à voix basse, comme si elle me confiait un secret d'État :

« Cuzco se prend pour une capitale européenne, don Miguel. Mais hélas, c'est plus fort qu'elle, elle garde les us et coutume d'une petite ville d'Estrémadure. Les rumeurs courent vite. J'ai appris que le jeune Enriko faisait la cour à doña Francisca María de los Montes, une jeune fille issue d'une des plus grandes familles du Pérou. »

Doña Carolina ne put retenir un sourire de ravissement, nous étions en plein roman de chevalerie.

« Votre frère adoptif n'ose pas se confier à vous, et pourtant, il aurait grand besoin de vos conseils, comte de la Niebla. »

Le soir même, à l'issue d'un savoureux dîner généreusement arrosé de vin navarrais, doña Coralina se débrouilla pour nous abandonner en tête à tête dans son boudoir.

« Quels mystères tu fais, Enriko. Parle-moi donc d'elle !

— De qui, Miguel ?

— De doña Francisca María. Tout Cuzco est au courant de cette histoire. »

Enriko blêmit et commença par nier vigoureusement. Mais ses doutes et son désarroi étaient trop forts.

« Je croyais que ce genre d'histoire n'arrivait que

dans les romans... Eh bien, non ! C'est un amour impossible, Miguel.

— Pourquoi impossible ?

— D'abord, elle n'a que seize ans ; ensuite, elle appartient à une famille de la noblesse ; et troisièmement, elle n'est pas basque ! »

Il sourit avec amertume, à la fois triste et fier de son imparable démonstration.

« Voyons, Enriko ! Elle a l'âge que ma mère avait quand elle s'est mariée avec mon père. Sa famille, toute noble soit-elle, n'est en rien supérieure à la tienne, car tu peux compter sur le soutien du comte de la Niebla, membre de la puissante lignée des Guzmán. Quant à ses origines... Ma mère non plus n'était pas basque, elle l'est devenue par amour. Rien ne s'oppose donc à ta passion, Enriko.

— Si. Il y a encore autre chose. Nous ne sommes pas parvenus au bout de notre quête, toi et moi.

— Je te reconnais bien là, Enriko, tu es un homme d'honneur. Je te propose juste de poser tes bagages pour quelque temps. Reste à Cuzco. J'irai à Lima avec doña Coralina rencontrer Ángel Julio Matilla. J'arrive au bout du chemin. Soit je trouve Catalina, soit...

— Tu abandonnes ?

— Tu connais les échecs. Quand un joueur comprend qu'il perd la partie, il couche son roi. Signe que le destin ne lui est pas favorable. »

Nous restâmes un long moment à écouter le silence. Puis s'éleva au loin le son délicat d'un luth, accompagnant la voix mélodieuse et douce de doña Coralina chantant une ballade sentimentale de son pays.

11

Lima

Notre équipage était royal. Les banquettes du carrosse, capitonnées de satin bleu, étaient moelleuses et confortables. Deux dames de compagnie veillaient à ce que nous ne manquions de rien : fruits, rafraîchissements, friandises. Des gardes armés nous escortaient pour nous prévenir de mauvaises rencontres, car les convois qui empruntaient cette route entre Cuzco et la capitale du Pérou étaient fréquemment attaqués par des bandits de grand chemin.

Doña Coralina Valdés m'observait avec un sourire ironique. Elle avait remarqué mon étonnement devant tant d'apparat.

« J'aime l'argent, le luxe et le confort, don Miguel, me dit-elle, provocatrice. Je suis une fleur tropicale qui se nourrit de belles choses. Pourquoi m'en cacher ? »

Nous dégustions un xérès de première qualité que le vieux trésorier faisait venir directement d'Andalousie où des membres de sa famille possédaient des vignobles.

« J'aime beaucoup le xérès, don Miguel. Il m'incite à philosopher. Et peu importe si c'est un prétexte pour boire ! »

Elle absorba une longue gorgée, fermant les yeux pour mieux savourer la profondeur fruitée du vin. Puis elle se pencha vers moi et chuchota afin que ses dames de compagnie ne l'entendent pas – précaution inutile puisque les deux femmes, levées depuis l'aube, dormaient dans les bras l'une de l'autre, bercées par le balancement de notre attelage.

« J'ai beaucoup réfléchi depuis que vous m'avez confié votre histoire. Je crains que ceux – et, surtout, celles – qui ne connaissent pas le drame que fut pour vous la mort de votre père continuent d'admirer Catalina. Car en abandonnant son voile et en se confectionnant un habit de page, elle a brisé les préjugés qui maintiennent la plupart des femmes recluses dans le silence des maisons et des couvents. La religion et les hommes, pères et frères, règnent sur nous... La société tout entière exige des femmes soumission et obéissance. Nous vivons dans la peur de la loi masculine. Il y a eu dans l'Histoire des femmes admirables, mais elles sont trop rares. Et nous autres, femmes moins héroïques, nous avons besoin d'elles. Pour les lectrices des *Mémoires*, la face sombre de Catalina est la part nécessaire à sa révolte, celle qui nourrit ce qu'il y a de libérateur en elle. Mais... suis-je en train de vous causer de la peine ? »

Elle s'inclina vers moi et me prit la main. L'expression de mon visage avait dû me trahir. Elle garda ma main prisonnière entre les siennes. Son parfum étrange et envahissant de fleur tropicale m'enveloppa.

« Vous avez peut-être raison, doña Carolina. Ma tante exerçait une irrésistible fascination. Ceux qui l'ont rencontrée ne l'ont jamais oubliée. Moi aussi, j'aurais pu l'admirer. Hélas, l'autre face de cette femme, sa face noire, m'oblige à la haïr. Entre elle et moi se dresse la mémoire de ma mère et de mon père assassiné.

— Je sais. Et pourtant... Sans cette haine, don Miguel, vous seriez si différent ! »

Nous parlions comme si nous étions seuls. Mon regard tomba sur les deux compagnes de doña Coralina, réveillées depuis un moment sans doute, qui se parlaient à l'oreille en retenant mal leurs gloussements. Doña Coralina retira sa main de la mienne. Pour la première fois depuis que nous nous étions rencontrés, je la vis rougir.

À Lima, doña Coralina me logea chez une de ses amies, Angélica Mejias d'Antonio.

« Je n'ai pas vu Ángel Julio Matilla depuis longtemps, m'expliqua-t-elle. Peut-être vaudrait-il mieux que je m'entretienne seule avec lui avant que vous n'entriez en scène, que je le gâte de quelques spécialités de mon cru. Je lui annoncerai le véritable motif de votre visite, et votre ambition de venger la mort de votre père. Mon ami vous recevra, ne serait-ce que pour m'être agréable. Qu'il soit encore en relation avec Catalina, et qu'il décide de vous en dire plus, c'est une autre histoire. Ce sera à vous de jouer, alors !

« Angélica est d'une noble famille d'Estrémadure. Elle se consacre aux orphelins et aux veuves sans ressources. Elle a une grande maison dans un parc, juste à la sortie de Lima. Profitez-en pour vous promener, lire, rêver, et réfléchir...

— Au milieu des pauvres enfants abandonnés et des veuves esseulées ?

— Ne plaisantez pas, don Miguel ! Angélica passe son temps sur les routes, pour aller leur rendre visite et les soutenir. Quand vous la connaîtrez, vous ne vous risquerez plus à de tels sarcasmes. »

Mon amie n'avait pas menti. Elle avait trouvé l'endroit idéal pour que je me prépare à la rencontre qui déciderait du sens de la poursuite que je menais depuis près de sept ans. La demeure était vaste et lumineuse, m'offrant le calme et la sérénité dont j'avais besoin. Les serviteurs, des Indiens qui ne parlaient pas le castillan, faisaient leur possible pour veiller à mon confort sans me déranger. On aurait dit des ombres. Leurs visages, sculptés comme des masques, ne souriaient jamais. Dans ce contexte favorable au repos, et avant la rencontre, déterminante, avec le père Matilla, je faisais le vide en moi.

Je n'avais croisé doña Angélica que le jour de mon arrivée et elle m'avait fait très bonne impression. Petite mais douée d'une énergie débordante, elle semblait capable de remuer des montagnes.

Elle réapparut après quatre jours d'absence, m'apportant une lettre de doña Coralina.

J'ai tenu ma promesse, Miguel. J'ai gâté notre saint homme et cela ne m'étonnerait pas qu'il ait pris quelques kilos. Entre deux plats, je lui ai expliqué votre situation. Il se dit prêt à vous entendre. Mon amie Angelica vous conduira au monastère. Je dois rentrer à Cuzco sans attendre pour accueillir ma mère qui vient de La Havane. Tenez-moi au courant de la suite des événements, je vous en serai reconnaissante. Votre dévouée...

Après le dîner, commencé tard dans la soirée – habitude que certaines familles espagnoles du Nouveau Monde avaient conservée de la métropole –, doña Angélica m'invita à prendre une décoction de feuilles de coca sur la terrasse.

« Les Indiens mâchent ces feuilles quand ils doivent accomplir des travaux de force. En infusion, la feuille de coca soigne les maux d'estomac. Et elle est très efficace contre les soucis qui viennent vous hanter à la tombée du jour. Ne souriez pas, comte, je vous assure que c'est vrai. »

Nous parlions de tout et de rien, comme si nous nous connaissions depuis toujours. J'évoquais mon enfance à Séville, le chemin parcouru depuis ce jour où ma mère m'avait confié son secret ; doña Angélica me racontait ses batailles quotidiennes.

« Ces terres ont été conquises et colonisées voilà plus d'un siècle et demi, don Miguel. Tout n'est pas à rejeter dans cette histoire, et les apports de l'Espagne sont incontestables. Mais force est d'admettre qu'elle a surtout eu des conséquences désastreuses et provoqué des dégâts incalculables. Au Pérou, on raconte que les premiers conquérants qui débarquèrent avec Pizarro furent tellement étonnés de découvrir une telle profusion d'objets en or massif qu'ils propagèrent l'idée que même les cailloux des chemins étaient d'or. Des milliers de vies ont été sacrifiées à la soif du métal précieux. Ce sont les indigènes qui ont payé le plus lourd tribut à ce rêve insensé. Ils ont été traités comme des bêtes de somme, travaillant nuit et jour dans les mines pour extraire de l'or, toujours plus d'or. Battus, exploités, tués à la tâche. On a détruit leur culture, méprisé leur langue et leurs savoirs. Les blessures sont profondes, et elles ne sont pas près de se refermer. La misère est effroyable. J'essaye, humblement, d'apporter un peu d'espoir aux victimes innocentes de cet abominable gâchis.

— C'est un noble projet et je vous en félicite,

doña Angélica. Mais si vous permettez ma franchise, les injustices de ce continent, que je commence à connaître, ressemblent à s'y méprendre à celles qui frappent une partie des populations de notre vieille Europe.

— Je sais, don Miguel, et je ne prétends pas changer le monde. Je me contente d'apaiser quelques souffrances, sans rien attendre d'autre. »

Nous restâmes un moment silencieux, buvant à petites gorgées l'infusion de coca au goût amer. Je fermai les yeux, gagné par le bien-être et la douceur du soir.

Le lendemain, doña Angélica me conduisit au monastère où vivait Ángel Julio Matilla. Le saint homme, comme l'appelait doña Coralina, n'était pas le gaillard corpulent, gourmand de mets cubains que je m'étais imaginé. Le corps élancé et nerveux, il avait le visage tanné par le soleil et son épaisse tignasse noire et frisée, malgré les fils d'argent qui fleurissaient ses tempes, lui donnait un air jeune. Il me reçut dans son atelier, vêtu d'une blouse tachée de peinture.

« J'ai appris à restaurer les tableaux auprès d'un maître catalan. N'ayant aucun talent pour la peinture, je prends plaisir à remettre en lumière les œuvres abîmées par le temps. J'ai rarement trouvé des chefs-d'œuvre. Peu importe ! Regardez cette Madone. Un travail d'amateur maladroit, mais quel cœur, quelle application ! Une Vierge aux traits indiens. Voilà ce qui me plaît dans cette peinture : une fois restaurée, elle pourra trouver sa place dans une de ces églises perdues dans la campagne andine. J'aime imaginer que le croyant reconnaîtra dans cette Vierge le visage de la femme, de la fille ou de la mère qu'il a aimée. »

Matilla parlait tout en travaillant, sans cérémonie, comme on s'adresse à un familier. Je devinai un homme refusant le mensonge et les masques, établissant d'emblée des relations saines et directes avec ceux qui l'approchaient. Alors que nous partagions un repas frugal de pain sec et de fromage, j'osai donc lui poser la question qui me taraudait.

« Mon père, permettez-vous que je vous pose une question indiscrète ?

— Indiscrétion mise à part, laisse tomber le "mon père", Miguel. Ángel Julio suffira. Alors, que veux-tu savoir ?

— Vous mangez sobrement, vous menez une vie saine et active... Doña Coralina m'a fait de vous un tout autre portrait. »

Matilla éclata d'un grand rire. Il manqua s'étouffer et but une bonne lampée de vin avant de me répondre.

« Vous connaissez Cuba, Miguel ?

— Je ne connais de Cuba que ce que Christophe Colomb en a dit : "la plus belle terre que des yeux humains aient jamais contemplée".

— Oui, c'est en effet un très beau pays. Mais le soleil tape sur la tête des habitants de cette île qui souffrent tous de la même maladie, un trop-plein d'imagination. Les Cubains inventent des histoires avec rien. Le résultat, c'est que là-bas tout le monde est poète, conteur, un peu sorcier. Comme notre amie Coralina. À propos de ma gourmandise, laissez-moi vous raconter. Alors que j'étais de passage à La Havane, notre amie a eu la gentillesse de m'inviter à dîner. J'ai dû me forcer un peu pour avaler sa cuisine, riche et plutôt lourde. Difficile de faire autrement. Elle s'était donné tant de mal ! Mais Coralina en a fait tout un rituel. Quand elle passe par ici, elle se sent obligée de m'honorer en me bourrant de toutes sortes de plats typiques... que j'avale en m'extasiant, pour ne pas lui déplaire ! »

Matilla riait encore à ce souvenir.

« Elle me prend pour un saint homme. C'est aussi l'effet de son imagination. Elle refuse de voir mon côté sombre, hargneux parfois. »

En arrivant au monastère, j'avais décidé de laisser le prêtre libre de me parler ou pas de Catalina. Il connaissait l'objet de ma visite, je m'en remettais à lui. Je crois aussi que l'idée de me trouver face à celui qui détenait l'issue d'une quête qui avait bouleversé et organisé ma vie au point de faire de moi un autre homme me paralysait.

Après quelques jours, Ángel Julio me fit une place dans son atelier et je retrouvai le plaisir de peindre, m'initiant auprès de lui à l'art difficile de la restauration. Notre relation était simple et naturelle, nous nous tutoyions sans gêne, au grand dam de la communauté des moines, sévères et dépourvus d'humour, qui nous considéraient d'un mauvais œil. Ángel Julio le leur rendait bien.

« Tu sais comment cela se passe, quand on naît en Espagne dans une famille de la noblesse sans le sou ? me dit-il. Tu sors du ventre de ta mère et ton destin est déjà tout tracé : l'armée ou la prêtrise pour les garçons, le couvent pour les filles. Mon frère aîné est mort pendant la conquête du Pérou, j'ai pris le métier des armes en horreur. Restait donc la religion. Je crois en Dieu et j'aime la liturgie catholique. Mais j'ai toujours gardé la tête froide. Le pouvoir ne m'intéresse pas, cette lutte acharnée que tous se livrent pour grimper dans la hiérarchie me répugne. Le plus modeste curé de campagne rêve d'être élu pape ! C'est tout de même incroyable ! Regarde ici, ils ne pensent qu'à ça, et ils ne font rien. Je suis entouré de bœufs indolents et satisfaits d'eux-mêmes, de porcs salaces et libidineux. Je préfère les garder à distance. Ils ne m'aiment pas, ils me craignent, et c'est très bien ainsi. »

Ángel Julio resta pensif un instant puis déclara :

« Scellons notre nouvelle amitié, veux-tu, en gravissant le sommet que tu vois là. Nous contemplerons de là-haut le lever du soleil, c'est un rite qui m'est cher. »

Deux jours plus tard, nous partions, chargés de quelques vivres et de quoi nous protéger du froid pendant la nuit. Malgré ma jeunesse et mon entraînement, Ángel Julio s'arrêtait souvent pour m'attendre et me tendait la main dans les passages difficiles.

« Tu as bien gagné ton repas. Partageons nos maigres nourritures, et ce bon vin. »

La longue arête rocheuse que nous avions atteinte délimitait les Andes du Nord, celles du Centre et celles du Sud qui allaient de la Grande Colombie jusqu'au sud du Chili et du Pérou. Nous sentions affleurer les entrailles en feu de la terre. Je retrouvais la même beauté incandescente et polyphonique qui m'avait ému lors de ma première traversée des Andes. Des cris d'animaux, des bruits inconnus résonnaient dans le silence. Le souffle des racines, la rumeur des arbres, les roches, les confins et les abîmes, tout affluait, communiquait et se répondait.

Ángel Julio s'était calé contre un rocher, enroulé dans une épaisse couverture d'alpaga.

« Nous sommes aux premières loges, Miguel. »

À mon tour, je m'installai confortablement pour ne rien perdre du spectacle. J'étais sur le point de m'endormir quand je fus surpris par sa voix grave.

« Je te dois des excuses, Miguel.

— Des excuses ?

— J'ai abusé de ton temps et de ta patience. Je me sens parfois si seul au milieu de ces moines bornés. Alors, quand l'occasion de rencontrer des gens plaisants se présente, j'en profite. Le moment est venu de parler de celle que tu n'as pas osé évoquer. Pose-moi toutes les questions que tu veux, je ferai de mon mieux pour te répondre. »

Il avait sorti de son sac deux autres couvertures, car la température avait nettement baissé.

« Comment se fait-il que ton nom n'apparaisse pas dans les *Mémoires* de Catalina, Ángel Julio ?

— C'est très simple. À l'époque, je n'étais que l'adjoint du secrétaire de l'évêque grâce à qui Catalina s'est rendue célèbre dans le Nouveau Monde. C'est dans l'ombre que je fus témoin de ces événements. »

Il borda les deux couvertures sous ses jambes et commença son récit :

« Je vivais alors à Guamanga, une petite ville paisible du Pérou. Díaz débarqua un jour et sembla s'y plaire. On le voyait tous les jours à la messe. En peu de temps, il se fit de nombreux amis. Beaucoup dans les tripots, où il se rendait aussi souvent qu'à l'église. Or tous ces endroits étaient sous la surveillance de la police. Et Díaz était activement recherché depuis qu'il avait trahi la confiance du chanoine de Tucumán. Un soir, le corregidor tenta de l'arrêter.

« La réaction de Díaz ne se fit pas attendre. Il bondit, dégaina son épée et recula vers la porte. Des hommes du corregidor attendaient dehors. En les voyant, il sortit un pistolet et menaça les gardes qui, transis de peur, ne bougèrent pas. Il s'enfuit sans demander son reste et trouva refuge chez un Basque de sa connaissance, où il resta caché quelques jours. Le corregidor donna l'ordre de passer la ville au peigne fin. Díaz restait introuvable. Au bout de quelques jours, imprudent ou joueur, je ne sais, il décida de tenter sa chance et sortit dans la rue. Deux alguaciles faisaient leur ronde. "Qui va là ? demanda l'un. – Le diable !"

« L'insolence de la réponse tint lieu de signature. Les alguaciles donnèrent immédiatement l'alerte. Le corregidor vint à la rescousse, accompagné de plusieurs hommes. Se voyant cerné, Díaz tira sur l'un d'eux et l'abattit.

« Au même moment, son ami basque arriva en renfort avec d'autres compatriotes. Le tumulte, qui était à son comble, se transforma en bataille rangée. Le corregidor voulait Díaz mort ou vif.

« C'est là que j'entrai en scène, aux côtés de l'évêque Frai Agustín de Carvajal et de son secrétaire. À l'époque, je n'étais qu'adjoint du secrétaire. J'avais été ordonné prêtre à l'issue de mes études au séminaire de Salamanque, et n'avais connu que la discipline protectrice de l'Église et des salles d'étude quand je fus soudain parachuté dans le Nouveau Monde...

« Ce que je vis contribua à me dessiller les yeux. L'évêque suppliait Díaz de rendre les armes. Mais Díaz gardait son pistolet pointé vers nous, prêt à tirer une nouvelle fois. De l'autre main, il désignait tous les gardes aux aguets, armés, prêts eux aussi à faire feu sur lui.

« L'évêque insista longuement : "Rendez les armes et je vous donne ma parole de vous tirer d'ici sain et sauf !"

« Díaz obéit. Sur ordre du corregidor, quatre hommes se jetèrent sur lui. L'évêque confisqua son épée, écarta les hommes et, prenant Díaz par un bras, le conduisit en notre compagnie jusqu'au palais de l'évêché.

« Il avait été blessé à l'épaule gauche. Comme j'avais quelques rudiments de médecine, je le soignai. L'entaille n'était pas profonde, mais les soins rudimentaires que je lui prodiguai étaient très douloureux. Il serrait les dents, sans pousser un cri ni un soupir.

« Pendant ce temps, l'évêque et le corregidor discutaient de pied ferme. L'un répétait haut et fort que Díaz était sous la protection de l'Église, l'autre hurlait : "Cet homme est un assassin ! Il a tué un de mes sergents ! Je vais le pendre haut et court !"

« Le lendemain matin, Frai Agustín convoqua Díaz dans la salle d'étude où le secrétaire et moi-même traitions sa correspondance. Le protocole aurait voulu que la rencontre se déroule dans la salle d'audience, mais selon son habitude, l'évêque privilégiait la conversation d'âme à âme. C'était un homme bon qui s'inspirait des enseignements de Jésus-Christ. Au lieu de condamner Díaz, il l'apaisa, lui offrant une aide spirituelle en des termes tolérants et généreux.

« Personne ne saura jamais ce qui s'est passé dans la tête de celle qui se faisait appeler Alonso Díaz Ramírez de Guzmán. Était-elle épuisée par son long et dangereux parcours ? La bonté de Frai Agustín l'avait-elle touchée ? Je ne me prononcerai pas.

« Nous étions, le secrétaire et moi, concentrés sur notre travail quand, soudain, Díaz tomba à genoux devant l'évêque et déclara d'une voix tremblante : "Je vous ai menti, Votre Excellence ! Je suis une femme ! Catalina de Erauso, de mon vrai nom. Et je suis originaire de San Sebastián !"

« Et durant une bonne heure, sans interruption, comme si elle n'avait pas parlé à quiconque depuis des années, elle exposa toutes ses aventures sans omettre ni ses méfaits, ni les morts qu'elle avait laissés derrière elle. Quand Frai Agustín écarta les mains qui soutenaient son front, il pleurait.

« Le lendemain, la rencontre se passa de manière plus formelle. L'évêque demanda à Catalina de Erauso d'assister à la messe et de se confesser.

« Frai Agustín était troublé et ne le cachait point. Le cas ne pouvait être plus extraordinaire. Nous étions en face d'un lieutenant connu pour sa vaillance et son sens de l'honneur, mais également pour ses frasques et son caractère irascible, le vice du jeu qui le minait, sa violence. Par son aspect physique, sa voix et ses manières, il avait tout d'un homme. Si l'on venait à prouver qu'il s'agissait d'une femme, une ex-novice repentie, l'affaire risquait de faire l'effet d'un tremblement de terre. Et si ce Díaz mentait, inventant cette fable pour éviter d'être pendu ? Voilà ce qui empêchait notre évêque de dormir.

« Après l'office et la confession, il demanda encore une fois à Catalina si tout ce qu'elle avait avoué était bien véridique. "Faites venir des sages-femmes pour m'ausculter, Votre Excellence, lança-t-elle. Elles vous diront si je mens ou non !"

« Les matrones vinrent le jour même. Elles sortirent de l'examen éberluées, jurant sur la Bible que Díaz était femme, mais aussi et surtout qu'elle était vierge comme au jour de sa naissance.

« L'évêque, bouleversé, embrassa Catalina sur les deux joues. "Ma fille ! Ma fille !" s'exclamait-il. Et il ordonna qu'on apporte des vêtements de femme à celle qui, après avoir erré par les chemins, était revenue dans le giron de l'Église. Le lendemain, Catalina de Erauso, en robe, assista à la messe et reçut la communion. La cathédrale était pleine à craquer et dehors, tous se pressaient pour apercevoir la prodigieuse *monja alférez*, la nonne lieutenant. Catalina de Erauso venait d'entrer dans la légende. »

Ángel Julio ouvrit les yeux et se retourna vers moi, indiquant par là qu'il était prêt à répondre à mes questions.

« Les aveux et le repentir... Cela suffit-il à l'évêque pour effacer les crimes qu'elle avait à son actif ? »

Le prêtre sourit et leva ses deux mains, comme on donne l'absolution.

« Il ne faut pas confondre la justice humaine et la justice divine, Miguel. Pour le corregidor, Díaz méritait la pendaison. Pour l'Église, la brebis égarée qui rentre au bercail est toujours la bienvenue. Le pécheur qui se repent sincèrement est toujours pardonné. J'ai souvent pensé que si Judas avait avoué au Christ qu'il l'avait dénoncé, Jésus l'aurait absous. En se pendant à un arbre, Judas renonça au pardon et s'ouvrit les portes de l'enfer. »

Nous restâmes un long moment sans rien dire. Au sommet de la cordillère des Andes, nous étions plus près du ciel que de la terre.

« Je peux comprendre, finis-je par dire, que l'Église accueille la brebis égarée. Mais la fêter, faire d'elle une héroïne... Comment expliquez-vous ça, Ángel Julio ? »

La lueur des étoiles commençait à pâlir. La nuit s'effaçait lentement, comme à regret. Ángel Julio contemplait silencieusement ce spectacle, à moins qu'il fût absorbé par les images du passé. Il reprit, laissant ma question sans réponse :

« La mort de Frai Agustín, peu de temps après, accéléra le cours des événements. Dès qu'on l'eut enterré, Catalina fut envoyée à Lima où le vice-roi du Pérou en personne vint lui souhaiter la bienvenue. Nous étions le 18 mars de l'année 1620. Il lui fit choisir le couvent où elle demeurerait. Elle y séjourna deux ans et cinq mois, le temps de recevoir les documents prouvant qu'elle n'avait pas prononcé ses vœux et qu'elle était simple novice. On l'autorisa alors à retourner en Espagne, libre de toute obligation. Elle ne désirait rien d'autre, et c'est sans doute pour cela qu'elle avait accepté d'être cloîtrée. »

Les rayons du soleil pointaient derrière la cime des montagnes, annonçant la chaleur du jour. Ángel Julio Matilla se dégagea de ses couvertures.

« Quand Catalina était au couvent, je lui rendis souvent visite. Je lui racontais les potins, dont elle était friande. Elle voulait savoir ce que les gens disaient d'elle. Elle rit beaucoup en apprenant que le corregidor, son ennemi de toujours, se vantait de l'avoir rencontrée.

« J'étais jeune à l'époque, Miguel, et je crois que Catalina s'était prise d'amitié pour moi. Quoi qu'il en soit, elle me demanda de l'accompagner à Lima. Puis je la suivis jusqu'à Santa Fé de Bogotá.

« Le moment était venu pour elle de dire adieu au Nouveau Monde. Pour les gens du peuple, elle était devenue une légende, presque une sainte. On ne l'appelait plus que la *monja alférez*, on inventait toutes sortes d'histoires à son sujet. L'évêque de Bogotá a tenté de la retenir, lui faisant miroiter qu'elle pourrait devenir mère supérieure. Je commençais à la connaître, mais l'insolence de sa réponse et la liberté qu'elle manifestait me laissèrent stupéfait : "Je n'appartiens à aucune congrégation ni à aucun ordre, dit-elle. Mon seul souhait est de retourner dans mon pays."

« Notre cortège continua son chemin jusqu'à Cartagena de las Indias où se trouvait l'armada de l'amiral Tomás de Larraspuro, qui se préparait à prendre la mer pour l'Espagne.

« Ce 24 septembre de 1624, je vis Catalina de Erauso pour la dernière fois. Elle me donna plus tard des nouvelles de son séjour dans son pays. Honorée par le roi Felipe IV, bénie par le pape... Mais sans doute s'ennuyait-elle, car un beau jour, elle adopta le nom d'Antonio de Erauso et quitta de nouveau l'Europe sans laisser d'adresse. C'était prévisible. Elle continuait de vivre comme elle avait toujours vécu, libre comme l'air, au gré de ses envies. »

Ángel Julio se tut, le regard fixé sur l'horizon. Il fit quelques pas, s'approchant du vide vertigineux.

« Miguel, le soleil se lève ! »

Il leva lentement les bras en récitant tout bas une prière en quechua. Dans ces Andes sublimes, le prêtre catholique célébrait l'astre roi, le dieu des Incas.

Troisième partie

12

La Nouvelle-Espagne

C'est un ami d'Ángel Julio Matilla, un franciscain du nom de Paolo, vivant à Veracruz, qui nous donna les nouvelles les plus récentes d'Antonio de Erauso. Il avait rencontré Antonio lorsqu'il vivait à Puebla, où ce dernier avait ouvert une bodega – une de ces boutiques que l'on trouve dans les régions isolées et qui offre tout un bric-à-brac de choses indispensables à la vie quotidienne, de l'huile aux plantes médicinales et au missel en passant par les mèches de lampes, le vin, le savon, le café, le tabac, les bougies, la ficelle.

Don Paolo et Matilla s'étaient connus au séminaire de Salamanque puis s'étaient retrouvés au Pérou. À la suite de quoi le franciscain était parti ouvrir une mission en Nouvelle-Espagne, région conquise dans un bain de sang par Hernán Cortés. Là, il évangélisait la population de mariniers et de baleiniers vivant le long de la côte, et donnait des cours de catéchèse dans une école primaire à Puebla, une bourgade située entre Veracruz et la Sierra Madre méridionale. Il entretenait une correspondance régulière avec Ángel Julio qui m'avait fait lire la lettre mentionnant Catalina, ou plutôt Antonio.

À Puebla, je me suis lié d'amitié avec un personnage énigmatique, un Basque nommé Antonio de Erauso. Cet Antonio, honorable commerçant au demeurant très pieux, ne parlait jamais de lui ni de son passé dont j'ai deviné qu'il avait été houleux. Je savais juste qu'il se rendait à la messe, communiait et se confessait au père de l'église Santa María. Cela me suffit à l'accepter. Moi, par contre, je bavardais. C'est dans ma nature. Il faut dire que cet Erauso vous écoutait sans jamais exprimer le moindre signe d'impatience. Je lui ai donc raconté mes études à Salamanque et l'amitié qui me liait à toi, Ángel Julio. Antonio a soudain abandonné sa réserve et, ému jusqu'aux larmes, il m'a raconté qu'il t'avait fréquenté, mais sans me donner davantage d'explications. Je lui ai transmis ton adresse au Pérou car il a manifesté le désir de reprendre contact avec toi.

Cette lettre remontait à une année et demie. Matilla n'avait plus entendu parler d'Erauso depuis. Sur ma demande, il écrivit à son ami afin de savoir si « le Basque » se trouvait encore dans les parages.

La réponse de Paolo arriva à Lima après de longues semaines. Antonio de Erauso avait quitté Puebla sans crier gare. Il avait vendu son magasin et s'était établi, à ce que l'on disait, dans la ville de Oaxaca, sur l'isthme de Telmantepec, à la naissance de la péninsule du Yucatán.

Le soir qui précéda mon départ pour Oaxaca, je fis mes adieux à Ángel Julio Matilla. Je m'étais attaché à cet homme sage, dont la modestie et la force spirituelle m'impressionnaient. Et je crois que c'était réciproque. Est-ce par amitié, ou par pudeur, qu'il n'insista pas pour tenter de comprendre les mobiles de cette obsession qui avait fait de ma vie une perpétuelle fuite en avant, à la recherche d'un fantôme qui n'avait cessé de se dérober ?

Au moment de nous séparer, il me donna l'accolade et fit le signe de la croix. Signe de paix, signe d'amour. Ou absolution de mes péchés à venir ?

J'embarquai sur un galion qui appareillait pour Veracruz, à mi-chemin de Puebla et de Oaxaca. Ce port, en face de la baie de Campeche, bénéficiait d'une situation stratégique idéale. C'était la plaque tournante du commerce avec les îles de la Caraïbe, les terres du Nord et le vaste continent du Sud. Je savais que don Paolo avait quitté la Nouvelle-Espagne pour retourner à Rome. Comme Matilla l'avait averti de l'imminence de ma visite, le franciscain avait laissé une lettre pour moi au père supérieur de son monastère.

Je remercie le Seigneur et le Saint-Père de tout mon cœur. Je crois avoir exercé mon sacerdoce ici en donnant le meilleur de moi-même. Aujourd'hui, cette mission est au-dessus de mes forces. Ces terres, ce peuple gardent encore la trace des atavismes et les instincts primaires des indigènes de l'ancien empire aztèque. Après la découverte, la conquête et la colonisation de ce monde nouveau, il y a déjà plus d'un siècle, l'Église a réalisé un noble et patient travail. Mais si bon nombre d'Indiens ont ouvert leur cœur à Notre-Seigneur et sont devenus de bonnes âmes chrétiennes, fidèles à l'enseignement du Christ, d'autres sont restés à l'état de bêtes sauvages et capables d'une férocité sans pareille. Je rentre chez moi. Tout m'est étranger ici, le pays, les gens, les bêtes, les fruits. Même l'air que l'on respire ! Ah ! revoir ma douce Italie...

Il est vrai que Veracruz ne ressemblait à aucun des ports que j'avais connus en Europe ou dans le Nouveau Monde. Car partout ailleurs les ports donnaient naissance à des quartiers distincts du reste de la ville, des quartiers aux relents d'alcool, de stupre et de sueur ; des quartiers de tavernes et de bars à filles où les marins chantent, et où les différends se règlent au couteau. Le port de Veracruz, lui, occupait la ville entière, ou plutôt, la ville de Veracruz n'était qu'un port à l'activité maritime incessante, et ses habitants, envahisseurs et pirates, nouveaux chefs et dirigeants exilés, colons, esclaves, marins, commerçants et trafiquants, arrivaient de partout. Tous les navires et toutes les marchandises passaient par Veracruz. Toutes les couleurs et toutes les races s'y frottaient et s'y mélangeaient : Chinois, Maltais, Africains, Anglo-Saxons venus des possessions anglaises du nord du continent, Espagnols, Aztèques du Mexique, Mayas du Guatemala... Pas étonnant que le franciscain y vît une ville de perdition.

Je ne restai que le temps de reprendre quelques forces. Bientôt, je pus me rendre à Oaxaca où la péninsule de la Nouvelle-Espagne prend tantôt la forme d'une queue de sirène, tantôt celle d'une queue de poisson. Là, les Indiens étaient encadrés et surveillés par des religieuses et des pères de tous ordres : franciscains, dominicains, jésuites... Une véritable armée de Dieu qui travaillait sans relâche à la conversion des indigènes et exigeait d'eux une dévotion exemplaire.

Partout où je passais, soit on connaissait, soit on avait entendu parler de don Antonio de Erauso, cet honnête commerçant toujours prêt à secourir son prochain, et partout moines et nonnes renchérissaient sur sa probité et sa dévotion.

Je me méfiais. Et j'avais raison.

Un soir où je me promenais, un orage violent me surprit et je dus m'abriter dans une taverne dans les faubourgs de la ville. Un vent de tous les diables, aussitôt suivi d'une pluie diluvienne, s'était mis à souffler, emportant les toitures des baraques indigènes. L'orage tonnait et roulait comme une canonnade, tantôt proche, tantôt lointaine, et les éclairs zébraient le ciel.

On y voyait à peine à l'intérieur du bouge où j'avais échoué. Trois cierges éclairaient tant bien que mal les quelques degrés de pierre qui descendaient dans une salle voûtée où, le long d'un comptoir en bois, se serraient trois tables bancales, des bancs et des tabourets aux pattes rongées par les rats.

Un couple d'Indiens se tenait adossé au mur du fond, immobile, les yeux grands ouverts et vides de toute expression. Des masques granitiques luisant dans la pénombre. Je m'assis sur un tabouret, à une table branlante. Un être bizarre surgit de derrière le comptoir. Mi-homme, mi-singe. Un corps lourd, difforme, des bras puissants et aussi longs que ses mains, larges et plates comme des pelles. Il vint vers moi en traînant des pieds.

« Pour manger ? Tortillas et *pulque.* »

Le métis avait la peau grêlée, le visage grimaçant. Au-dessus d'un nez épaté et tordu, deux billes noires brillaient étrangement au fond de leurs orbites, enfoncées sous la protubérance d'un front bas et couvert de poils épais.

Il m'apporta de délicieuses omelettes de maïs, et comme je n'avais pas mangé depuis le matin, je les dévorai en un temps record. Puis, de sa propre initiative, il me servit une boisson à la couleur indéfinissable. J'avais déjà goûté du *pulque* à Veracruz et mon estomac ne l'avait pas supporté. Je lui demandai donc de l'eau. Mais le mot lui était visiblement inconnu, et ce n'est qu'après une pénible explication qu'il revint avec un bol plein d'un liquide brun à l'odeur infecte. En désespoir de cause, je lui demandai :

« De l'alcool, vous avez de l'alcool ? »

Il resta planté devant moi au garde-à-vous, les bras ballants, la mâchoire tombante, me fixant de ses yeux en soucoupe pendant une bonne minute.

« Eau-de-vie ? »

Je lui répondis en opinant de la tête, puisque apparemment c'était le langage qu'il comprenait le mieux. Je m'attendais au pire et me préparais à ne boire que quelques gorgées de sa nouvelle mixture, histoire d'apaiser ma soif. À ma grande surprise, l'aguardiente qu'il me servit était de première qualité.

« Toi, boire tout ? »

Il semblait tellement inquiet à l'idée que je vide à moi seul le contenu du pot qu'il avait déposé sur la table qu'une idée lumineuse me vint.

« Prends un verre avec moi, patron, tu es mon invité.

— Patron ? »

Le mot provoquait un écho sans fin dans son cerveau. Je n'étais pas certain qu'il en comprît le sens.

Observant le plus grand mutisme, il but verre sur verre. Puis, brusquement, sans que je l'interroge, il se mit à me raconter sa vie. Il parlait une sorte d'espagnol quechua, mêlé de mots portugais. Son histoire était simple. Il s'était installé à la sortie de Oaxaca depuis... Il fit tournoyer son bras pour signifier que le temps se perdait dans les nébuleuses. Un mariage avec une Indienne ; douze enfants, les uns morts en bas âge, les autres partis on ne savait où.

« Les fils, des bandits. Ou tués. Filles putes. Toutes des putes. Les Blancs aiment nos filles. Les prennent jeunes. »

Il avait préparé d'autres tortillas, apporté des olives, de la saucisse, des œufs durs. Et un deuxième pot d'eau-de-vie. Quand je lui demandai où il se procurait un alcool si savoureux, un large sourire illumina sa face simiesque.

« Gagné au jeu. Antonio. Le bon Antonio d'Urusú. »

J'avalai un grand coup de gnôle brûlante pour contrôler les soubresauts de mon cœur.

Le hasard. Sans l'orage, jamais je ne serais entré dans ce bouge. Sans l'eau-de-vie, jamais je n'aurais obtenu les confidences du tavernier.

Comme dans un rêve, j'entendis l'homme m'expliquer que, oui, Antonio « d'Urusú », comme il avait transformé son nom dans sa langue singulière, était un habitué de La Madre, son tripot, ainsi nommé en hommage à la mère de ses douze enfants.

« Ami. Vrai ami », répéta Juancho en aplatissant ses mains sur la table, car après avoir entamé la deuxième tournée d'eau-de-vie, le patron avait décliné son prénom. Nous étions, nous aussi, en train de devenir de « vrais amis ».

« Que fait d'Urusú à Oaxaca ?

— Parti.

— Bon, que faisait-il alors ?

— Vendait, achetait.

— Quoi, Juancho ?

— Tout. Tortillas. *Pulque.* Cordes. Vêtements tissés par Indiennes. Couteaux. Ciseaux. Aiguilles. Fil. Avait deux mules. Chargeait meubles aussi ! Avec trois esclaves.

— Des esclaves ? En es-tu sûr, Juancho ?

— Oui. Antonio appelle hommes libres. Mais hommes suivent le maître jour et nuit. Pour moi, esclaves ! Chiens fidèles. Prêts à mourir ou à tuer pour don Antonio... »

Un long rire faillit l'étouffer. Après une quinte de toux qu'il calma en arrosant généreusement le sol de ses crachats, il se pencha vers moi en me postillonnant dans l'oreille.

« Ils ont tué. Pour défendre Antonio d'Urusú. Pour Mayas, Antonio, dieu vivant ! »

D'après ce que je compris, Antonio de Erauso venait souvent à La Madre accompagné de ses Mayas. Ils mangeaient, buvaient et jouaient.

« Antonio joue, Juancho ?

— Sûr ! Cartes, dés. Roi aux dés ! Appris à moi les jeux. Chance de cocu ! Gagne toujours. Et... »

Des larmes ! Juancho pleurait, ivre mort, en pensant à son ami ! Antonio de Erauso gagnait presque toujours, mais au lieu d'emporter l'argent que le tavernier avait misé ou les marchandises qu'il lui proposait en échange, il lui en faisait cadeau.

L'alcool avait pris peu à peu possession de mon corps, et malgré la langueur qui envahissait mes membres je me sentais dans le même état de lucidité et de tension que s'il fallait disputer un duel.

« Cet Antonio... sais-tu où il se trouve, en ce moment, Juancho ? »

Le patron était plus ivre que moi, le mélange

aguardiente-*pulque* avait eu raison de sa résistance pourtant régulièrement mise à l'épreuve. J'étais devenu son Miguelito. J'étais Blanc. Et lui, rusé comme un singe, avait perçu dans mon espagnol une « certaine façon de dire certain mots », comme Antonio : l'accent basque.

Antonio, m'expliqua-t-il, n'aimait pas que l'on sache d'où il venait ni où il allait. « Mais Juancho fait confiance à Miguel, ajouta-t-il en me donnant une tape dans le dos. D'Urusú parti dans le Yucatán. Terre de merde. Agaves, cactus, serpents, Indiens... Indiens plus venimeux que serpents. Sacrifient enfants... arrachent cœur au couteau, Miguel ! Bouffent cœur. Sang coule dans les temples ! »

Antonio de Erauso avait quitté Oaxaca pour s'enfoncer dans la péninsule. Juancho avait de ses nouvelles de temps à autre par des colporteurs et des contrebandiers de passage.

« Cherche bon endroit, m'a dit : "Cherche endroit pour enterrer ma carcasse, Juancho." »

Pour moi, c'était une grande nouvelle : Antonio de Erauso était vivant.

À mon tour, j'allais m'enfoncer dans cette « terre de merde ». Terre étrange, en vérité, à la fois violente et attachante. Le Nord et le Nord-Ouest sont couverts de steppes. De la baie de Campeche au sud du Quintana Roo, une forêt dense et peuplée de rares tribus d'Indiens Lacandons descendant des Mayas isolait la péninsule du continent. Sur le littoral, s'étendaient des kilomètres de lagunes et de bancs de sable, où poussaient cocotiers et mangroves. Cette nature rude et imprévisible convenait sans doute à la solitude de Catalina. Mais je n'étais pas au bout de mes peines, car la péninsule du

Yucatán était vaste. Et Juancho ne savait pas où elle se trouvait exactement.

Mettant mes pas dans ceux d'Antonio de Erauso, de Pich à Puerto Arturo, de Ticul à Espita, je m'approchais peu à peu de la pointe du Yucatán, et de la mer. Mon intuition me disait que la Basque Catalina ne pouvait pas vivre longtemps éloignée de l'océan. Moi-même, dans les moments de détresse ou les instants de grand bonheur, j'éprouvais le besoin de me rapprocher de la mer. À Païta, à Concepción, sur l'île San Ambrosio, je marchais sur la plage, dans les rochers, j'écoutais les vagues rouler sur le sable, je goûtais l'air salé sur mes lèvres. Mon corps se nourrissait d'air marin autant que d'aliments.

Je ne me trompais pas. C'est à Kantunil Kil, un petit village situé sur la pointe du Yucatán, que j'obtins de ses nouvelles. Un certain don Fernando Antúnez, prêtre de la modeste paroisse du village, était devenu son ami.

« Don Antonio ne nous apporte pas seulement les produits nécessaires à notre survie, il nous offre quelque chose de plus essentiel : sa sagesse. Il nous maintient aussi en relation avec des villages indiens lointains. Les indigènes l'adorent. Certains le suivent, parfois contre son gré, pour le protéger de mauvaises rencontres. C'est une personne noble, d'une grande bonté. Il se garde bien d'alimenter cette vénération qui l'entoure, mais les Indiens conservent encore les traces de leurs croyances païennes. Nombreux sont ceux qui le considèrent comme un dieu. »

En se rebaptisant officiellement Antonio, Catalina avait-elle voulu effacer son existence antérieure ? En quittant le vieux continent, elle avait laissé la femme qu'elle était derrière elle. Sous le nom d'Antonio de Erauso, elle avait commencé une vie nouvelle, se conduisant en gentilhomme, renonçant à la violence et se dédiant tout entière à faire le bien. Désormais, elle jouait franc-jeu, à sa manière. Je voulus me situer sur le même plan qu'elle. Et partout où j'allais, je ne faisais pas mystère de mon nom : Miguel de Erauso, fils du défunt capitaine don Miguel de Erauso.

En Espagne, Catalina avait forcément eu connaissance de l'existence de ma mère. Manrique et elle parcouraient le pays pour la retrouver, et ces voyages d'un membre de la puissante famille du comte-duc d'Olivares ne pouvaient pas passer inaperçus. La rumeur avait fait le reste. Comment Catalina n'aurait-elle pas deviné la soif de vengeance qui animait l'épouse de son frère ?

Ici, avec la ferveur qu'il faisait naître sur son passage, j'étais convaincu qu'Antonio avait déjà été prévenu que je le cherchais. Plusieurs fois, j'avais aperçu un chapeau pointer derrière un arbuste, une silhouette immobile contre un mur, qui se mettait en marche en même temps que moi. Il y avait toujours un type sous un grand sombrero qui attelait son cheval à côté du mien. Je m'étais habitué à cette situation étrange : on m'épiait, mais sans jamais me molester. Ces ombres se contentaient sans doute d'informer leur protecteur de mes déplacements.

Antonio comptait-il les jours qui me restaient pour arriver jusqu'à lui ? S'entraînait-il encore au combat ? Je me demandais quel pouvait être son âge. Le certificat de baptême que j'avais consulté à San Sebastián faisait naître Catalina en 1592. Dans ses *Mémoires* elle laissait entendre qu'elle avait vu le jour en 1585. Nous étions en 1645. J'avais trente ans. Catalina devait avoir soixante ou, si le certificat disait vrai, cinquante-trois ans.

Par Antúnez, je savais qu'Antonio était toujours armé. Après un séjour à Kantumi Kil, il s'était installé à Chiquila où il avait trouvé le coin idéal pour finir sa vie.

Le paysage changeait. La végétation, plus riche, rompait avec la monotonie des plaines arides d'agaves et de cactus que j'avais traversées jusque-là. La chaleur était moins humide et oppressante. Je prenais mon temps, menant mon cheval au pas le long des pistes, un peu abruti par la fatigue.

Soudain, un corps lourd tomba sur mes épaules et me fit basculer à terre. L'homme s'était jeté sur moi depuis un rocher en surplomb. Nous roulâmes sur le chemin, soulevant la poussière. Je vis briller une lame au-dessus de ma tête. Mon assaillant n'était, par chance, ni trop vigoureux ni trop habile, et le couteau m'effleura sans m'atteindre. Dans la perspective d'une rencontre avec Catalina, je n'avais cessé de m'exercer et mes réflexes étaient toujours vifs. Je parvins à dévier le bras de mon adversaire pour retourner son arme contre lui. Le couteau s'enfonça dans sa poitrine.

L'homme avait le bas du visage recouvert d'un mouchoir. Détail naïf et presque touchant d'un amateur qui jouait au brigand. J'arrachai le mouchoir. Je reconnus le jeune Aztèque qui servait chez le père Antúnez. J'avais eu l'occasion d'admirer sa noble tête d'Indien, absolument impassible. Derrière le masque, j'avais senti vibrer un cœur dénué de bassesse.

« Je suis fier de Bartolomé, m'avait dit don Antúnez. Je l'ai sauvé de la mort alors qu'il était enfant. Il est plus qu'un serviteur, je le considère comme un membre de ma famille. Je lui ai appris à lire, à écrire, et aujourd'hui il dévore les Livres saints, s'essayant même à la poésie. Qui sait si je n'abrite pas sous mon toit un saint Jean de la Croix ! »

Le jeune homme, corps svelte et gestes félins, ne quittait jamais son maître et anticipait ses moindres désirs. Un verre d'eau, un autre fruit, quelques grains de sel sur un œuf... Il était toujours là. Il nous avait écoutés. Lui aussi devait être un adorateur d'Antonio de Erauso.

« Pourquoi m'attaques-tu, Bartolomé ? Quel mal t'ai-je fait ? »

Il balbutia d'une voix sourde :

« Vous... voulez du mal... à... don Antonio.

— Comment le sais-tu ?

— Vos yeux... Je vois la mort dans vos yeux. »

Il ne se trompait pas. Quand je prononçais le nom d'Antonio de Erauso, je le voyais mort.

Visiblement, Bartolomé souffrait de sa blessure. Son visage était blême, tout perlé de sueur.

« Ne dites rien à don Antonio. C'est moi... moi... qui ai voulu... »

Il tenta de se redresser, cherchant de l'air. Un sang noirâtre jaillit de sa bouche, maculant sa chemise. Il voulut porter ses mains à sa gorge mais s'écroula à mes pieds dans un tressaillement de bête moribonde. Puis il resta là, inerte, le sang rougissant ses vêtements et la terre.

Je pris le temps de creuser une tombe au bord du chemin et plantai sur le monticule de terre deux bouts de bois en croix sur lesquels je gravais son prénom au couteau : *Bartolomé*.

Un innocent avait donné sa vie pour défendre celle d'un imposteur qu'il prenait pour un dieu.

Chiquila se trouvait dans la baie de Cabo Catoche, à l'extrémité de la pointe du Yucatán. Un endroit au bout du monde, exposé aux cyclones et aux ouragans.

Je fis une halte dans le dernier *pueblo* indien avant le terme de ma chevauchée, quelques cabanes adossées les unes aux autres et couvertes de feuilles d'agave. Utile avant-poste pour qui n'aime pas recevoir de visites inopportunes. Des femmes pilaient du mil, des enfants jouaient nus dans la boue, des vieillards, assis sur leurs talons à même le sol, triaient des haricots jaunes. Les hommes valides devaient pêcher en mer. Tout autour, la plaine désolée. Plus loin, au-delà d'un bras de mer turquoise, j'aperçus un bout de terre cultivée. *La isla de las Mujeres*, l'île des Femmes.

Les Indiennes m'accueillirent avec cette dignité naturelle qui les caractérisait. La générosité de ces gens simples et pauvres m'émouvait toujours. Elles m'offrirent du poisson séché et de la viande fumée. D'où pouvait bien provenir cette viande, dans ce coin reculé ? Mieux valait ne pas y penser. Juancho m'avait raconté que la misère était telle dans ces terres oubliées des colonisateurs que, parfois, la population se nourrissait de vautours. J'avais avec moi du sel, de l'huile, des galettes de maïs et les restes d'une omelette achetée dans le dernier *pueblo* que j'avais traversé. Je sortis ma vessie en peau de porc et proposai à la ronde de l'eau-de-vie que je servis dans un dé en cuivre dont je ne me séparais jamais. La bouche ouverte, les adolescents tiraient la langue pour que je les abreuve et riaient aux éclats en en réclamant plus.

Si l'accueil était sympathique, le calme ne me semblait qu'apparent. J'avais la sensation que les villageois m'attendaient. Personne ne mentionna le nom d'Antonio de Erauso. La patience est une vertu indienne à laquelle j'étais désormais accoutumé.

Une fois le contact établi et mon maigre repas partagé, je montai mon pauvre cheval fourbu et parcourus les derniers kilomètres qui me séparaient de celle que j'étais venu chercher. Des dunes de sable salé s'étiraient au-delà du village. Et par endroits, des trous d'une vase malodorante provenant d'un proche marécage d'où s'écoulaient de minces filets d'eau.

Soudain, je l'aperçus au loin, dressée face à la mer, presque sur la plage. À l'aide de ma longue-vue, je détaillai la maison solitaire. Une bâtisse rectangulaire, de construction grossière, aux murs blancs chaulés, avec une ouverture étroite sur le côté que je pouvais voir.

Au fur et à mesure que je me rapprochais, je remarquai une cour, recouverte en partie d'un toit de feuilles séchées et protégée par deux murs, sur un côté de la maison. Et là, dans la lumière tremblée, je vis une silhouette qui se déplaçait avec lenteur. De taille modeste, un peu épaisse, à ce qu'il semblait.

Catalina ! Antonio de Erauso ! Un humble péon nourrissant ses volailles sur un terrain battu par les vents de la mer.

Je rangeai ma longue-vue. Étourdi, ébloui par le soleil qui dardait ses rayons, encore chauds en cette fin d'après-midi. Je fixai la silhouette d'Antonio de Erauso sans m'occuper de rien d'autre. Il se sentit observé et tourna doucement la tête dans ma direction. Tout autour, une vaste étendue de sable. Pas le moindre abri où me cacher. Nous nous regardâmes de loin sans bouger. Moi, du haut de ma monture et armé jusqu'aux dents. Lui, les bras ballants.

Combien dura ce moment ? Je ne sais. L'instinct me poussa à descendre de selle et à m'asseoir au milieu de ce désert. Pour lui laisser le temps de décider quoi faire.

Sans doute comprit-il le message car, sans se formaliser, il continua à nourrir ses volailles.

Je restai là, assis au milieu de nulle part. Pourquoi me presser ? J'avais parcouru tant de kilomètres, et tellement attendu ce moment.

Mon esprit explose, s'enflamme. Un village indien brûle. Une île s'enfonce dans la mer telle la coque d'un bateau naufragé. Des prénoms résonnent dans le silence du désastre.

Ivoire... Koldo... Bergusa... Pura... Des compagnons magnifiques. Tous morts.

Miguel !

Est-ce ma mère qui m'appelle ? Est-ce la veuve qui invoque son mari défunt ?

Un enfant de trois ans tient sa mère par la main. Ils marchent dans une ruelle pavée. La femme s'arrête, dépose par terre un bouquet de fleurs.

« C'est ici qu'un inconnu a tué ton père, Miguel. »

Le temps s'envole.

L'enfant a grandi. La mère est toujours jeune et belle. Elle raconte une histoire à son fils. Une histoire de meurtre qui appelle vengeance. Un coup de poignard. Un homme blessé à mort s'est écroulé sur le pavé mouillé.

Quand le malheur vous frappe, la vie devient un mauvais rêve. La femme-fleur, la mère tant aimée dépérit. Sa peau, ses lèvres, ses joues ont perdu toute couleur. Un mort vivant. Un spectre.

Puis la vie emporte le jeune homme ailleurs. Il ne se ressemble plus. Quand il se regarde dans un miroir, il voit un jeune guerrier, fier de son corps dressé à toutes les disciplines de combat. Pourtant, malgré son allure martiale, on lit dans son regard le désarroi d'un enfant éperdu de tristesse.

Il est à la poursuite d'une fugueuse, une fille faite homme, un assassin. Pour la trouver, il traverse terres et mers. Il devrait être fier de ce regard perçant qu'il s'est composé avec le temps et qui dénote une âme bien trempée. L'âme d'un tueur. Car il a tué, lui aussi. Tué de sang-froid.

« Tes yeux me font peur. »

C'est la voix d'Ivoire. Une âme tremblante. Des mots maladroits. Il la tient dans ses bras, la serre contre lui pour lui donner toute sa chaleur.

Ce n'est qu'après la naissance de leur enfant qu'il reprend confiance en lui, en surprenant la lueur de bonheur dans le regard de sa femme. Une parenthèse ensoleillée qui aurait pu durer une éternité. Il veut oublier Díaz, le meurtrier. Mais Catalina, elle, ne le lâche pas.

Alors, il quitte l'île et ceux qu'il aime. Catalina de Erauso, le lieutenant Díaz, Antonio de Erauso, se trouvent quelque part sur cette terre, en train de couler des jours tranquilles. Lui, Miguel de Erauso, fils de Miguel assassiné, vit en enfer. Et en enfer, point de pardon.

Je me levai.

Le soleil commençait à décliner. Je portais mon épée à mon flanc droit, un poignard et mon pistolet chargé en cas de nécessité, à gauche. J'étais prêt à l'affronter.

J'avançai à pas lents.

Antonio m'observait sans doute de l'intérieur de la maison.

La porte s'ouvrit. Je le vis sortir.

Il portait des bottes militaires, un pantalon de l'armée qui avait dû connaître des jours meilleurs. Ses bras nus, noueux, était si brunis par le soleil que je les pris un instant pour les manches d'une veste en cuir. Le corps d'un homme raidi par les années.

Il m'attendait, armé seulement d'une épée.

Je laissai tomber mon sac de voyage, ma redingote, mon chapeau. Je jetai le pistolet et le poignard à terre.

J'avançai.

Antonio ne me quittait pas des yeux.

« En garde ! »

Le duel fut engagé. À la vie, à la mort. Un duel sans autres témoins que les mouettes et la vermine grouillant sous les cactus.

Il avait choisi son lieu et se tenait bien campé, droit dans ses bottes. Des bottes à la mesure de ses jambes solides qui avaient parcouru des milliers de kilomètres.

Il était dos à la mer, j'avais le soleil en face, qui tardait à s'enfoncer dans l'horizon. Mais je craignais moins l'éblouissement que le fait de ne pas pouvoir détailler son visage. Lui, en revanche, pouvait m'observer à loisir. Et il ne s'en privait pas. Je sentais son œil de lynx enregistrer chaque détail : la couleur de ma peau, mes yeux, la balafre qui me traversait la joue gauche. La colère dans mes yeux, le volcan qui explosait en moi ne purent lui échapper.

Il dessina un arc élégant dans l'espace. Le geste que les convenances exigent entre deux chevaliers.

Cette leçon d'urbanité ne fit qu'accroître ma colère et mon imprudence. Je multipliais les attaques et les parades, sans me donner une seconde de répit. Je voulais déloger Antonio du poste qu'il s'était choisi. Il se tenait en garde, enraciné, et répondait à mes assauts avec le sang-froid et l'efficacité d'un maître. Impossible de le faire bouger. Le bras gauche dans le dos, il maniait son épée avec autant d'adresse que de légèreté. Et tandis que la rage m'aveuglait, sans le moindre effort, après trois reprises qui durèrent plusieurs minutes chacune, il feinta en me fixant dans les yeux et me toucha à l'épaule droite. J'esquivai de justesse. Mais avec une grande présence d'esprit et une dextérité qui l'honorait, il conclut en enfonçant la pointe de son épée dans mon avant-bras. Presque rien, une estafilade... mais le sang jaillit. Et la vue de ce sang me fit l'effet d'un coup de fouet.

Tous mes plans pensés avec minutie, mes heures de préparation physique et les leçons apprises jadis disparurent pour ne laisser bouillir en moi qu'une rage aveugle, brute, instinctive, une rage accumulée depuis des années et qui soudain me submergea.

Je n'avais plus devant moi le visage révélé de l'assassin, quasi mythique, que nous avions haï, ma mère et moi, le visage presque désincarné du personnage qui m'avait obsédé toutes ces années durant. Je me battais contre un vieux soldat expérimenté, adroit, courageux et capable de me tuer ; contre ce Díaz qui avait affronté, seul, une trentaine d'Indiens pour récupérer l'enseigne de son bataillon.

Ma rage avait enfin un objet. De lui-même, mon corps sollicita toutes ses forces et sa vélocité. Des râles, des halètements, des grognements. Nous nous affrontions au plus près, sans laisser le champ libre à la moindre feinte ni à la moindre trêve. Nos passes étaient simples mais rapides, et acharnées. Nous ne reculions que pour reprendre aussitôt l'espace perdu. Un duel jusqu'au bout de nos forces qui me sembla durer plus longtemps que l'incroyable voyage qui m'avait mené là.

Le soleil avait sombré à l'horizon. La pénombre commençait à gagner. Je saignais abondamment en plusieurs endroits mais je ne sentais rien, ignorant si mes blessures étaient profondes. Il m'avait touché plusieurs fois. Mais j'étais toujours debout. Mû par la colère. Prêt à ferrailler toute la nuit s'il le fallait. Quand soudain... je sentis la pointe de mon épée s'enfoncer dans la poitrine d'Antonio. Tout près du cœur.

Il s'immobilisa, le bras en position d'appel. J'entendis, dans le silence, les vagues qui s'échouaient sur le rivage. Les genoux d'Antonio fléchirent. J'accompagnai sa chute en retirant doucement mon épée de sa poitrine.

Je m'agenouillai près de lui et lui soulevai la tête. Sur son maillot blanc une flaque de sang vermillon s'agrandissait.

Le soleil avait disparu, une grosse lune ronde s'élevait de l'autre côté du ciel, diffusant un halo de lumière laiteuse. J'avais enfin devant moi, presque contre moi, le visage de Catalina de Erauso, alias Antonio. Un masque de cuivre, la peau tannée par le soleil. Des cheveux poivre et sel coupés court. Un front traversé de rides profondes. Des sourcils épais. Des lèvres fines, délicates, témoin infime de féminité.

Nous nous dévisagions.

« Tu as les yeux de ton père, Miguel ! »

Et d'une voix sourde, il répéta :

« Ses yeux... »

Puis il s'interrompit.

« Puis-je vous poser deux questions ? » demandai-je.

Il approuva de la tête.

« À Concepción... ce soir-là... le duel fut-il loyal ?

— Loyal. Comme le nôtre, ce soir. »

Un rictus. Sa blessure se remit à saigner.

« M'as-tu laissé gagner ? »

Un vague sourire flotta sur ses lèvres.

« L'orgueil des Erauso... »

Il leva une main, comme s'il voulait toucher mon visage. Brusquement, ses doigts se crispèrent. Sa tête bascula en arrière et son visage se figea.

Je pris Antonio dans mes bras, étonné par sa légèreté.

L'intérieur de sa maison ressemblait à une cellule monacale. Des murs blanchis à la chaux, un lit de camp, une chaise et une table pour tout mobilier. Au coin d'un mur, dans une alcôve, une statue de la Vierge de Guadalupe, patronne des Indiens de la région.

Par une échelle grossière on accédait à une soupente où s'entassaient des coffres en bois, des tonneaux de vin, des dames-jeannes d'huile, des sacs d'olives et de prunes séchées. Sur les étagères, des saucissons, des fromages secs. Le fonds de commerce d'Antonio de Erauso. Quelques vêtements, des couteaux, un sabre, un pistolet... S'il avait voulu, Antonio aurait pu me tuer d'une balle, pour faire l'économie d'un duel.

Je croisai les bras du mort sur sa poitrine et lui fermai les yeux, puis j'allumai deux cierges au-dessus de son lit. Et je quittai la maison.

Dans la cour, des Indiens s'étaient regroupés et m'attendaient. Suffisamment nombreux pour m'empêcher de partir. Tous portaient une machette à la ceinture. Pourtant, ils ne bougèrent pas.

J'enfourchai mon cheval et, m'engageant sur la piste qui conduisait vers l'intérieur des terres, je m'éloignai sans me retourner. Je sentis leurs regards dans mon dos, mais ils restèrent impassibles.

J'atteignis la dernière dune qui marquait une sorte de frontière entre la plage et les terrains tourmentés et rocheux que j'avais traversés quelques heures plus tôt. La lune semblait vouloir embrasser la terre. Ou prendre appui sur la dune. De là-haut, je tournai mon regard vers la mer.

Une procession partait de la maison d'Antonio. Derrière sa dépouille, portée sur une civière, serpentait une longue file de silhouettes, des torches à la main. Pour éclairer le chemin, mais aussi, selon la coutume indigène, pour accompagner le mort et le guider vers l'autre rive. J'eus la certitude que tous s'y étaient préparés.

Et qu'Antonio-Catalina de Erauso savait que son heure était venue.

Épilogue

J'ai quitté le Yucatán. J'ai quitté la Nouvelle-Espagne. J'ai quitté le Nouveau Monde.

J'ai navigué sans escale jusqu'à Séville où Enriko Ariza m'attendait.

Mon frère adoptif avait épaissi.

« L'embonpoint des gens heureux », commenta-t-il.

Il était heureux, oui, et ne s'en cachait pas. Tout le portait à clamer haut et fort ce bonheur, et à le partager. Il avait trouvé la femme qui lui correspondait, l'âme sœur qui l'accompagnerait. Deux fils scellaient leur union.

« Des jumeaux, Miguel. Comme Koldo et moi ! »

Enriko avait mûri. Il ne m'interrogea pas sur mon voyage dans le Yucatán. Un regard lui suffit à comprendre que je n'avais aucune envie de parler de ce qui était arrivé.

Après quelques jours de repos dont je profitai pour faire la connaissance de María de las Almas, son épouse, et de leurs deux enfants, mon frère adoptif revêtit son costume d'intendant. Avant de mourir, don Ramiro de la Hoya l'avait initié aux secrets de sa fonction. Pendant une semaine, Enriko déplia devant moi documents, relevés bancaires, projets et études pour m'exposer l'état de mes biens. Passionné et appliqué, il reprenait, sans en être conscient, le langage technique et les tics de don Ramiro.

Enriko pouvait s'enorgueillir du travail accompli. Il avait presque doublé les revenus de mes terres, et diversifié leurs sources. Nous étions en 1650. Des événements importants s'étaient déroulés en Espagne depuis mon départ en 1632. Le comte-duc d'Olivares était tombé en disgrâce en 1645 après une vie dévouée au pouvoir et à la gloire de l'empire et de son roi, Felipe IV. Cette terrible injustice provoqua sa mort la même année, à cinquante-huit ans à peine. Don Ramiro avait pressenti sa chute et il avait prodigué ses conseils à Enriko :

« Attachez-vous, au nom de don Miguel, à montrer à la cour de Madrid que le comte de la Niebla n'a d'autre intérêt que ses vastes possessions en Andalousie. Les intrigues de la cour ne le concernent pas. »

Enriko avait compris la leçon. Il se fit un plaisir de comparer la situation de l'empire espagnol, en pleine désintégration, à mon fief qui prospérait et se développait.

« En dix ans, un torrent impétueux a tout arraché sur son passage. L'empire espagnol se ratatine à vue d'œil. Le Portugal se retire d'Espagne. Louis XIV, tout jeune, s'avère bien plus redoutable que son père. La victoire de Condé à Rocroi est un malheur pour nous. Quant aux régions... La Catalogne, le Pays basque exigent des réformes et, surtout, davantage de libertés. Trop de guerres, trop de projets d'expansion ont fini par vider le pays de ses forces vives et par l'appauvrir. Tandis que toi, Miguel... Regarde ! »

J'étais propriétaire de plaines fertiles tout au long de la vallée du Guadalquivir, d'une bonne partie des forêts de Cazorla et Segura, j'avais des oliveraies à perte de vue, des vignes à San Lucas de Barremeda, à Rota, à Jerez de la Frontera, des chevaux de race, des troupeaux de moutons et des taureaux. Sans oublier quelques palais et des auberges aux quatre coins de l'Andalousie.

Un jour, après avoir traversé le Guadalquivir, nous nous dirigeâmes vers la sierra Morena. Et à la nuit tombante, en haut de la montagne, la vallée à nos pieds, nous avons dîné, mon frère adoptif et moi, et retrouvé, tout près du ciel, notre complicité d'antan.

« On croirait notre balcon sur les Andes, pas vrai, Miguel ? »

Enriko appréciait le vin que nous produisions, un vin qui le rendait nostalgique.

J'avais pas mal bu à mon tour, et je trouvai le courage de lui dire :

« Je te lègue mes terres, Enriko. Tu les légueras à ton tour à tes enfants. Je vais m'installer dans le pays de mes ancêtres, en Biscaye. C'est là que je veux passer le reste de mes jours. »

Enriko s'emporta. Il ne voulait rien savoir.

« Nous avons vécu tant de choses ensemble, Miguel ! Ensemble nous devons continuer.

— Non. Je veux jouir en paix de ce qui me reste de vie, Enriko. Tu pourras venir me voir autant que tu voudras, avec ta petite famille. »

Quelques jours plus tard, je quittais le palais où j'avais passé mon enfance.

À San Sebastián, je m'installai dans une étrange

construction aux allures de citadelle, en haut du mont Igualdo. L'endroit était en piteux état, mais malgré les travaux que je prévoyais de faire tout en les remettant à plus tard, j'y étais heureux : la baie de la Concha s'étendait à mes pieds et devant moi l'océan, à l'infini.

Catalina, l'ex-novice, continua à faire parler d'elle bien des années après sa mort.

Un soir d'orage, je m'assis à ma table, devant la fenêtre, une grande baie vitrée qui embrassait tout le paysage. Les éclairs se succédaient, la foudre tombait, les coups de tonnerre faisaient trembler les vitres.

Je sortis des feuilles blanches, un encrier et des plumes d'oie bien taillées...

Et je me mis à consigner par écrit ces *Mémoires.*

Bibliographie

Un roman historique, même s'il prend des libertés à l'égard du personnage qu'il prétend faire revivre, nécessite recherches et documentation. Quelques livres m'ont été très utiles pour évoquer l'Espagne et le Nouveau Monde au XVIIe siècle, et pour découvrir la vie et la personnalité de Catalina de Erauso, dite la nonne militaire.

BENNASSAR Bartolomé, *Un siècle d'or espagnol*, Paris, Robert Laffont, coll. « Les hommes et l'Histoire », 1983.

CASTRERSANA Luis (de), *Catalina de Erauso, La Monja alférez*, Barcelona, Ediciones Internacionales Universitarias, 1986.

DELAY Florence, *Catalina – Enquête*, Paris, Le Seuil, coll. « Points », 1994.

DÍAZ-PLAJ Fernando, *La vida y la época de Felipe III*, Barcelona, Planeta, 1997.

— *La vida amorosa en el siglo de oro*, Barcelona, Temas de Hoy, 1996.

— *La vida cotidiana en la España del siglo de oro*, « Crónicas de la historia », Barcelona, EDAF, 1994.

ELLIOT John H., *Olivares*, Paris, Robert Laffont, coll. « Bouquins », 1992.

CATALINA DE Erauso, *La Nonne alférez*, traduction de José María de Heredia suivie d'*Une histoire sans fin*, de Florence Delay, Paris, Farrago, Éditions Léo Scheer, 2001.

FERNÁNDEZ CELSO Almuina et HORNA ÁNGEL Allue, *El Valladolid de ayer*, Valladolid, Secretariado de publicaciones de Valladolid, 1993.

STEPTO Michele et Gabriel, *Memoir of a Basque Lieutenant Nun*, Boston, Beacon Press, 1995.

Remerciements

À Abel Gerschenfeld qui, le premier, me communiqua son intérêt pour le personnage hors du commun de la nonne militaire et me proposa d'écrire son histoire.

À Firmín Arkotxa, qui soutint ce projet d'écriture avec sa passion basque habituelle.

À Véronique Petit qui a été, une fois de plus, le phare qui me guidait dans la pénombre.

Mes pensées aussi à Françoise Verny, absente et toujours présente.

Table

DU MÊME AUTEUR

Les Nonnes
prix Lugné-Poe
Gallimard, 1970
et Poche-Montparnasse, 2005

Eux ou la Prise du pouvoir
Gallimard, 1971

Le jour où Mary Shelley rencontra Charlotte Brontë
Gallimard, 1971

Holocaustum ou Le Borgne
Gallimard, 1972

L'Autre Don Juan
Gallimard, 1974

Madras, la nuit où...
Gallimard, 1975

Lady Strass
L'Avant-Scène, 1977

Un balcon sur les Andes
Stock, 1979
« Théâtre ouvert », 1979
et Un balcon sur les Andes, Mendoza en Argentine, Ma'Déa
Gallimard, 1985

La Mauresque
prix Jouvenel de l'Académie française
Gallimard, 1982

Zone interdite
Gallimard, 1984

L'Ile du lézard vert
prix Goncourt des lycéens
Flammarion, 1992
et « Points roman », n° 672

Habanera
Flammarion, 1994

Monsieur Lovestar et son voisin de palier
Actes Sud-papiers, 1995

Rhapsodie cubaine
prix Interallié
Grasset, 1996
et « Le livre de poche » n° 14412

Viva Verdi
suivi de Mare Nostrum
Actes Sud-Papiers, 1998

D'amour et d'exil
prix Relais H
Grasset, 1999
et « Le livre de poche », n° 15030

Histoire de Maheu le boucher
Papiers, 1999

La Sagesse du singe
Grasset, 2001

Maestro !
Robert Laffont, 2002

Mes années Cuba
Grasset, 2004
et « Le livre de poche », n° 30687

Ma vie de Jésus
Grasset, 2005
et « Le livre de poche », n° 30810

Un Français au cœur de l'Ouragan cubain
Fayard, 2006

Marrane !
Hugo roman, 2007

La Maîtresse du commandant Castro
Robert Laffont, 2009

RÉALISATION : GRAPHIC HAINAUT À CONDÉ-SUR-L'ESCAUT
IMPRESSION : CPI BRODARD ET TAUPIN À LA FLÈCHE
DÉPÔT LÉGAL SEPTEMBRE 2009. N° 100263. (53886)
IMPRIMÉ EN FRANCE

Collection Points

DERNIERS TITRES PARUS

P1646. La Forêt d'Iscambe, *Christian Charrière*
P1647. La Mort du Nécromant, *Martha Wells*
P1648. Si la gauche savait, *Michel Rocard*
P1649. Misère de la Ve République, *Bastien François*
P1650. Photographies de personnalités politiques
Raymond Depardon
P1651. Poèmes païens de Alberto Caeiro et Ricardo Reis
Fernando Pessoa
P1652. La Rose de personne, *Paul Celan*
P1653. Caisse claire, poèmes 1990-1997, *Antoine Emaz*
P1654. La Bibliothèque du géographe, *Jon Fasman*
P1655. Parloir, *Christian Giudicelli*
P1656. Poils de Cairote, *Paul Fournel*
P1657. Palimpseste, *Gore Vidal*
P1658. L'Épouse hollandaise, *Eric McCormack*
P1659. Ménage à quatre, *Manuel Vázquez Montalbán*
P1660. Milenio, *Manuel Vázquez Montalbán*
P1661. Le Meilleur de nos fils, *Donna Leon*
P1662. Adios Hemingway, *Leonardo Padura*
P1663. L'avenir c'est du passé, *Lucas Fournier*
P1664. Le Dehors et le Dedans, *Nicolas Bouvier*
P1665. Partition rouge.
Poèmes et chants des indiens d'Amérique du Nord
Jacques Roubaud, Florence Delay
P1666. Un désir fou de danser, *Elie Wiesel*
P1667. Lenz, *Georg Büchner*
P1668. Resmiranda. Les Descendants de Merlin II
Irene Radford
P1669. Le Glaive de Mithra. Le Cycle de Mithra II
Rachel Tanner
P1670. Phénix vert. Trilogie du Latium I, *Thomas B. Swann*
P1671. Essences et parfums, *Anny Duperey*
P1672. Naissances, *Collectif*
P1673. L'Évangile une parole invincible, *Guy Gilbert*
P1674. L'époux divin, *Francisco Goldman*
P1675. La Comtesse de Pimbêche
et autres étymologies curieuses
Pierre Larousse
P1676. Les Mots qui me font rire
et autres cocasseries de la langue française
Jean-Loup Chiflet

P1715. Un homme dans la poche, *Aurélie Filippetti*
P1716. Prenez soin du chien, *J.M. Erre*
P1717. La Photo, *Marie Desplechin*
P1718. À ta place, *Karine Reysset*
P1719. Je pense à toi tous les jours, *Hélèna Villovitch*
P1720. Si petites devant ta face, *Anne Brochet*
P1721. Ils s'en allaient faire des enfants ailleurs
Marie-Ange Guillaume
P1722. Le Jugement de Léa, *Laurence Tardieu*
P1723. Tibet or not Tibet, *Péma Dordjé*
P1724. La Malédiction des ancêtres, *Kirk Mitchell*
P1725. Le Tableau de l'apothicaire, *Adrian Mathews*
P1726. Out, *Natsuo Kirino*
P1727. La Faille de Kaïber. Le Cycle des Ombres I
Mathieu Gaborit
P1728. Griffin. Les Descendants de Merlin III, *Irene Radford*
P1729. Le Peuple de la mer. Le Cycle du Latium II
Thomas B. Swann
P1730. Sexe, mensonges et Hollywood, *Peter Biskind*
P1731. Qu'avez-vous fait de la révolution sexuelle ?
Marcela Iacub
P1732. Persée, prince de la lumière. Le Châtiment des dieux III
François Rachline
P1733. Bleu de Sèvres, *Jean-Paul Desprat*
P1734. Julius et Isaac, *Patrick Besson*
P1735. Une petite légende dorée, *Adrien Goetz*
P1736. Le Silence de Loreleï, *Carolyn Parkhurst*
P1737. Déposition, *Leon Werth*
P1738. La Vie comme à Lausanne, *Erik Orsenna*
P1739. L'Amour, toujours !, *Abbé Pierre*
P1740. Henri ou Henry, *Didier Decoin*
P1741. Mangez-moi, *Agnès Desarthe*
P1742. Mémoires de porc-épic, *Alain Mabanckou*
P1743. Charles, *Jean-Michel Béquié*
P1744. Air conditionné, *Marc Vilrouge*
P1745. L'Homme qui apprenait lentement, *Thomas Pynchon*
P1746. Extrêmement fort et incroyablement près
Jonathan Safran Foer
P1747. La Vie rêvée de Sukhanov, *Olga Grushin*
P1748. Le Retour du Hooligan, *Norman Manea*
P1749. L'Apartheid scolaire, *G. Fellouzis & Cie*
P1750. La Montagne de l'âme, *Gao Xingjian*
P1751. Les Grands Mots du professeur Rollin
Panacée, ribouldingue et autres mots à sauver
Le Professeur Rollin
P1752. Dans les bras de Morphée
Histoire des expressions nées de la mythologie
Isabelle Korda

P1753. Parlez-vous la langue de bois ?
Petit traité de manipulation à l'usage des innocents
Martine Chosson
P1754. Je te retrouverai, *John Irving*
P1755. L'Amant en culottes courtes, *Alain Fleischer*
P1756. Billy the Kid, *Michael Ondaatje*
P1757. Le Fou de Printzberg, *Stéphane Héaume*
P1758. La Paresseuse, *Patrick Besson*
P1759. Bleu blanc vert, *Maïssa Bey*
P1760. L'été du sureau, *Marie Chaix*
P1761. Chroniques du crime, *Michael Connelly*
P1762. Le croque-mort enfonce le clou, *Tim Cockey*
P1763. La Ligne de flottaison, *Jean Hatzfeld*
P1764. Le Mas des alouettes, Il était une fois en Arménie
Antonia Arslan
P1765. L'Œuvre des mers, *Eugène Nicole*
P1766. Les Cendres de la colère. Le Cycle des Ombres II
Mathieu Gaborit
P1767. La Dame des abeilles. Le Cycle du latium III
Thomas B. Swann
P1768. L'ennemi intime, *Patrick Rotman*
P1769. Nos enfants nous haïront
Denis Jeambar & Jacqueline Remy
P1770. Ma guerre contre la guerre au terrorisme
Terry Jones
P1771. Quand Al-Qaïda parle, *Farhad Khosrokhavar*
P1772. Les Armes secrètes de la C.I.A., *Gordon Thomas*
P1773. Asphodèle, *suivi de* Tableaux d'après Bruegel
William Carlos Williams
P1774. Poésie espagnole 1945-1990 (anthologie)
Claude de Frayssinet
P1775. Mensonges sur le divan, *Irvin D. Yalom*
P1776. Le Sortilège de la dague. Le Cycle de Deverry I
Katharine Kerr
P1777. La Tour de guet *suivi des* Danseurs d'Arun.
Les Chroniques de Tornor I, *Elisabeth Lynn*
P1778. La Fille du Nord, Les Chroniques de Tornor II
Elisabeth Lynn
P1779. L'Amour humain, *Andreï Makine*
P1780. Viol, une histoire d'amour, *Joyce Carol Oates*
P1781. La Vengeance de David, *Hans Werner Kettenbach*
P1782. Le Club des conspirateurs, *Jonathan Kellerman*
P1783. Sanglants trophées, *C.J. Box*
P1784. Une ordure, *Irvine Welsh*
P1785. Owen Noone et Marauder, *Douglas Cowie*
P1786. L'Autre Vie de Brian, *Graham Parker*

P1787. Triksta, *Nick Cohn*
P1788. Une histoire politique du journalisme
Géraldine Muhlmann
P1789. Les Faiseurs de pluie.
L'histoire et l'impact futur du changement climatique
Tim Flannery
P1790. La Plus Belle Histoire de l'amour, *Dominique Simonnet*
P1791. Poèmes et proses, *Gerard Manley Hopkins*
P1792. Lieu-dit l'éternité, poèmes choisis, *Emily Dickinson*
P1793. La Couleur bleue, *Jörg Kastner*
P1794. Le Secret de l'imam bleu, *Bernard Besson*
P1795. Tant que les arbres s'enracineront
dans la terre et autres poèmes, *Alain Mabanckou*
P1796. Cité de Dieu, *E.L. Doctorow*
P1797. Le Script, *Rick Moody*
P1798. Raga, approche du continent invisible, *J.M.G. Le Clézio*
P1799. Katerina, *Aharon Appelfeld*
P1800. Une opérette à Ravensbrück, *Germaine Tillion*
P1801. Une presse sans Gutenberg.
Pourquoi Internet a révolutionné le journalisme
Bruno Patino et Jean-François Fogel
P1802. Arabesques. L'aventure de la langue en Occident
Henriette Walter et Bassam Baraké
P1803. L'Art de la ponctuation. Le point, la virgule
et autres signes fort utiles
Olivier Houdart et Sylvie Prioul
P1804. À mots découverts. Chroniques au fil de l'actualité
Alain Rey
P1805. L'Amante du pharaon, *Naguib Mahfouz*
P1806. Contes de la rose pourpre, *Michel Faber*
P1807. La Lucidité, *José Saramago*
P1808. Fleurs de Chine, *Wei-Wei*
P1809. L'Homme ralenti, *J.M. Coetzee*
P1810. Rêveurs et nageurs, *Denis Grozdanovitch*
P1811. - 30°, *Donald Harstad*
P1812. Le Second Empire. Les Monarchies divines IV
Paul Kearney
P1813. Été machine, *John Crowley*
P1814. Ils sont votre épouvante, et vous êtes leur crainte
Thierry Jonquet
P1815. Paperboy, *Pete Dexter*
P1816. Bad city blues, *Tim Willocks*
P1817. Le Vautour, *Gil Scott Heron*
P1818. La Peur des bêtes, *Enrique Serna*
P1819. Accessible à certaine mélancolie, *Patrick Besson*
P1820. Le Diable de Milan, *Martin Suter*

P1821. Funny Money, *James Swain*
P1822. J'ai tué Kennedy ou les mémoires d'un garde du corps
Manuel Vázquez Montalbán
P1823. Assassinat à Prado del Rey et autres histoires sordides
Manuel Vázquez Montalbán
P1824. Laissez entrer les idiots. Témoignage d'un autiste
Kamran Nazeer
P1825. Patients si vous saviez, *Christian Lehmann*
P1826. La Société cancérigène
Geneviève Barbier et Armand Farrachi
P1827. La Mort dans le sang, *Joshua Spanogle*
P1828. Une âme de trop, *Brigitte Aubert*
P1829. Non, ce pays n'est pas pour le vieil homme
Cormac McCarthy
P1830. La Psy, *Jonathan Kellerman*
P1831. La Voix, *Arnaldur Indridason*
P1832. Les Nouvelles Enquêtes du juge Ti, vol. 4
Petits meurtres entre moines, *Frédéric Lenormand*
P1833. Les Nouvelles Enquêtes du juge Ti, vol. 5
Madame Ti mène l'enquête, *Frédéric Lenormand*
P1834. La Mémoire courte, *Louis-Ferdinand Despreez*
P1835. Les Morts du Karst, *Veit Heinichen*
P1836. Un doux parfum de mort, *Guillermo Arriaga*
P1837. Bienvenue en enfer, *Clarence L. Cooper*
P1838. Le Roi des fourmis, *Charles Higson*
P1839. La Dernière Arme, *Philip Le Roy*
P1840. Désaxé, *Marcus Sakey*
P1841. Opération vautour, *Stephen W. Frey*
P1842. Éloge du gaucher, *Jean-Paul Dubois*
P1843. Le Livre d'un homme seul, *Gao Xingjian*
P1844. La Glace, *Vladimir Sorokine*
P1845. Je voudrais tant revenir, *Yves Simon*
P1846. Au cœur de ce pays, *J.M. Coetzee*
P1847. La Main blessée, *Patrick Grainville*
P1848. Promenades anglaises, *Christine Jordis*
P1849. Scandale et folies.
Neuf récits du monde où nous sommes, *Gérard Mordillat*
P1850. Un mouton dans la baignoire, *Azouz Begag*
P1851. Rescapée, *Fiona Kidman*
P1852. Le Sortilège de l'ombre. Le Cycle de Deverry II
Katharine Kerr
P1853. Comment aiment les femmes. Du désir et des hommes
Maryse Vaillant
P1854. Courrier du corps. Nouvelles voies de l'anti-gymnastique
Thérèse Bertherat
P1855. Restez zen. La méthode du chat, *Henri Brunel*

P1856. Le Jardin de ciment, *Ian McEwan*
P1857. L'Obsédé (L'Amateur), *John Fowles*
P1858. Moustiques, *William Faulkner*
P1859. Givre et sang, *John Cowper Powys*
P1860. Le Bon Vieux et la Belle Enfant, *Italo Svevo*
P1861. Le Mystère Tex Avery, *Robert Benayoun*
P1862. La Vie aux aguets, *William Boyd*
P1863. L'amour est une chose étrange, *Joseph Connolly*
P1864. Mossad, les nouveaux défis, *Gordon Thomas*
P1865. 1968, Une année autour du monde, *Raymond Depardon*
P1866. Les Maoïstes, *Christophe Bourseiller*
P1867. Floraison sauvage, *Aharon Appelfeld*
P1868. Et il y eut un matin, *Sayed Kashua*
P1869. 1 000 mots d'esprit, *Claude Gagnière*
P1870. Le Petit Grozda. Les merveilles oubliées du Littré
Denis Grozdanovitch
P1871. Romancero gitan, *Federico García Lorca*
P1872. La Vitesse foudroyante du passé, *Raymond Carver*
P1873. Ferrements et autres poèmes, *Aimé Césaire*
P1874. La Force qui nous manque, *Eva Joly*
P1875. Enfants des morts, *Elfriede Jelinek*
P1876. À poèmes ouverts, *Anthologie Printemps des poètes*
P1877. Le Peintre de batailles, *Arturo Pérez-Reverte*
P1878. La Fille du Cannibale, *Rosa Montero*
P1879. Blue Angel, *Francine Prose*
P1880. L'Armée du salut, *Abdellah Taïa*
P1881. Grille de parole, *Paul Celan*
P1882. Nouveaux poèmes *suivi de* Requiem, *Rainer Maria Rilke*
P1883. Dissimulation de preuves, *Donna Leon*
P1884. Une erreur judiciaire, *Anne Holt*
P1885. Honteuse, *Karin Alvtegen*
P1886. La Mort du privé, *Michael Koryta*
P1887. Tea-Bag, *Henning Mankell*
P1888. Le Royaume des ombres, *Alan Furst*
P1889. Fenêtres de Manhattan, *Antonio Muñoz Molina*
P1890. Tu chercheras mon visage, *John Updike*
P1891. Fonds de tiroir, *Pierre Desproges*
P1892. Desproges est vivant, *Pierre Desproges*
P1893. Les Vaisseaux de l'ouest. Les Monarchies divines V
Paul Kearney
P1894. Le Quadrille des assassins. La Trilogie Morgenstern I
Hervé Jubert
P1895. Un tango du diable. La Trilogie Morgenstern II
Hervé Jubert
P1896. La Ligue des héros. Le Cycle de Kraven I
Xavier Mauméjean

P1897. Train perdu, wagon mort, *Jean-Bernard Pouy*
P1898. Cantique des gisants, *Laurent Martin*
P1899. La Nuit de l'abîme, *Juris Jurjevics*
P1900. Tango, *Elsa Osorio*
P1901. Julien, *Gore Vidal*
P1902. La Belle Vie, *Jay McInerney*
P1903. La Baïne, *Eric Holder*
P1904. Livre des chroniques III, *António Lobo Antunes*
P1905. Ce que je sais (Mémoires 1), *Charles Pasqua*
P1906. La Moitié de l'âme, *Carme Riera*
P1907. Drama city, *George P. Pelecanos*
P1908. Le Marin de Dublin, *Hugo Hamilton*
P1909. La Mère des chagrins, *Richard McCann*
P1910. Des louves, *Fabienne Jacob*
P1911. La Maîtresse en maillot de bain. Quatre récits d'enfance
Yasmina Khadra, Paul Fournel,
Dominique Sylvain et Marc Villard
P1912. Un si gentil petit garçon, *Jean-Loup Chiflet*
P1913. Saveurs assassines. Les Enquêtes de Miss Lalli
Kalpana Swaminathan
P1914. La Quatrième Plaie, *Patrick Bard*
P1915. Mon sang retombera sur vous, *Aldo Moro*
P1916. On ne naît pas Noir, on le devient
Jean-Louis Sagot-Duvauroux
P1917. La Religieuse de Madrigal, *Michel del Castillo*
P1918. Les Princes de Francalanza, *Federico de Roberto*
P1919. Le Conte du ventriloque, *Pauline Melville*
P1920. Nouvelles chroniques au fil de l'actualité.
Encore des mots à découvrir, *Alain Rey*
P1921. Le mot qui fait mouche. Dictionnaire amusant
et instructif des phrases les plus célèbres de l'histoire
Gilles Henry
P1922. Les Pierres sauvages, *Fernand Pouillon*
P1923. Ce monde est mon partage et celui du démon
Dylan Thomas
P1924. Bright Lights, Big City, *Jay McInerney*
P1925. À la merci d'un courant violent, *Henry Roth*
P1926. Un rocher sur l'Hudson, *Henry Roth*
P1927. L'amour fait mal, *William Boyd*
P1928. Anthologie de poésie érotique, *Jean-Paul Goujon (dir.)*
P1929. Hommes entre eux, *Jean-Paul Dubois*
P1930. Ouest, *François Vallejo*
P1931. La Vie secrète de E. Robert Pendleton, *Michael Collins*
P1932. Dara, *Patrick Besson*
P1933. Le Livre pour enfants, *Christophe Honoré*
P1934. La Méthode Schopenhauer, *Irvin D. Yalom*

P1935. Echo Park, *Michael Connelly*
P1936. Les Rescapés du Styx, *Jane Urquhart*
P1937. L'Immense Obscurité de la mort, *Massimo Carlotto*
P1938. Hackman blues, *Ken Bruen*
P1939. De soie et de sang, *Qiu Xiaolong*
P1940. Les Thermes, *Manuel Vázquez Montalbán*
P1941. Femme qui tombe du ciel, *Kirk Mitchell*
P1942. Passé parfait, *Leonardo Padura*
P1943. Contes barbares, *Craig Russell*
P1944. La Mort à nu, *Simon Beckett*
P1945. La Nuit de l'infamie, *Michael Cox*
P1946. Les Dames de nage, *Bernard Giraudeau*
P1947. Les Aventures de Minette Accentiévitch
Vladan Matijeviç
P1948. Jours de juin, *Julia Glass*
P1949. Les Petits Hommes verts, *Christopher Buckley*
P1950. Dictionnaire des destins brisés du rock
Bruno de Stabenrath
P1951. L'Ère des dragons. Le Cycle de Kraven II
Xavier Mauméjean
P1952. Sabbat Samba. La Trilogie Morgenstern III
Hervé Jubert
P1953. Pour le meilleur et pour l'empire, *James Hawes*
P1954. Doctor Mukti, *Will Self*
P1955. Comme un père, *Laurence Tardieu*
P1956. Sa petite chérie, *Colombe Schneck*
P1957. Tigres et tigresses. Histoire intime des couples présidentiels sous la Ve République, *Christine Clerc*
P1958. Le Nouvel Hollywood, *Peter Biskind*
P1959. Le Tueur en pantoufles, *Frédéric Dard*
P1960. On demande un cadavre, *Frédéric Dard*
P1961. La Grande Friture, *Frédéric Dard*
P1962. Carnets de naufrage, *Guillaume Vigneault*
P1963. Jack l'éventreur démasqué, *Sophie Herfort*
P1964. Chicago banlieue sud, *Sara Paretsky*
P1965. L'Illusion du péché, *Alexandra Marinina*
P1966. Viscéral, *Rachid Djaïdani*
P1967. La Petite Arabe, *Alicia Erian*
P1968. Pampa, *Pierre Kalfon*
P1969. Les Cathares. Brève histoire d'un mythe vivant
Henri Gougaud
P1970. Le Garçon et la Mer, *Kirsty Gunn*
P1971. L'Heure verte, *Frederic Tuten*
P1972. Le Chant des sables, *Brigitte Aubert*
P1973. La Statue du commandeur, *Patrick Besson*
P1974. Mais qui est cette personne allongée dans le lit à côté de moi ?, *Alec Steiner*

P1975. À l'abri de rien, *Olivier Adam*
P1976. Le Cimetière des poupées, *Mazarine Pingeot*
P1977. Le Dernier Frère, *Nathacha Appanah*
P1978. La Robe, *Robert Alexis*
P1979. Le Goût de la mère, *Edward St Aubyn*
P1980. Arlington Park, *Rachel Cusk*
P1981. Un acte d'amour, *James Meek*
P1982. Karoo boy, *Troy Blacklaws*
P1983. Toutes ces vies qu'on abandonne, *Virginie Ollagnier*
P1984. Un peu d'espoir. La trilogie Patrick Melrose
Edward St Aubyn
P1985. Ces femmes qui nous gouvernent, *Christine Ockrent*
P1986. Shakespeare, la biographie, *Peter Ackroyd*
P1987. La Double Vie de Virginia Woolf
Geneviève Brisac, Agnès Desarthe
P1988. Double homicide, *Faye et Jonathan Kellerman*
P1989. La Couleur du deuil, *Ravi Shankar Etteth*
P1990. Le Mur du silence, *Hakan Nesser*
P1991. Mason & Dixon, *Thomas Pynchon*
P1992. Allumer le chat, *Barbara Constantine*
P1993. La Stratégie des antilopes, *Jean Hatzfeld*
P1994. Mauricio ou les Élections sentimentales
Eduardo Mendoza
P1995. La Zone d'inconfort. Une histoire personnelle
Jonathan Franzen
P1996. Un goût de rouille et d'os, *Craig Davidson*
P1997. La Porte des larmes. Retour vers l'Abyssinie
Jean-Claude Guillebaud, Raymond Depardon
P1998. Le Baiser d'Isabelle.
L'aventure de la première greffe du visage
Noëlle Châtelet
P1999. Poésies libres, *Guillaume Apollinaire*
P2000. Ma grand-mère avait les mêmes.
Les dessous affriolants des petites phrases
Philippe Delerm
P2001. Le Français dans tous les sens, *Henriette Walter*
P2002. Bonobo, gazelle & Cie, *Henriette Walter, Pierre Avenas*
P2003. Noir corbeau, *Joel Rose*
P2004. Coupable, *Davis Hosp*
P2005. Une canne à pêche pour mon grand-père, *Gao Xingjian*
P2006. Le Clocher de Kaliazine, Études et miniatures
Alexandre Soljenitsyne
P2007. Rêveurs, *Knut Hamsun*
P2008. Pelures d'oignon, *Günter Grass*
P2009. De l'aube au crépuscule, *Rabindranath Tagore*
P2010. Les Sept Solitudes de Lorsa Lopez, *Sony Labou Tansi*

P2011. La Première Femme, *Nedim Gürsel*
P2012. Le Tour du monde en 14 jours, 7 escales, 1 visa
Raymond Depardon
P2013. L'Aïeul, *Aris Fakinos*
P2014. Les Exagérés, *Jean-François Vilar*
P2015. Le Pic du Diable, *Deon Meyer*
P2016. Le Temps de la sorcière, *Arni Thorarinsson*
P2017. Écrivain en 10 leçons, *Philippe Ségur*
P2018. L'Assassinat de Jesse James par le lâche Robert Ford
Ron Hansen
P2019. Tu crois que c'est à moi de rappeler ?
Transports parisiens 2, *Alec Steiner*
P2020. À la recherche de Klingsor, *Jorge Volpi*
P2021. Une saison ardente, *Richard Ford*
P2022. Un sport et un passe-temps, *James Salter*
P2023. Eux, *Joyce Carol Oates*
P2024. Mère disparue, *Joyce Carol Oates*
P2025. La Mélopée de l'ail paradisiaque, *Mo Yan*
P2026. Un bonheur parfait, *James Salter*
P2027. Le Blues du tueur à gages, *Lawrence Block*
P2028. Le Chant de la mission, *John le Carré*
P2029. L'Ombre de l'oiseau-lyre, *Andres Ibañez*
P2030. Les Arnaqueurs aussi, *Laurent Chalumeau*
P2031. Hello Goodbye, *Moshé Gaash*
P2032. Le Sable et l'Écume et autres poèmes, *Khalil Gibran*
P2033. La Rose et autres poèmes, *William Butler Yeats*
P2034. La Méridienne, *Denis Guedj*
P2035. Une vie avec Karol, *Stanislao Dziwisz*
P2036. Les Expressions de nos grands-mères, *Marianne Tillier*
P2037. *Sky my husband!* The integrale / Ciel mon mari !
L'intégrale, *Dictionary of running english* /
Dictionnaire de l'anglais courant, *Jean-Loup Chiflet*
P2038. Dynamite road, *Andrew Klavan*
P2039. Classe à part, *Joanne Harris*
P2040. La Dame de cœur, *Carmen Posadas*
P2041. Ultimatum (En retard pour la guerre), *Valérie Zénatti*
P2042. 5 octobre, 23 h 33, *Donald Harstad*
P2043. La Griffe du chien, *Don Wislow*
P2044. Les Nouvelles Enquêtes du juge Ti, vol. 6
Mort d'un cuisinier chinois, *Frédéric Lenormand*
P2045. Divisadero, *Michael Ondaatje*
P2046. L'Arbre du dieu pendu, *Alejandro Jodorowsky*
P2047. Découpé en tranches, *Zep*
P2048. La Pension Eva, *Andrea Camilleri*
P2049. Le Cousin de Fragonard, *Patrick Roegiers*
P2050. Pimp, *Iceberg Slim*

P2051. Graine de violence, *Evan Hunter (alias Ed McBain)*
P2052. Les Rêves de mon père. Un héritage en noir et blanc *Barack Obama*
P2053. Le Centaure, *John Updike*
P2054. Jusque-là tout allait bien en Amérique. Chroniques de la vie américaine 2, *Jean-Paul Dubois*
P2055. Les juins ont tous la même peau. Rapport sur Boris Vian *Chloé Delaume*
P2056. De sang et d'ébène, *Donna Leon*
P2057. Passage du désir, *Dominique Sylvain*
P2058. L'Absence de l'ogre, *Dominique Sylvain*
P2059. Le Labyrinthe grec, *Manuel Vázquez Montalbán*
P2060. Vents de carême, *Leonardo Padura*
P2061. Cela n'arrive jamais, *Anne Holt*
P2062. Un sur deux, *Steve Mosby*
P2063. Monstrueux, *Natsuo Kirino*
P2064. Reflets de sang, *Brigitte Aubert*
P2065. Commis d'office, *Hannelore Cayre*
P2066. American Gangster, *Max Allan Collins*
P2067. Le Cadavre dans la voiture rouge *Ólafur Haukur Símonarson*
P2068. Profondeurs, *Henning Mankell*
P2069. Néfertiti dans un champ de canne à sucre *Philippe Jaenada*
P2070. Les Brutes, *Philippe Jaenada*
P2071. Milagrosa, *Mercedes Deambrosis*
P2072. Lettre à Jimmy, *Alain Mabanckou*
P2073. Volupté singulière, *A.L. Kennedy*
P2074. Poèmes d'amour de l'Andalousie à la mer Rouge. Poésie amoureuse hébraïque, *Anthologie*
P2075. Quand j'écris je t'aime *suivi de* Le Prolifique et Le Dévoreur *W.H. Auden*
P2076. Comment éviter l'amour et le mariage *Dan Greenburg, Suzanne O'Malley*
P2077. Le Fouet, *Martine Rofinella*
P2078. Cons, *Juan Manuel Prada*
P2079. Légendes de Catherine M., *Jacques Henric*
P2080. Le Beau Sexe des hommes, *Florence Ehnuel*
P2081. G., *John Berger*
P2082. Sombre comme la tombe où repose mon ami *Malcolm Lowry*
P2083. Le Pressentiment, *Emmanuel Bove*
P2084. L'Art du roman, *Virginia Woolf*
P2085. Le Clos Lothar, *Stéphane Héaume*
P2086. Mémoires de nègre, *Abdelkader Djemaï*

P2087. Le Passé, *Alan Pauls*
P2088. Bonsoir les choses d'ici-bas, *António Lobo Antunes*
P2089. Les Intermittences de la mort, *José Saramago*
P2090. Même le mal se fait bien, *Michel Folco*
P2091. Samba Triste, *Jean-Paul Delfino*
P2092. La Baie d'Alger, *Louis Gardel*
P2093. Retour au noir, *Patrick Raynal*
P2094. L'Escadron guillotine, *Guillermo Arriaga*
P2095. Le Temps des cendres, *Jorge Volpi*
P2096. Frida Khalo par Frida Khalo. Lettres 1922-1954
Frida Khalo
P2097. Anthologie de la poésie mexicaine, *Claude Beausoleil*
P2098. Les Yeux du dragon, petits poèmes chinois, *Anthologie*
P2099. Seul dans la splendeur, *John Keats*
P2100. Beaux Présents, Belles Absentes, *Georges Perec*
P2101. Les Plus Belles Lettres du professeur Rollin.
Ou comment écrire au roi d'Espagne
pour lui demander la recette du Gaspacho
François Rollin
P2102. Répertoire des délicatesses du français contemporain
Renaud Camus
P2103. Un lien étroit, *Christine Jordis*
P2104. Les Pays lointains, *Julien Green*
P2105. L'Amérique m'inquiète.
Chroniques de la vie américaine 1
Jean-Paul Dubois
P2106. Moi je viens d'où ? *suivi de* C'est quoi l'intelligence ?
et de E = CM2, *Albert Jacquard, Marie-José Auderset*
P2107. Moi et les autres, initiation à la génétique
Albert Jacquard
P2108. Quand est-ce qu'on arrive ?, *Howard Buten*
P2109. Tendre est la mer, *Philip Plisson, Yann Queffélec*
P2110. Tabarly, *Yann Queffélec*
P2111. Les Hommes à terre, *Bernard Giraudeau*
P2112. Le Phare appelle à lui la tempête et autres poèmes
Malcolm Lowry
P2113. L'Invention des Désirades et autres poèmes
Daniel Maximin
P2114. Antartida, *Francisco Coloane*
P2115. Brefs aperçus sur l'éternel féminin, *Denis Grozdanovitch*
P2116. Le Vol de la mésange, *François Maspero*
P2117. Tordu, *Jonathan Kellerman*
P2118. Flic à Hollywood, *Joseph Wambaugh*
P2119. Ténébreuses, *Karin Alvtegen*
P2120. La Chanson du jardinier. Les Enquêtes de Miss Lalli
Kalpana Swaminathan

P2121. Portrait de l'écrivain en animal domestique
Lydie Salvayre
P2122. In memoriam, *Linda Lê*
P2123. Les Rois écarlates, *Tim Willocks*
P2124. Arrivederci amore, *Massimo Carlotto*
P2125. Les Carnets de monsieur Manatane
Benoît Poelvoorde, Pascal Lebrun
P2126. Guillon aggrave son cas, *Stéphane Guillon*
P2127. Le Manuel du parfait petit masochiste
Dan Greenburg, Marcia Jacobs
P2128. Shakespeare et moi, *Woody Allen*
P2129. Pour en finir une bonne fois pour toutes avec la culture
Woody Allen
P2130. Porno, *Irvine Welsh*
P2131. Jubilee, *Margaret Walker*
P2132. Michael Tolliver est vivant, *Armistead Maupin*
P2133. Le Saule, *Hubert Selby Jr*
P2134. Les Européens, *Henry James*
P2135. Comédie new-yorkaise, *David Schickler*
P2136. Professeur d'abstinence, *Tom Perrotta*
P2137. Haut vol : histoire d'amour, *Peter Carey*
P2138. Le Siffleur, *Laurent Chalumeau*
P2139. La Danseuse de Mao, *Qiu Xiaolong*
P2140. L'Homme délaissé, *C. J. Box*
P2141. Les Jardins de la mort, *George P. Pelecanos*
P2142. Avril rouge, *Santiago Roncagliolo*
P2143. Ma Mère, *Richard Ford*
P2144. Comme une mère, *Karine Reysset*
P2145. Titus d'Enfer. La Trilogie de Gormenghast, 1
Mervyn Peake
P2146. Gormenghast. La Trilogie de Gormenghast, 2
Mervyn Peake
P2147. Au monde.
Ce qu'accoucher veut dire : une sage-femme raconte…
Chantal Birman
P2148. Du plaisir à la dépendance.
Nouvelles thérapies, nouvelles addictions
Michel Lejoyeux
P2149. Carnets d'une longue marche.
Nouvelle marche d'Istanbul à Xi'an
Bernard Ollivier, François Dermaut
P2150. Treize Lunes, *Charles Frazier*
P2151. L'Amour du français.
Contre les puristes et autres censeurs de la langue
Alain Rey
P2152. Le Bout du rouleau, *Richard Ford*

P2153. Belle-sœur, *Patrick Besson*
P2154. Après, Fred Chichin est mort, *Pascale Clark*
P2155. La Leçon du maître et autres nouvelles, *Henry James*
P2156. La Route, *Cormac McCarthy*
P2157. À genoux, *Michael Connelly*
P2158. Baka !, *Dominique Sylvain*
P2159. Toujours L.A., *Bruce Wagner*
P2160. C'est la vie, *Ron Hansen*
P2161. Groom, *François Vallejo*
P2162. Les Démons de Dexter, *Jeff Lindsay*
P2163. Journal 1942-1944, *Hélène Berr*
P2164. Journal 1942-1944 (édition scolaire), *Hélène Berr*
P2165. Pura vida. Vie et Mort de William Walker, *Patrick Deville*
P2166. Terroriste, *John Updike*
P2167. Le Chien de Dieu, *Patrick Bard*
P2168. La Trace, *Richard Collasse*
P2169. L'Homme du lac, *Arnaldur Indridason*
P2170. Et que justice soit faite, *Michael Koryta*
P2171. Le Dernier des Weynfeldt, *Martin Suter*
P2172. Le Noir qui marche à pied, *Louis-Ferdinand Despreez*
P2173. Abysses, *Frank Schätzing*
P2174. L'Audace d'espérer. Un nouveau rêve américain *Barack Obama*
P2175. Une Mercedes blanche avec des ailerons, *James Hawes*
P2176. La Fin des mystères, *Scarlett Thomas*
P2177. La Mémoire neuve, *Jérôme Lambert*
P2178. Méli-vélo. Abécédaire amoureux du vélo, *Paul Fournel*
P2179. Le Prince des braqueurs, *Chuck Hogan*
P2180. Corsaires du levant, *Arturo Pérez-Reverte*
P2181. Mort sur liste d'attente, *Veit Heinichen*
P2182. Héros et tombes, *Ernesto Sabato*
P2183. Teresa l'après-midi, *Juan Marsé*
P2184. Titus errant. La Trilogie de Gormenghast, 3 *Mervyn Peake*
P2185. Julie et Julia. Sexe, blog et bœuf bourguignon *Julie Powell*
P2186. Le Violon d'Hitler, *Igal Shamir*
P2187. La Mère qui voulait être femme, *Maryse Wolinski*
P2188. Le Maître d'amour, *Maryse Wolinski*
P2189. Les Oiseaux de Bangkok, *Manuel Vázquez Montalbán*
P2190. Intérieur Sud, *Bertrand Visage*
P2191. L'Homme qui voulait voir Mahona, *Henri Gougaud*
P2192. Écorces de sang, *Tana French*
P2193. Café Lovely, *Rattawut Lapacharoensap*
P2194. Vous ne me connaissez pas, *Joyce Carol Oates*
P2195. La Fortune de l'homme et autres nouvelles, *Anne Brochet*

P2196. L'Été le plus chaud, *Zsuzsa Bánk*
P2197. Ce que je sais… Un magnifique désastre 1988-1995. Mémoires 2, *Charles Pasqua*
P2198. Ambre, vol. 1, *Kathleen Winsor*
P2199. Ambre, vol. 2, *Kathleen Winsor*
P2200. Mauvaises Nouvelles des étoiles, *Serge Gainsbourg*
P2201. Jour de souffrance, *Catherine Millet*
P2202. Le Marché des amants, *Christine Angot*
P2203. L'État des lieux, *Richard Ford*
P2204. Le Roi de Kahel, *Tierno Monénembo*
P2205. Fugitives, *Alice Munro*
P2206. La Beauté du monde, *Michel Le Bris*
P2207. La Traversée du Mozambique par temps calme *Patrice Pluyette*
P2208. Ailleurs, *Julia Leigh*
P2210. Trans, *Pavel Hak*
P2211. Peut-être une histoire d'amour, *Martin Page*
P2212. Peuls, *Tierno Monénembo*
P2214. Le Cas Sonderberg, *Élie Wiesel*
P2215. Fureur assassine, *Jonathan Kellerman*
P2216. Misterioso, *Arne Dahl*
P2217. Shotgun Alley, *Andrew Klava*
P2218. Déjanté, *Hugo Hamilton*
P2219. La Récup, *Jean-Bernard Pouy*
P2221. Les Accommodements raisonnables, *Jean-Paul Dubois*
P2222. Les Confessions de Max Tivoli, *Andrew Sean Greer*
P2223. Le Pays qui vient de loin, *André Bucher*
P2224. Le Supplice du Santal, *Mo Yan*
P2225. La Véranda, *Robert Alexis*
P2226. Je ne sais rien… mais je dirai (presque) tout *Yves Bertrand*
P2227. Un homme très recherché, *John le Carré*
P2228. Le Correspondant étranger, *Alan Furst*
P2229. Brandebourg, *Henry Porter* – coll. Points Policier
P2230. J'ai vécu 1000 ans, *Mariolina Venezia*
P2231. La Conquistadora, *Eduardo Manet*
P2232. La Sagesse des fous, *Einar Karason*
P2233. Un chasseur de lions, *Olivier Rolin*
P2234. Anthologie. Poésie des troubadours, *Henri Gougaud (dir.)*
P2235. Chacun vient avec son silence. Poèmes choisis *Jean Cayrol*
P2236. Badenheim 1939, *Aharon Appelfield*
P2237. Le Goût sucré des pommes sauvages, *Wallace Stegner*
P2238. Un mot pour un autre, *Rémi Bertrand*
P2239. Le Bêtisier de la langue française, *Claude Gagnière*
P2240. Tarabas, *Joseph Roth*